보이지 않는 삶

* 이 도서의 국립중앙도서관 출판예정도서목록(CIP)은 서지정보유통지원시스템(http://seoji.nl.go.kr)
홈페이지와 국가자료공동목록시스템(http://www.nl.go.kr/kolisnet)에서 이용하실 수 있습니다.
(CIP제어번호: CIP2019042459)

A VIDA INVISÍVEL DE EURÍDICE GUSMÃO

Martha Batalha

마르타 바탈랴
장편소설

김정아 옮김

보이지 않는 삶

은행나무

차례

에우리지시의 이름으로 네 권의 책이 희생되는 동안
처음부터 나를 믿어준 주안에게.
내게 성(姓)을 주셨을 뿐 아니라,
존재 그 자체로 내가 하는 모든 일에 큰 힘이 되어주신 부모님께.
세상 그 누구보다 최고의 국어 선생님이셨던 소우베이그 선생님께.
열두 살의 어린아이에게 주셨던 그 가르침을 이제 되돌려드립니다.

| 일러두기 |

* 원문의 이탤릭체는 고딕체로 표기했습니다.
* 본문의 주는 모두 옮긴이의 것으로, 괄호 안에 글씨 크기를 줄여 표기했습니다.
* 인명 및 지명은 브라질 포르투갈어 외래어 표기법을 따르되, 일부 명사는 관용에 따랐습니다. (예: 리우데자네이루, 부에노스아이레스 등)

친애하는 독자 여러분께,

이 책에 기록된 이야기의 대부분은 실제로 일어난 일에 바탕을 두고 있다. 스페인 독감으로 스러진 사람들의 시신이 리우데자네이루의 골목 어귀마다 산더미처럼 쌓여 있던 때가 있었다. 마리아 히타의 입을 타고 흘러나온 시구절이 올라부 빌락의 손에서 다시 태어났던 일이나, 그녀가 방문을 잠그고 벌인 일에 관한 소식이 〈상업일보〉에 실린 것도 사실이다.

지극히 프랑스인다웠던 욕심 많은 서점 주인도 실제 리우에 살았던 인물이다. 그는 실제로 자신이 운영하던 서점을 아내가 아닌 동생에게 물려주었다. 투팡 양조장의 창업자 이야기처럼(그는 나의 증조할아버지기도 하다) 찢어지게 가난했던 한 청년이 맥주 하나로 벼락부자가 된 일도 실제로 있었던 일이다. 루이스 에드문두가 회고록에 기록하기도 했지만, 내가 그 벼락부자 청년에게 부여한 운명과 비슷한 길을 간 사람도 한때 존재했다.

에이토르 코르데이루, 베베 시우베이라, 하울 헤지스 같은 사람들은 신공화국 초기, 당대에 가장 화려하고 성대한 무도회를 열곤 했다. 에르네스투 나자레치는 피아노를 살 돈이 없어 친구 집이나 카리오카 거리의 악기 상점을 전전하며 연습했다. 빌라로부스가 학교를 찾아다니며 합창의 아름다움을 전파하고 다녔던 일이나, 우리 할머니의 이야기에 종종 등장하던 셀레스치누 시우바 시립학교의 천사 같은 선생님도 모두 실제 일어난 일, 존재했던 사람이다.

그러나 이 책의 여러 사건과 인물 중에서도 가장 실재하는 것은 바로 우리의 두 주인공 에우리지시와 기다의 삶일 것이다. 그들은 아직도 이곳저곳에서 모습을 드러낸다. 크리스마스 파티에 나타나 손수건을 손에 꼭 쥔 채 온종일 앉아만 있을 것이며, 가장 먼저 도착해 가장 먼저 자리를 뜰 것이다. 대구로 만든 생선 완자의 간이 잘 맞았는지, 한낮의 더위와 쏟아지는 비가 어땠는지, 또는 아주 조금, 정말 조금밖에는 마시지 못한 와인의 맛이 어떠한지 한마디씩 거드는 일도 잊지 않을 것이다. 남편이 잘 지내는지, 종손녀가 남자 친구는 있는지, 종손자의 일은 잘 돼가고 있는지 물어보기도 할 것이다. 그들 중 누군가는 소파에서 몸을 일으켜 식탁으로 자리를 옮기려 해보지만, 몸을 움직이는 게 버거운 나머지 주변의 도움을 받을 수밖에 없을 것이다. 사실 그들 대부분은 입맛을 잃은 지가 오래라 칠면조 고기조차도 무심하게 바라만 볼 것이다. 하지만 달콤한 프렌치토스트는 언제든 환영받는 메뉴기에 후식 시간만은 반색하며 맞을 것이다. 그러고는 조용히 소파로 돌아와 마치 과거밖에 보이지 않는 사람처럼, 젊은이들이 신나게 선물을 파헤치는 모습을 지그시 바라만 볼 것이다.

에우리지시와 기다는 나의, 그리고 우리의 할머니들의 이야기에서 출발한다.

1

안테노르 캄펠루와 결혼할 즈음의 에우리지시 구스망은 언니에 대한 그리움을 다 소진한 상태였다. 이제 우스운 이야기를 들어도 웃을 수 있었고, 책을 읽다가도 두 장을 채 못 넘기고 고개를 들어 기다 언니가 어디 있을까, 골몰하지 않을 수도 있게 되었다. 찾기는 계속 찾고 있었다. 길거리를 다니는 여자들의 얼굴을 한 번씩 다 쳐다보았고, 한번은 빌라이자벨로 향하는 전차 안에서 기다를 봤다는 확신을 갖기도 했다. 하지만 지금까지 으레 그래 왔듯 그 확신도 어느새 무심히 잊혀갔다.

에우리지시와 안테노르가 결혼한 이유에 대해서는 지금까지 알려진 바가 없다. 어떤 사람들은 조제 살비아누와 마누엘 다 코스타가 먼저 결혼했기 때문에 이 혼인이 성사된 것이라 말했다. 또 다른 이들은 이 결혼의 책임을 안테노르의 이모가 걸렸던 병에 돌리기도 한다. 이모가 병에 걸리는 바람에 더는 특제 라벤더 비누로 조카의 옷을 빨아줄 수 없게 되었고, 양파의 맛은 좋아하지만 식감은 싫어하는 노노(안테노르의 애칭)를 위해 양파가 투명해지도록 푹 익혀낸 닭 수프도 끓여줄 수 없게 되었기 때문이다. 페이장(콩을 끓여 걸쭉하게 만든 스튜로, 밥에 곁들여 먹는 브라질의 일상 음식)에 숨은 양파 한 조각이라도 발견할라치면 극심한 메스꺼움을 호소하며 트림을 해대는 통에 오후 내내 알카셀처(발포 소화제의 일종)를 들이부어야만 했다. 개중에는 아직도 에우리지시와 안테노르가 실제로 사랑에 빠졌다고 믿는 사람들도 있다. 물론 그 사랑의 유효기간은 해군 클럽의 가면무도회에서 둘만의 춤을 추었던 그 3분 동안만이었긴 하다.

문제는 그 둘이 끝내 결혼했다는 것이다. 식장은 하객으로 가득 찼고, 신부의 집에서 피로연도 열렸다. 대구로 만든 생선 완자 200개와 맥주 두 통, 그리고 케이크 절단식에 사용할 샴페인 한 병을 값으로 치렀다. 이웃집 바이올린 선생은 피로연 연주를 자청했다. 하객들은 의자를 벽으로 밀어 붙여 두 사람이 왈츠를 출 수 있는 공간을 만들었다.

에우리지시는 친구가 없었기 때문에 피로연에도 여자 손님이 많지 않았다. 그렇게 많이 늙지는 않은 이모들 몇 명과 그다지 눈길이 가지 않는 이웃 한 명, 그리고 그렇게 사교적이지 않은 또 다른 이웃 한 명이 고작이었다. 그중 가장 아름다운 여인은 거실에 걸려 있는 유일한 인물 사진 속에 있었다.

신랑의 친구가 물었다. "이 사진의 아가씨는 누구지?"

안테노르는 친구의 옆구리를 찌르며 그건 매너가 아니라고 면박을 주었다. 친구는 이내 흥미를 잃었다는 듯 양옆을 두리번거리다 손에 쥔 잔을 잠시 쳐다보더니, 이내 맥주잔을 탁자에 놓고 그 방의 반대편 끝으로 가버렸다.

소박한 식에 이은 소박한 피로연이었지만 첫날밤만은 요란했다. 침대보에 얼룩이 지지 않았고, 안테노르는 치밀어 오르는 화를 이기지 못했다.

"대체 어느 구석에서 굴러먹다 온 거야?"

"아무 구석도 가지 않았어요."

"이 여자야, 난 다 알거든."

"아니요, 아니에요."

"변명 따윈 할 생각도 마. 너도 알잖아, 여기 뭐가 있어야 하는지."

"알아요, 언니가 다 설명해줬다고요."

"걸레 같은 년. 내가 걸레 같은 년과 결혼을 했어."

"안테노르, 그렇게 말하지 말아요."

"말리지 마, 나는 말하고 싶으니까. 걸레 같은 년, 걸레 같은 년, 걸레 같은 년."

침대에 홀로 남겨진 에우리지시는 자신이 들은, 그리고 동네 사람들이 다 들었을 걸레 같은 년이란 소리 때문에, 그리고 처음에는 다리 사이가, 그다음에는 심장이 아팠기 때문에 이불 아래 몸을 숨기고 낮은 소리로 숨죽여 울었다.

이후 몇 주 동안은 상황이 나아졌고 안테노르도 굳이 아내를 박대할 필요까진 없다고 생각했다. 아내는 양파 조각을 없앨 줄 알았으며 빨래와 다림질도 수준급이었고 말수도 적었다. 그리고 무엇보다 보기 좋은 뒤태를 갖고 있었다. 그뿐 아니라 첫날밤의 일이 자신을 커 보이게 만든 이유도 있었다. 그 일 이후 그는 아내를 대할 때마다 눈을 내리깔 수 있었고, 저 아래의 에우리지시는 무조건 수긍할 수밖에 없었다. 그녀는 늘 스스로가 가치 없다고 생각했다. 사실, 직업이 무엇이냐 묻는 인구조사원에게 '가정주부'라고 써달라는 말밖에 할 수 없는 사람들은 스스로를 가치 있게 생각하기 어렵다.

세실리아는 결혼식을 올린 지 아홉 달 이틀 만에 세상에 나왔다. 방긋방긋 잘 웃고 통통한 아기였다. 가족은 파티를 열어 그녀의 탄생을 축하했고, "예뻐라!"를 연발했다.

아폰수는 그 이듬해에 태어났다. 방긋방긋 잘 웃고 통통한 아기였다. 가족은 파티를 열어 그의 탄생을 축하했고, "아들이구나!"를 연발했다.

2년 만에 가족구성원 수의 100퍼센트 성장을 달성한 에우리지시는 이내 결혼이 자신에게 지운 수많은 임무 중에서 적어도 육체적 의무에서만큼은 은퇴하리라고 마음먹었다. 그녀는 이러한 결정을 안테노르에게 설명하려 시도하기도 했다. 토요일 오전의 느슨한 시간과 밤 9시 이후의 그 어두컴컴한 순간, 몸이 좋지 않다며 피해보려 했다. 하지만 안테노르는 만지지 말아달라는 신호를 알아채려 하지 않았다. 그는 습관과 관성의 남자였다. 아내의 잠옷에 몸을 갖다 대거나 그 흰 목덜미에 코를 파묻거나 하는 행동이 그랬다. 에우리지시는 그에게 자신의 의향을 전달할 다른 방법을 생각해냈다. 엄청난 무게의 살을 찌워 살들이 스스로 말하게, 안테노르에게 다가오지 말라고 외치게 만들었다.

그녀는 아침 식사 후 10시에 간식을 먹었다. 점심 식사 후 4시에 간식을 또 먹었고, 저녁 식사 후 9시에는 야식을 먹었다. 그사이 시간은 이유식 남은 것, 그리고 음식이 싱거운지 짠지, 단지 덜 단지 확인하기 위한 몇 번의 숟가락질로 채워졌다. 우리의 에우리지시는 턱을 세 개나 더 갖게 되었다. 눈은 살에 파묻히다 못해 줄어들어버렸고, 머리숱은 얼굴 생김새를 가리기엔 턱없이 부족해 보였다. 어느 시점에 도달하고 나자, 그러니까 남편이 더는 가까이 다가오지 않게 되자, 그녀는 다시 건강한 식습관으로 되돌아갔고 월요일 아침과 매 식사 사이에 다이어트를 했다.

에우리지시의 몸무게는 구스망 캄펠루 가족의 일상만큼 금방 제자리로 돌아왔다. 안테노르는 직장에 갔고, 아이들은 학교에 갔으며, 에우리지시는 집에 머물렀다. 집에 홀로 남은 그녀는 고기를 다지며 자신의 삶을 불행하게 만드는 갖가지 생각들을 곱씹었다. 그녀는 직장이 없었으며 학교는 이미 졸업한 지 오래였다. 침상을 정리하고, 화분에 물을 주고, 거실을 쓸고, 빨래를 하고, 페이장의 간을 맞추고, 밥을 안치고, 후식으로 먹을 수플레를 만들고, 고기를 굽는 일을 다 마치고 나면 무엇으로 남은 하루를 채울 수 있단 말인가?

자, 독자 여러분도 이미 눈치채셨겠지만 사실 에우리지시는 똑 부러지는 여자다. 잘 계산된 수치 몇 개만 가져다준다면 교량 하나 정도는 혼자서도 뚝딱 설계해낼 수 있을 것이다. 실험실에 자리 하나만 내준다면 백신이라도 발명해낼 수 있을 것이다. 하지만 에우리지시의 두 손에 주어진 것은 더러운 팬티뿐이었다. 그녀는 그걸 눈 깜빡할 사이에 깨끗하게 빨아낼 수 있었고, 그러고 나서는 소파에 앉아 손톱을 바라보며 무엇을 생각해야 할지를 생각하곤 했다.

그러다 보니 생각을 그만 해야겠다는 결론에 도달하게 됐다. 생각을 하지 않으려면 하루 종일 바쁘게 지내야 했는데, 그런 혜택을 누릴 수 있게 해주는 유일한 집안일은 해도 해도 끝나지 않는 바로 그 일, 요리였다. 에우리지시가 엔지니어가 될 일은 절대 없을 것이고, 실험실에 발을 들일 일도 없을 것이며, 시는 한 구절이라도 쓸 엄두를 못 낼 것이다. 대신 에우리지시는 공학과 과학, 문학의 흔적이 남아 있는 것 중 자신에게 허락된 유일한 활동인 요리에 집중하기 시작했다.

매일 아침 잠에서 깨어나 밥을 차리고, 식사를 하고, 남편과 자녀들로부터 자유로워지고 나면 에우리지시는 팔미라 이모의 요리책을 펼쳐 보았다. 오렌지 소스를 곁들인 오리고기가 꽤 괜찮아 보였다. 왜냐하면 오리고기를 사야 했고 오렌지도 동이 나, 집 밖에 나갈 좋은 핑계를 만들어주었기 때문이었다. 그녀는 외출용 원피스를 걸쳐 입고 가금류 시장에 가서 건강한 오리 한 마리를 골랐다. 그리고 간 김에 닭도 골랐다. 오리고기는 하룻밤을 와인과 향신료에 재워 숙성시키는 과정이 필요했기에 오늘 저녁 상차림은 일종의 모험인 셈이었다. 세상에, 모험이라니. 그녀에게 꼭 필요했던 건 다름 아닌 모험이었다. 오리는 어리고 살찐 놈이어야 했고, 닭은 볏이 붉은지, 가슴살은 통통하게 올랐는지를 봐야 했다. 에우리지시는 시장으로 가서 다음 날 먹을 오렌지와 옥수수 케이크에 넣을 코코넛, 로스트비프 속 재료로 쓸 산딸기, 아폰수와 세실리아가 "맛없어"라고 소리치며 접시를 뒤집어엎어버릴 경우 먹일 바나나 반다스도 샀다.

집에 돌아온 에우리지시는 닭과 오리의 다리를 잡아 거꾸로 매달고, 목을 잘라 피를 뺐다. 피가 다 빠질 동안에는 다른 집안일을 했다. 오리와 닭은 2분 동안 끓는 물에 데치고, 털은 식기 전에 다 뽑은 뒤 남은 솜털은 종이 불로 태워 깨끗하게 제거했다. 내장과 모래주머니, 간과 염통은 배에 칼집을 내고 꺼냈다. 닭을 통째로 요리할 때는 칼집을 작게 내고, 조각내 요리할 때는 크게 내야 한다.

이제 곁들이 음식을 만들 차례다. 에우리지시는 감자도 단순히 튀겨 내는 법이 없었다. 항상 통째로 튀겨낸 후 치즈와 햄으로 속을 채워 넣었다. 거기에 생크림을 이용해 그라탱을 만들고 저민 뒤, 녹인 치즈를 위에 끼얹어야 완성이었다. 밥도 이제 흰밥 대신 팔미라 이모가 요리책에 남긴 조언에 따라 건포도, 완두콩, 당근, 토마토소스, 코코넛밀크 따위의 부재료를 첨가했다. 그러고도 시간이 조금 남을 때면 후식에 공을 들였다. 산딸기 잼을 곁들인 푸딩, 머랭을 소복이 얹은 커스터드 크림, 크림치즈를 곁들인 코카다(잘게 썬 코코넛과 달걀로 만든 라틴아메리카 전통 후식) 등. 에우리지시는 모든 접시를 다 채울 때까지, 주방에 빈 곳이 없을 때까지 쉬지 않고 요리를 했다.

가족은 그녀의 요리 재능을 알아주지 않았다. 아폰수와 세실리아는 면 요리를 먹고 싶다며 조르기 일쑤였고, 안테노르는 케이퍼 소스를 곁들인 농어 요리에 감탄할 만큼 감수성이 풍부한 사람도 아니었다. 아이들은 "탈리아텔레(폭 0.65~1㎝의 길고 얇은 파스타) 줘"라며 보챘고, 안테노르는 "먹을 만한 고기 좀 내와" 하고 주문했다. 그러면 에우리지시는 부엌으로 돌아가 면 삶을 물을 올리면서 안테노르에게 양송이는 빼고 안심을 구워주겠노라 약속하곤 했다. 그렇게 하루 이틀 단순한 저녁 메뉴가 이어지고 나면 에우리지시는 책에서 본 요리법을 다시 따라 했고, 모두들 스튜나 단호박에 익힌 새우, 해물 밥 등을 먹는 듯 연기해야 했다.

모든 요리법을 시도해본 뒤, 에우리지시는 자신만의 요리를 만들겠다고 마음먹었다. 팔미라 이모는 이것저것 할 줄 아는 게 많았지만 모든 걸 완벽히 하는 건 아니었다. 가령 에우리지시는 말린 고기에 카사바 퓌레를 끼얹거나, 치킨커틀릿에 구아버 잼을 곁들이거나, 파로파(카사바 또는 밀가루에 버터, 올리브유, 양파, 소금을 넣어 볶은 음식)에 소위 '카레'라 불리는 아무도 모르는 비밀 재료를 살짝 넣는다거나 하는 걸 할 수 있었다. 어느 목요일 아침, 그녀는 외출용 원피스를 입고 길모퉁이의 문구점을 찾았다.

"에우리지시 여사님, 안녕하세요."

"안토니우 사장님, 안녕하세요."

"뭐 찾으시는 거라도 있습니까?"

"큼직하고 줄이 쳐진 공책요."

안토니우 사장은 선반 위로 손을 뻗어 딱딱한 검정색 표지의 공책 더미를 가리켰다. 에우리지시는 공책을 고르며 즐거워했고, 안토니우 사장은 그런 에우리지시를 보며 즐거워했다. 그가 에우리지시의 풍만함을 그토록 좋아하게 된 이유는 어쩌면 어릴 적, 어머니가 리우 시내 최고의 살롱들을 오가던 시절 자신과 형제들을 대신 돌봐준 유모 시카 지 제주스의 넉넉한 품을 잊지 못해서일지도 모른다. 그뿐 아니라 그녀의 눈, 매부리코, 작은 손, 가슴에 단 펜던트, 동글동글한 복사뼈…… 눈길이 닿는 모든 곳이 다 마음에 들었다.

에우리지시는 공책 더미 사이에서 꽤 오랜 시간을 보냈다. 요리책으로 쓸 공책을 고르는 것이었기에 줄 쳐진 공책 중에서도 가장 쓸 만한 걸 골라내고 싶었다. 하나를 열어보니 속지가 반절 접혀 있어 얼른 제자리에 꽂아 넣었다. 다른 하나는 표지에 얼룩이 져 있어 포기해야만 했다. 세 번째로 집은 공책에는 결함이 보이지 않았다. 고른 물건을 치노쿠에게 건넸다. 물라투(흑인과 백인 혼혈을 일컫는 말)인 그는 안토니우 사장이 손님을 응대할 사람이 필요하다며 불러들인 이래로 언제나 늘 이 문구점의 같은 자리에서 일하고 있었다. 에우리지시는 잔돈을 기다리며 그들과 날씨 이야기를 나눴다. 그녀는 자신이 남긴 몇 마디가 그 남자에게 그날 오후 중 최고의 순간을 선사했다는 사실을 미처 알지 못하고 자리를 떴다.

집으로 돌아가는 길에 에우리지시는 행복해하며 흥얼거렸다. 하지만 이내 "안녕하세요, 언니!"라는 소리가 들리자 덜 행복해졌고, 흥얼거림도 멈췄다.

옆집 이웃인 젤리아였다. 젤리아는 일상이 불만으로 가득한 여자였다. 그중에서도 가장 큰 불만은 자신이 성령(聖靈)이 아닌지라 이 지구상에 일어나는 모든 일을 보고 듣지 못하는 것이었다. 사실 젤리아는 성령보다는 양의 탈을 쓴 늑대 쪽에 더 가까웠다. 큰 눈은 잘 보기 위함이었고, 큰 귀는 잘 듣기 위함이었으며, 큰 입은 동네의 이런저런 소식을 이웃집을 돌며 퍼뜨리기 위함이었다. 그뿐 아니었다. 젤리아의 목은 거북의 목 같았다. 자신의 흥미 대상이 집 담장 앞으로 지나갈 때면 옷깃 안쪽에서부터 목이 쭉 늘어나는 것 같아 보였다. 그 여자는 오리너구리보다 더 희한했으나, 그렇게까지 티가 나지 않았던 이유는 오랜 시간 같은 자리에 거주했던 수많은 여자들 부류와 완벽하게 일치했기 때문이었다.

"애들 학교 준비물 사러 갔었나 봐요?"

에우리지시는 스스로도 수상하다 생각할 만큼 꾸러미를 가슴팍에 꽉 끌어안고 있었다. 꾸러미를 품는 건지, 가슴을 보호하려 했던 건지 알 수 없었다.

"안녕하세요. 이건…… 가계부로 쓰려고 산 공책이에요."

다음 날, 모든 동네 여자들이 안테노르 부부가 직면한 경제적 위기에 대해 안타까워하게 되었다. 젤리아는 틀림없어, 라고 말하고 다녔다. 하지만 에우리지시는 슈퍼마켓에서 물건을 살 때도 돈 걱정을 하지 않았다. 더군다나 경제 사정이 좋지 않은 집의 여자가 향신료 가게 '카자스 페드루'에서 향신료를 마음껏 살 수 있었을까? 그 집 주방에서 풍겨오는 음식 냄새는 어떤가! 다른 집은 밥과 페이장 냄새만을 풍기는 데 비해 그 집에서 나는 냄새는 차원이 다른, 이국적인 향취였다.

성령이 될 수 없음을 받아들인 젤리아는 그보다는 한 급을 낮춰 스스로를 선지자로 생각하기로 마음먹었다. 경험에서 우러나오는 그녀의 말들은 정교한 예측이 되곤 했다. 대부분이 침울하고 음침한 예언들이었는데, 젤리아가 구약성서의 하느님보다 더 심하게 굴었기 때문이다. 이번에는 턱을 쭉 빼고 "저 여자는 남편을 쪽박 차게 만들고 말 거야"라고 예언했다.

젤리아가 하루아침에 오리너구리의 모습을 갖게 된 건 아니었다. 진화라는 것이 꽤 시간이 걸리는 일 아니겠는가. 변화의 조짐은 어린 시절에 찾아왔다. 재능이 되어야 했던 그것이 고통으로 둔갑했다. 그녀는 아버지로부터 새로운 소식을 선호하는 취향을, 어머니로부터는 집 밖을 나서지 않는 생활 습관을 물려받았다. 세상으로부터는 외면과 어찌할 수 없는 팔자를 선물받았다. 이 수다쟁이의 본질은 이렇게 만들어졌다.

그 거친 눈빛과 한 번이라도 마주해본 사람은 그녀가 사실 어린 시절에는 아무 악의 없는 순수한 눈빛을 가졌었다는 걸 상상도 못 할 것이다. 음산함이 가득한 지금의 웃음을 본다면 어릴 적 그녀가 짓던 맑은 미소는 짐작도 못 할 것이다. 하지만 어린 젤리아는 분명 선한 눈망울과 맑은 미소를 가졌었다. 행복했던 그 몇 년간, 젤리아는 인생이 너무 재미있는 나머지 쉬고 싶지 않아 했고 잠들기도 거부했다. 어둠 속에서 눈을 반짝이며 혼잣말로 "베짱이 소리를 들을 수도 있고, 집에서 나는 소리들이 뭔지 맞힐 수도 있고, 아침이나 오후에 뭘 하고 놀지를 생각할 수도 있잖아"라고 중얼거리곤 했다. 그러다 결국 피로의 꼬임에 넘어가기 일쑤여서, 새벽 어스름 녘에 자기도 모르는 새 잠에 빠져들곤 했다. 하지만 자신이 속은 걸 알아차리는 것도 빨라서 누구보다 가장 먼저 일어났다.

젤리아는 노래하며 일어나, 미소 지으며 밥을 먹고, 깡충거리며 뛰어다녔다. 새로운 춤을 만들어내는가 하면 이 사람 저 사람에게 입 맞추고 목청껏 폭소를 터트리기도 했다. 페이장 속에서 돌 조각을 발견한다든지, 빨랫줄에서 걷은 빨래를 갠다든지, 천장에서 발견한 거미줄을 빗자루를 휘둘러 떨어낸다든지 하는 모든 것이 그녀에게는 재미있는 일이었다.

이웃들은 그녀의 과도한 명랑함을 힐난했다. "애가 조신하지 못하네." 하지만 젤리아의 어머니는 이웃들의 오지랖에 신경 쓰지 않았다. "쟤도 언젠가는 인생이 그렇게 행복하기만 하진 않다는 걸 알게 될 거예요. 하지만 그게 오늘일 필요는 없잖아요"라고 말하며, 종종거리며 뛰어다니는 딸의 모습에서 수년 전 자신의 모습을 떠올리곤 했다.

토요일은 젤리아에게 환상적인 날들 중에서도 가장 환상적인 날이었다. 아버지가 일주일에 한 번 집에 들르는 날이었다. 알바루 스타파는 낮에는 기자, 밤에는 술꾼이었다. 집에 오면 아이들은 잠들어 있었고, 눈을 뜨면 아이들은 학교에 가고 난 뒤였다. 아버지로서의 의무는 주말에 다하는 편이었다. 아내가 점심 식사를 준비하는 동안 아이들과 놀아주는 일 따위 말이다. 이탈리아인인 그는 머리를 한 번 긁적인 뒤 아이들을 멋쩍게 바라봤다. 그러다가 글 쓰고 술 마시는 것 외에 할 줄 아는 유일한 일, 즉 자신이 쓴 글에 대해, 그리고 쓸 수 있는 글에 대해 이야기하는 걸 시작했다. 젤리아를 한쪽 다리에, 아르만지뉴를 다른 쪽 다리에 올려놓으면 프란시스카가 그의 한쪽 곁에 앉고, 제지뉴가 그 반대쪽을 차지했다. 카를루스, 줄리에타, 알리시는 바닥에 양반다리를 하고 앉게 하고, 또 막내를 깨우면 안 되니 방문을 닫게 하고 나서야 신문기자의 모험 이야기가 시작되었다. 하루는 미스 브라질 후보자들과 함께 코파카바나 팰리스 호텔에 갔었다고 했다. 또 다른 어떤 날은 니테로이에서 화재 사고의 참상을 목격했다고 했다. 파스쿠알 제과점에서 대통령 주최 오찬에 참석한 일이나, 센트루 지역의 꼬리 없는 당나귀가 몽땅 사라진 사건도 이야기해주었다. 산투스두몽(유럽 최초로 동력 비행을 한 브라질의 비행기 개척자)이 친구들로부터 수여받은 금판과 봉제주스두몬치에서 열린 성대한 파티, 교통부에서 벌인 서명운동, 망기 대로의 한 좌판을 통째로 삼켜버린 화재, 지레이타 도로에 자리 잡고 공연을 하는 것으로 쌍둥이를 키우던, 하지만 체포되어버린 장님 악사 이야기까지. 그뿐 아니라, 그 감옥이란 것이 우리 경찰들의 잔혹함을 드러내는 것 외에는 아무짝에도 쓸모없다는 말도 빼놓지 않았다.

그 시간만큼은 히우콤프리두의 그 집에도 정적이 감돌았다. 알바루의 걸걸한 목소리 외에 소리를 내는 것이 있다면 압력 밥솥뿐이었다.

그러다 결국 젤리아 어머니의 예언이 이루어져버렸다. 이 소녀가 인생에서 두 개의 비극을 겪으면서 더는 깡충거리며 다니지 않게 된 것이다. 첫 번째 비극은 아버지의 죽음이고, 두 번째 비극은 스스로가 못생겼음을 깨달은 일이다.

알바루 스타파는 열다섯 살에 자신이 언론인의 재능을 가졌음을 깨달았다. 그 당시의 그는 일찍이도 리우의 거리를 오가는 교양 있고 철든 남자의 모습을 하고 있었다. 부모님과 이탈리아를 떠나온 게 여덟 살 때였는데, 아홉 살에 고아가 되고 말았다. 어떻게 포르투갈어를 배웠는지, 어떻게 읽고 쓰는 법을 배웠는지, 어떻게 굶어 죽지 않았는지, 어떻게 전염병을 앓거나 칼을 맞지 않고 살아남았는지 등의 여러 의문은 점지된 운명으로밖에는 설명할 길이 없었다. 니테로이의 노점에서는 사탕을, 전차 정류장에서는 차표도 팔았다. 구두닦이도 했고 창문 닦이도 했으며 신문 배달도 했다. 노상에서 하는 잡다한 일들, 또는 코트를 입은 중후한 신사의 심부름 따위를 하며 생계를 이어갔다. 그 신사는 일주일에 한 번씩 그를 라파의 한 호텔방으로 데려가, 알몸으로 자기 등을 밟으며 '오 솔레 미오'를 부르게 시키곤 했다.

열세 살이 채 되기도 전에 감옥을 아홉 번이나 들락날락했다. 면도칼을 꽤 쓸 줄 알았고, 카포에이라(무예, 음악, 춤의 요소들이 결합된 브라질 전통 무술) 실력도 수준급이었다. 그러던 어느 날, 살 만큼 살았다는 생각이 들면서 자리를 잡아야겠다고 마음먹었다. 스스로 소위 출셋길이라는 걸 만들어야겠다고 다짐하곤, 당시 근무 중이던 곳에서 승진하는 걸 첫 목표로 삼았다. 알바루는 그렇게 신문 배달부에서 편집부의 정규직 직원이 되었다. 믿기 힘든 발전이었다. 천장 아래에서 일하는 건 처음이었다.

승진은 참으로 시의적절했다. 당시 알바루는 벌거벗은 가수 생활을 몇 개월째 하지 못하고 있던 참이었다. 코트 입은 신사의 등에 오르기에는 몸무게가 너무 나가게 된 것이 이유였다. 그리고 지금 누리게 된 이 특권이라는 것도 대단했다. 전용 책상을 받았을 뿐 아니라, 일이 없을 때면 오후 내내 책을 벗 삼아 앉아만 있어도 되었다!

이런 편한 생활은 스페인 독감 감염 사례가 처음으로 보고되기 시작하던 1918년 겨울에 끝났다. 처음에는 여기 한 건, 저기 한 건 정도였다. 하지만 그다음 주에는 여기 여러 건, 저기 더 여러 건이 발생하기 시작했다.

10월 중순쯤 되자 리우 인구의 절반 이상이 병을 앓게 되었다. 어느 수요일 아침, 편집부에는 알바루와 편집장인 카메리누 호샤, 인쇄공만이 출근했다. 카메리누는 책상 뒤에 앉아 있던 이 소년에게 글을 쓸 줄 아느냐고 물어보더니 연필과 공책을 챙겨 길거리로 내보냈다.

알바루는 세 시간 동안 리우 길거리를 걸어 다녔다. 피를 토하며 괴로워하는 남자들과, 이미 숨진 채 쓰러져 있는 엄마에게 말을 걸고 있는 아이들을 보았다. 집에서 쫓겨난 병자들은 빈사 상태로 여기저기를 떠돌았다. 긴 수염을 한 예언자들은 말세라고 외쳐댔다. 굳게 닫힌 창문 틈으로 새어 나오는 임종 직전의 외마디 비명을 들으며, 알바루는 길거리에 쌓여 있는 시체들을 아무 생각 없이 세었다. 셈이 끝나면 다른 시체가 또 추가됐고, 이따금씩 시청 공무원들이 수레를 끌고 나타나 시체들을 실어 가기도 했다. 하지만 수레가 지나가기가 무섭게, 빈사 상태로 길거리에 주저앉아 죽음 이후의 순간이 다가오기만을 기다리는 사람들이 더해졌다. 그들에게 남은 미래란 공동묘지의 구덩이 중 한 자리를 차지하기 위해 경쟁하는 것뿐이었다.

이런 일과는 이후 몇 주 동안 반복됐다. 우선 편집부에 출근해 연필과 공책을 챙겼다. 길에 나가 이 비극을 기록한 뒤, 당일 신문 지면에 차고 넘칠 만큼의 이야깃거리를 가득 안고 들어왔다. 그는 질병에 면역을 가진 듯했다. 신체적으로는 그 이유를 짐작할 수 없었다. 다만 심리적으로는, 온 가족이 황열병으로 죽는 광경을 두 눈으로 목도했기 때문이었을지 모른다.

스페인 독감에서 살아남은 기자들이 편집부에 돌아왔을 때쯤 알바루는 타자기 하나를 버젓이 차지하고 있었다. 그 청년은 죽기 직전까지도 주말과 크리스마스를 제외하곤 항상 같은 자리를 꽤 오랫동안 지켰다.

그렇다면 알바루는 대체 왜 죽었을까? 두 가지 가설이 있다. 첫째는 심각한 갈증이 갑작스레 찾아왔고, 그 때문에 우선순위를 제대로 파악하지 못했다는 것이다. 알바루 스타파라는 사람에게 헤어스타일, 생일 파티, 아침 식사 메뉴 따위의 세부 사항은 전혀 중요한 것이 아니었다. 그는 글쓰기, 쓴 글에 대해 말하기, 쓴 글과 앞으로 쓸 글에 대해 이야기하며 술 마시기 같은 일을 훨씬 중요하게 생각했다. 그러나 그 갈증이 생기고 난 뒤의 알바루 스타파는 결혼을 견디기 위해 술을 마시고, 머리를 자르기 전과 후에 술을 마시고, 술에 취하기 위해, 그리고 취한 상태로 자기가 쓴 글에 대해 중얼거리기 위해 누군가의 생일 파티에 가게 되었다. 이제 알바루는 아이들 앞에서 이야기할 때도 도중에 멈추기 일쑤였다. 가령, 지아스다크루스 도로의 끔찍한 버스 사고로 사망한 네 사람에 대한 이야기는 알바루 스타파의 코 고는 소리로 대체되었다. 장남이 아무리 불러도, 젤리아가 아무리 흔들어 깨워도 소용없었다. 알바루는 이야기를 시작한 지 얼마 지나지 않아 꾸벅꾸벅 고개를 떨구기 시작했고, 얼마간 눈을 뜨려 시도하다가 포기하곤 했다. 그렇게 라틴어 교사 한 명 외에 누가 또 죽었는지는 영영 알 수 없게 되었다.

숙취에 찌든 채라 하더라도 출근은 했다. 카메리누의 잔소리가 이어지기 일쑤였고, 결국 코카인 같은 마약에서 위안을 찾기에 이르렀다. 메르크 연구소에서 제작된 순도 높은 독일제 마약을 글로리아 호텔 앞 경사로의 한 암시장에서 구입하곤 했다.

알바루의 변화는 무엇보다 가계에 가장 큰 영향을 미쳤다. 그 전까지만 해도 여느 집 상황과 비슷했다. 월초에는 여유롭지만 월말에는 조금 빠듯한 그런 정도였던 것이다. 하지만 알바루가 그렇게 무너지면서 집안 경제도 매일이 월말 같게 되었다. 밀가루 한 주먹, 설탕 부스러기, 페이장 조금, 양파 딱 한 알. 그렇게 배고파하는 아이들 사이에서 어떻게 살아남았는지 모를 바나나 하나가 검게 변하는 동안, 그 가족은 '과연 저 썩은 과일을 먹을 정도로 우리가 비참한 상황인지'에 대해 고민했다.

알바루 스타파는 35세에 간경변증으로 사망했다. 그의 죽음에 관한 첫 번째 가설을 믿는 친구들은 그의 장례식에 모여 브라질의 재능 있는 이들의 목숨을 앗아 가는 이 고약한 중독이라는 악마에 대해 소리 높여 성토했다.

하지만 다른 가설도 있다. 알바루는 개천에서 난 용이라 할 만했으며 태어날 때부터 올곧게 뻗은 한 줄기 나뭇가지 같았다는 것이다. 인생의 굴곡을 따라가다 보니 잠시 비뚤어지기는 했다. 그래도 결혼 덕분에 다시 바른 길로 돌아왔고, 다만 사소한 일탈의 습관까지는 버리지 못했다는 것이다. 알바루는 길바닥을 좋아했고, 길거리에서 만나는 사람들도 좋아했다. 때때로 물라타(흑인과 백인 혼혈 여성)를 꾀어내는 걸 즐기기도 했다. 그는 물라타를 좋아했다. 하지만 그렇게 노닥거리다가도 어느 순간에는 다시 제자리로 돌아갔다.

'푸딩에 얹은 그 손가락을 치워'라는 이름의 카니발 행렬 속에서 행진하는 한 오달리스크(터키 궁정에서 황제의 시중을 들던 총희)를 발견했을 때만 해도 그의 의도는 크게 다르지 않았다. 그녀의 치아는 눈의 흰자만큼이나 하얬다. 그러나 그 눈을 제대로 쳐다보긴 힘들었다. 호자는 미소를 머금고 눈을 감은 채 춤을 추고 있었다. 알바루에게 그 허리춤의 움직임은 너무나도 새로운 자극이었고, 엉덩이는 더할 나위 없이 매력적이었다. 저항할 수 없을 만큼 단단하고 강렬했다.

알바루는 3개월 동안 호자의 월세방에 머물며 그 하체의 매력을 탐구했다. 이 커플은 오후 내내 서로의 체액과 사랑의 맹세를 교환했다. 호자는 그에게 이탈리아어로 속삭여달라고 했고, 알바루는 알몸으로 걸어달라고 애원했다. 호자는 이 뜨거운 사랑에 자기 전부를 바쳤고, 알바루는 이 뜨거운 사랑에 자신의 성기를 바쳤다.

그러던 어느 날, 알바루는 자신의 성기와 이탈리아어로 해오던 사랑의 맹세를 그 월세방에서 모두 거두어들이기로 마음먹었다. 집에서는 아내가 눈치채기 직전이었고, 욕정은 다른 방법으로도 얼마든지 해결할 수 있었다. 호자와 다시는 볼 수 없으리라는 걸 뻔히 알면서도 마치 조부모나 친척에게 작별을 고하듯, 그녀의 일 따윈 자신과 아무 상관 없다는 듯 태연하게 이별을 통보했다.

호자는 버림받았다는 사실을 참지 못했다. 꽃병을 깨고, 옷을 찢고, 스트리크닌(중추 신경 마비, 근육 경련 등을 일으키는 유독 물질)을 심각하게 고려해보았다. 날이 갈수록 야위었고, 알바루에 이어 매력적인 엉덩이마저 잃어버렸다. 대신 다크서클과 헝클어진 머리를 얻었고, 그녀가 웨이트리스로 일하던 지레이타 도로의 한 선술집으로부터 해고 통보를 받기도 했다.

사실 호자가 리우에서 가장 인정받는 점술가이자 바발라오(아프리카 토착 부족 요루바족의 우두머리 샤먼을 일컫는 말)인 올루오 테테의 딸이지만 않았다면 이 모든 슬픔과 분노를 혼자 삼킬 수밖에 없었을 것이다. 올루오 테테가 사는 빌라다페냐에는 브라질의 저명한 정치인들이 들락날락했다. 보타포구에서 온 마차가 그의 집 앞에 멈춰 서면, 챙이 넓은 모자와 부채로 얼굴을 가린 사모님들이 내리곤 했다. 올루오 테테는 병자를 살릴 수 있었고 죽은 이의 언어를 구사했다. 귀신과 대화를 나눴으며, 공중 부양을 할 수 있었을 뿐 아니라 비를 내리게도, 그치게도 할 수 있었다.

올루오는 딸의 상태를 보며 어느 아버지라도 똑같이 했음 직한 일을 했다. 주먹을 불끈 쥐고, 그 망할 놈의 자식이 지옥에나 떨어지라고 저주를 퍼붓는 일 말이다. 하지만 여기서 문제는 올루오야말로 이 분야를 아주 훤히 꿰뚫고 있는 전문가라는 점이었다. 올루오는 소 한 마리를 잡으라고 시키더니, 호자에게 알바루와 함께 덮었던 이불을 가져오게 했다. 딸을 피범벅이 된 천으로 칭칭 감은 뒤에는 알아듣지 못할 언어로 기도인지 저주인지 모를 말들을 중얼거렸다. 그 주말 내내 카리리 언덕에서는 북소리가 계속해서 둥둥 울려댔다.

알바루는 그다음 월요일 아침부터 술을 마시기 시작했다.

호자의 미움이 어찌나 컸던지, 그리고 그 아버지의 영력이 어찌나 막강했던지, 알바루가 받은 저주는 그 자신을 넘어서 그의 정자로부터 비롯된 모든 존재에까지 미치고야 말았다. 이렇게 그의 여덟 자녀와, 리우 북부의 작은 물라투 열여섯 명의 인생이 바뀐 것이다.

막내 주앙은 자기 아버지와 같은 달에 죽었다. 주인 잃은 알바루의 침상을 바라보다가 그 위에 누워 등을 둥글게 말더니, 슬픔이 자신을 다 갉아먹을 때까지 내리 사흘을 슬피 울었다. 프란시스카는 그로부터 2주 뒤 병을 얻었다. 의사는 소아마비라며 더는 걸을 수 없을 거라 말했다.

미망인과 자녀들은 궁핍한 나날을 떠올리고 싶지 않아 했다. 알려진 바에 의하면 당시 열세 살이던 카를루스가 가장 노릇을 했다. 가족들이 특이한 동물의 고기를 맛보기 시작한 그 당시, 캄푸지산타나의 나무늘보들이 흔적도 없이 사라져버렸다는 이야기가 돌았다.

얼마 지나지 않아 그들은 방구(Bangu)에 사는 한 친척 집에 신세를 지게 됐다. 당시에 가족이란 수학 공식처럼 포함하거나 포함당하는 것이 일반적이었다. 방 다섯 개와 화장실 하나가 있는 집이었고, 현관 앞에 붙은 예수 그리스도의 가호를 받고 있었다. 마당에는 닭들과 호스가 자리하고 있었다. 젤리아의 식구들은 방 하나와 화장실 줄의 맨 마지막 차례를 배정받았다.

젤리아는 삼촌들과 살기 시작했을 때만 해도 부친이 갈증을 덜 느끼던 시절에 선물받은 푸른색 표지의 공책을 지니고 있었다. 아버지는 "네가 세상에 대해 느끼는 걸 여기에 써라"라고 했었다. 젤리아는 알바루의 목을 감싸 안은 채 두 눈을 꼭 감고 이런 가족을 선물한 신께 감사의 기도를 올렸었다. 엉성한 산문이 실린 첫 몇 페이지는 고난의 시기를 지나면서 점차 짜임새 있는 문단으로 발전했다. 이것이 젤리아의 유일한 재산이었다. 항상 매트리스 밑에 감춰두고 있었는데, 어느 날 사촌들이 발견해내더니 거기 쓰인 몇 개의 구절이 저녁 식사 시간 모두의 비웃음과 함께 세상 빛을 보았다. 젤리아의 어머니는 딸을 위해 조카들에게 회초리를 들었고, 그 일이 문제가 됐다. 사실 그녀는 그 집에 얹혀 사는 존재, 그 이상도 이하도 아니지 않은가.

젤리아가 삼촌 집에서 나왔을 때에는 공책 따윈 존재하지 않았다. 쓸모없어, 이 한마디와 함께 쓰레기통에 처박혔다. 젤리아는 그 공책과 함께 사촌들의 괴롭힘도 쓰레기통 속에 버려지기를 내심 바랐다.

사실 젤리아는 꽤 애를 썼다. 천을 덧대 기운 옷과 얻어 입는 속옷에 저항하려 애썼다. 수년 동안 신어야 했던 단 한 켤레의 구두에도 저항했다. 그런 구두는 처음에는 헐겁다가 나중에는 꽉 끼곤 했다. 사촌들의 비웃음과 더는 다정하지 않은 엄마의 모습에도 저항했다. 엄마는 새집의 열다섯 식구가 먹을 밥을 하고, 그들이 입은 옷을 빨아야 했기에 늘 피곤에 찌들어 있었다.

하지만 젤리아는 사춘기에만은 저항하지 못했다. 일자로 납작한 가슴에 강낭콩 두 알이 박혀 있는 모습을 알아챘을 때, 밑에서 피가 나더니 이윽고 극심한 고통이 찾아왔을 때, 어떻게 생겨났는지도 어디에 쓸지도 모를 욕구로 두려움에 휩싸였을 때, 절대 사라지지 않을 것만 같던 그녀의 긍정도 어느새 수그러들었다.

"젤리아 입은 꼭 책상 서랍 같아. 젤리아는 서랍 같은 입을 가졌어!"

라고 사촌들이 놀려댔다.

집이 조용하던 어느 날 오후, 젤리아는 화장실에 갔다. 문을 닫고 자기 얼굴을 확인해보았다. 그 얼굴은 더 이상 관자놀이에 리본을 한, 사시(斜視)가 약간 있는 작은 소녀의 모습이 아니었다. 단지 제멋대로 헝클어진 머리, 제멋대로 붙어 있는 이목구비, 여드름도 덕지덕지 난 제멋대로인 이마, 입술과 치아를 쏟아내는 커다랗고 제멋대로인 입을 가진 아가씨였다. 불필요하리만큼 과하고 커다란 입이었다. 그 두 개의 선은 얼굴을 자비 없이 가로지르고 있었다. 젤리아는 자기 모습을 계속해서 바라보았고, 그렇게 그 이미지는 자신이 평생 품게 될 자화상이 되었다. 못생긴 여자가 거기 있었다.

그녀의 인생이 불행하리란 건 얼굴과 운명에 쓰여 있었다. 피어오르자마자 가시덤불처럼 어지럽게 그녀의 마음을 뒤덮어버린 인생의 쓴맛이 젊음 특유의 불안과 겹쳤다. 청소년기 초반만 해도 젤리아는 "그건 바보 같은 짓이야. 그렇게 생각하지 마"라고 스스로 다짐하며 그 가시덤불들을 쳐내려 애썼다. 하지만 그것들은 다시 생겨났고, 끊임없이 자라났다. 이윽고 젤리아는 더 이상 덤불을 제거하려 노력하지 않게 되었고, 다시 거울을 바라보며 자기 가슴속의 아픔이 얼굴의 못생김이나 인생의 슬픔과 썩 잘 어울린다는 결론을 내기에 이르렀다.

이렇게 완고한 눈빛의 젤리아가 탄생했다. 이전의 젤리아로부터 물려받은 것이 있다면 다름 아닌 인생에 대한 관심이었다. 하지만 그 관심은 이제 뒤틀려 있었다. 세상을 이해하기 위해 자신이 만들어낸 아주 냉정하고 잔인한 비교 체계에 사람들을 끼워 넣고 평가하는 데에만 쓰였다. 젤리아는 세상에서 불행한 사람이 자신만이 아니기를 바랐고, 반드시 그럴 것이라 확신했다. 그때부터 그녀는 어느 곳에서든지 불행의 씨앗을 발견할 수 있었다. 여러 사실과 풍문이 그녀의 거대한 입을 통해 여기저기 뿌려졌다.

젤리아에게는 마지막 희망의 순간도 있었다. 미소 지을 수 있는 기회를 다시금 가질 수 있을 거라 꿈꿔본 때였다. 열여덟 살이 되기 직전의 일이었다. 젤리아는 몇 달 동안 아버지 쪽의 팔촌 친척인 니콜라스 스타파와 편지를 교환하고 있었다. 그들은 미나스제라이스주(州)의 남부에 정착해 있었다. 니콜라스의 부친은 연예계 쪽 사업을 하는 사람으로, 람바리시(市)에서는 지역 유지로 통했다. 어느 날 니콜라스가 젤리아에게 이야기하기를, 아버지 사업과 관련해서 리우에 가게 되었는데, 이 기회에 데모크라치쿠스 클럽에서 열리는 연말 댄스파티에도 한번 가보겠다고 한 것이다. 젤리아와 언니들이 그와 함께 가주지 않겠냐고도 물었다. 젤리아는 심장이 쪼그라드는 걸 느끼며 답장을 썼다. 그렇게 하겠다고, 언니들과 함께 가겠다고.

젤리아 스타파, 젤리아 스타파, 이 소녀는 웃으며 생각했다. 인생의 아이러니랄까. 최근 몇 개월 동안 그녀는 아는 남자애들의 성과 자기 이름을 몰래 붙여보곤 했다. 젤리아 카마르구, 젤리아 카발리에리, 젤리아 칼리스투 등등. '하지만.' 그녀는 생각했다. '그 많은 조합 중에 원래 이름인 젤리아 스타파, 젤리아 스타파, 젤리아 스타파로 돌아갈 수도 있지 않을까.' 그 이름이 자신과 가장 잘 어울리는 것 같았다.

이때는 젤리아가 자기 입의 거대함과 그 입을 둘러싼 여러 불쾌한 징후들을 알아차린 뒤였다. 하지만 두 가지 이유로 니콜라스와의 편지 교환에서 희망을 찾았다. 첫째는, 두 사람은 이미 만난 적이 있기 때문에 그 청년은 이미 젤리아의 얼굴의 과도함을 알고 있었고, 그럼에도 불구하고 자유의지로 젤리아와의 편지 교환을 스스로 선택했다는 사실이다. 둘째는, 젤리아는 글을 쓸 때만큼은 세상에서 가장 매력적인 여자로 변한다는 것이었다.

젤리아는 댄스파티만 생각했다. 작게 흥얼거리며 머리를 땋는가 하면, 어린 시절 짓던 미소와 비슷한 표정을 짓고 다니기도 했다. 손수 바느질해 준비한 연분홍색 원피스는 에이라인으로 넓게 퍼지는 치마와 풍성한 프릴이 달린 옷소매가 특징이었다. 파티에 입장하고 퇴장할 때 입을 요량으로 상아색 천을 떼어다가 볼레로 카디건도 만들었다. 새 장갑도 샀다. 모자는 할부로 결제했으며 귀걸이는 언니 것을 빌렸다. 〈월간 여성〉에 나온 조언을 그대로 따랐다. 눈두덩 위에는 오이 조각을 얹었고, 머리카락에는 알로에를 발랐으며 호박색 피부를 만들기 위해 아이오딘 용액을 푼 물에 목욕도 했다. 파티 당일 젤리아는 어찌나 행복했던지 자신이 예쁘다고 생각하기까지 했다.

하지만 댄스파티는 좋지 않았다. 그날 밤의 니콜라스는 편지 속의 그 사람이 아닌 것만 같았다. 예의 바르게 행동했지만, 조심스러움이 느껴졌다. 미소를 띠었지만, 거리감이 느껴졌다. 대화를 나누려 해도 세 마디 이상 이어지기 전에 끝나버렸다. 두 사람 사이에 수 킬로미터나 되는 거리가 있었다. 그 거리는 람바리와 리우 사이보다 더 멀게만 느껴졌다. 그동안의 편지 교환은 그 거리를 너무나 쉽게 좁혀왔었다.

자정이 가까워올 무렵, 젤리아는 니콜라스와 편지를 교환하며 느꼈던 기쁨을 댄스파티에서는 느낄 수 없다는 사실을 받아들였다. 젤리아는 그를 파티장에 내버려두고, 화장을 고치러 간다며 자리를 떴다. 니콜라스는 가타부타 말도 없이 그저 고개를 끄덕이기만 했다. 젤리아는 등을 돌렸고, 무너졌다. 매력적인 여성이었던 그녀가, 아니 적어도 니콜라스 앞에서는 매력적이라 믿었던 그녀가 어느새 슬픔으로 가득한 불안한 여자가 되어 있었다. 화장실로 한 걸음 옮길 때마다 불안감은 더욱 증폭됐다. 그렇게 걸어가던 중 벽 거울에 비친 자신의 외모를 보게 되었다. 조금 틀어진 치마, 과하게 풍성한 소매, 그리고 끔찍한 서랍같이 생긴 입만이 눈에 들어왔다.

그날 말 없는 니콜라스의 모습이 젤리아의 자화상을 바꾸어놓았다. 댄스파티에 온 그 누구도 자신의 곁에 있고 싶지 않아할 거란 결론을 내렸다. 그녀는 옷을 입을 줄 모르는 사람이었다. 머리는 말다가 만 것처럼 어중간했다. 그나마 얼굴에 약간의 생기를 돌게 했던 립스틱은 지워진 지 오래였다. 빨간 립스틱이었다. 왜 빨간 립스틱이어야만 했을까? 사실, 그 립스틱은 신호등 색깔만큼이나 눈길을 끌었다. 젤리아는 살롱 맨 구석에 앉아 남은 밤을 거기서 보냈다. 숨고 싶었지만 그럴 수 없었다. 아무리 숨어도 그녀의 입만은 없어지지 않을 것이기 때문이었다.

하지만 그날 밤의 가장 큰 실수는 옷이나 머리, 립스틱 따위가 아니었다. 젤리아가 앉아 있던 구석에는 플리니우도 있었다. 가는 목을 가진 그는 소변이 마려운 사람처럼 안절부절못하는 눈빛을 하고 있었다. 플리니우는 움츠리는 걸 좋아했고, 그 구석이 마음에 들었다. 젤리아가 다가왔을 때, 어중간하게 곱슬거리는 머리나 과도하게 큰 입 따위는 그의 눈에 보이지 않았다. 다만 자신처럼 구석을 좋아하는 것 같은 한 여자아이만이 보일 뿐이었다.

둘은 이듬해 결혼했다. 플리니우 코헤이아는 리우데자네이루 라이트 주식회사에서 40년간 만년 과장으로 일하게 된다. 그의 월급은 대단하지도, 또 그렇다고 쥐꼬리만 하지도 않았다. 욕구는 무(無)와 무의미 사이를 오갔다. 그는 인생이 영구기관처럼 굴러가는 것 외에는 아무것도 바라지 않았다. 그는 처음 본 사람을 모두 위협으로 간주했다. 플리니우가 살면서 해본 단 한 번의 모험은 이구아수 폭포로 닷새 동안 여행을 간 일이었다. 젤리아와는 이렇게 가장 보통의 모습으로 늙어가고 있었다. 하지만 그의 이러한 생활 방식은 그를 아내로부터 매일, 조금씩 멀어지게 하고 있었다.

젤리아는 방구의 불행한 나날을 결혼이 해결해주리라 믿었다. 하지만 머지않아 결혼을 실수라고 생각하게 됐다. 자신의 곁에 매일 밤 코를 고는 실수 덩어리가 있었다. 플리니우가 입을 벌리고 잠들어 있는 모습을 보며 젤리아는 자기 인생의 예사로움을 생각했다. 니콜라스를 생각했다. 그날 밤 내가 더 다가갔어야 했는데, 라고 생각했다. 이렇게 치주카의 어중이와 결혼할 바에야 람바리의 카지노 딜러가 될걸, 하고 후회도 했다.

젤리아가 몰랐던 사실이 있다. 니콜라스는 젤리아의 부족한 지적 교양이나 완전하지 못한 외모 때문에 거리를 둔 것이 아니었다. 사실 그 청년은 결혼 적령기가 된 미나스제라이스 처녀들에 신물이 나 있다가, 데모크라치쿠스 클럽의 매력 넘치는 리우 여자들에게 둘러싸이자 그만 황홀경에 빠지고 말았다. 이 도시야말로 천국이야, 라고 생각했다. 우선순위를 바꾸는 건 어렵지 않았다. 결혼은 맨 마지막으로 미뤄둔 채, 몇 가지 '연애 실험'을 그 앞으로 당겨 왔다.

어쩌면 이건 올루오 테테의 주술 때문일지 모른다(이 점쟁이는 여덟 번째 여자에게 버림받은 뒤 이성을 잃고 리우의 모든 여자들을 저주한 터였다). 실제로 호자의 어머니가 살아 있던 당시, 리우의 여자들은 너무도, 때론 과도하리만큼 똑똑하고 예쁘다는 저주를 받았다. 그 바람에 그 도시의 남자들은 한 여자만 선택하지 않아도 되는 특혜를 누리고 말았다.

이렇게 젤리아는 치주카에 오게 되었고, 다시는 이곳을 나가지 않을 거란 사실도 알고 있었다. 사실은 그렇게까지 지내기 나쁜 곳도 아니었다. 방구에서 지내던 골방보다야 훨씬 나은 편이기도 했다. 그러나 거듭난 젤리아는 인생이 가져다주는 선물을 깨닫지 못했다. 그저 그런 남편, 그렇게 예쁘지 못한 자식들, 고쳐 지은 집만이 눈에 들어왔다. 잘못된 것투성이였다. 지난날 푸른색 공책을 꼭 껴안고 세상을 탐험하던 한 소녀는 이제 주변 모든 것에서 자신만이 발견 가능한 오류를 찾으려 애썼다.

이웃이 아침 인사를 건네지 않았다면 그것은 자신을 못 봤기 때문이 아니라 일부러 무시한 것이었다. 구아버 열매에 벌레가 먹었다면 그건 장사꾼이 자신을 속이려 한 것이었다. 이레니댁이 살찐 것은 불행하기 때문이며, 살이 빠진 것은 우울하기 때문이었다. 빵집 딸이 계산대에서 일손을 거들고 있다면 남자를 만나고 싶어서고, 도와주지 않는다면 버르장머리가 없기 때문이었다. 딸이 좋은 성적을 받았다고 하면 자랑질이나 해대는 것이었고, 성적표를 감추면 모자라는 년이었다.

"이 쓸모없는 인간아, 라디오 듣는 것 말고 할 줄 아는 게 대체 뭐야?"

젤리아는 자기 남편을 향해 팔짱을 끼고, 턱을 쭉 내밀면서 소리 지르곤 했다.

플리니우는 대답하지 않고 구석에 우두커니 앉아 있었다. 결혼한 남자들이 으레 걸린다는, 침묵의 시위라는 바이러스에 걸린 것이었다. 심지어 결혼 15주년이 될 때까지 입 밖에 꺼낸 단어들의 음절 개수가 같은 기간 트림한 횟수보다도 더 적었다.

젤리아의 끝없는 불만족은 외모까지 바꾸어버렸다. 호박 껍질을 자르기 위해, 막힌 하수구를 뚫기 위해, 높은 곳에 있는 찬장을 닦기 위해 젤리아는 얼굴을 찡그리곤 했다. 그 표정을 짓기 시작했을 때는 그녀의 젊음과 어울리지 않았지만, 점차 자기 얼굴 그 자체가 되어갔다.

불면의 밤은 그녀의 눈주위를 검붉게 물들였다. 어린 시절의 젤리아는 잠들지 않으려 고군분투했는데, 나이 들면서는 잠드는 법을 잊었다. 권태롭기만 한 일상, 잠이라도 푹 잘 수 있다면 얼마나 좋을까! 하지만 그렇지 않았다. 젤리아는 수많은 밤을, 그보다 더 많은 밤을 뜬눈으로 지새웠고 다크서클과 불쾌감은 늘어만 갔다. 순수했던 그때 그토록 소망했던 불면증이 남은 인생 동안 짊어져야 할 큰 짐이 되어버렸다.

어느 정도 시간이 지난 후, 젤리아는 거울에 비친 자신의 모습을 외면하기 시작했다. 외모가 못나서 성격이 비뚤어진 건지, 성격이 비뚤어져서 외모도 못나진 건지 아무도 알지 못했다. 유리창만이 그녀의 구원이었다. 그곳에서 젤리아는 자신을 제외한 세상의 모든 것을 관찰할 수 있었다. 그리고 그곳에서 에우리지시를 보았다. 자기 가정에 온전히 만족하지 못해 보이는 그녀는 젤리아로부터 말의 심판을 받기 딱 좋았다. 또 젤리아는 그걸 너무나도 좋아했다.

“저 집 파산할 거야. 지금부터 내가 하는 말을 잘 적어놔. 에우리지시는 상다리가 부러지도록 푸짐하게 차릴 줄밖에 모르지. 하지만 얼마 안 있으면 밀가루로 연명하게 될걸?”

2

에우리지시가 금전적 어려움을 가계부에 표현한 적은 단 한 번도 없었다. 그 단어는 남들의 머릿속에나 있는 것인 만큼, 그녀는 자신의 프로젝트를 계속 진행했다. 케이크를 발명해내고, 다양한 수프를 시도해보았으며, 새로운 소스도 개발해냈다. 그리고 그 모든 요리법의 과정 하나하나를 공책에 기록했다. 그건 일기장이기도 했다. 수년간의 가정 유배 기간을, 그리고 그 집의 네 벽이 그녀에게 가하는 중압감을 견딜 수 있게 해주는 기록이었다.

몇 개월이 채 지나지 않아 에우리지시의 기울여 쓴 글씨는 어느새 검은 공책 대부분을 꽉 채우게 되었다. 그녀는 그걸 남편에게 보여줘야겠다고 생각했다. 안테노르가 좋아하는 메뉴인 마데이라 적포도주 소스를 곁들인 칠면조 스테이크로 특별 만찬을 마련했다.

만찬 하루 전, 그녀는 칠면조를 사러 가금류 시장에 갔다. 칠면조를 손에 쥐고 집에 돌아오는 길에, 크리스마스도 아닌데 칠면조 요리를 할 생각을 한 그녀에게 분노하는 젤리아를 지나쳤다. 에우리지시는 앞마당에 칠면조를 풀어놓은 뒤, 잡기 전에 먹일 카샤사 술(사탕수수로 만든 브라질 전통 증류주)을 바가지에 채웠다. 알코올은 칠면조를 얌전히 만들 뿐 아니라 고기도 부드럽게 만든다. 술을 보관하는 찬장의 문을 닫은 에우리지시는 거기 기대어 잠시 쉬었다. 자신의 요리책은 이미 완성되어 있었고, 출판하고 싶었다. 누가 아는가, 잘되면 또 한 권 낼지. 에우리지시는 라디오 요리 프로그램에 출연하고, 〈월간 여성〉의 한 페이지를 장식할 수도 있을 것이다! 새댁들을 위해 가스레인지와 오븐으로 하는 요리 교실을 열게 될지도 모를 일이다. 이미 큰 눈이 더 커졌다. 모든 게 가능했다, 안테노르에게 털어놓기만 한다면. 그렇다, 남편에게 털어놓기만 한다면. 눈이 가늘어졌다. 칠면조에게 먹이기 전에, 자신이 먼저 바가지에 든 술을 두 모금 들이켰다.

대망의 만찬 날, 안테노르는 평소처럼 5시 반에 귀가했다. 아내의 이마에 입을 맞춘 후 방에 들어가 옷을 갈아입었다. 슬리퍼를 신고, 6시에 차려질 밥을 먹기 위해 거실로 나왔다. 에우리지시가 준비하던 요리는 안 그래도 이국적인 냄새를 풍겼었는데, 그날따라 유난히 이국적인 냄새를 풍겼다. 그 냄새는 거실과 방을 점령하다 못해 옆집까지 퍼져 갔고, 젤리아의 남편이 "또 잡탕으로 수프를 끓인 거야?"라고 투덜거리게 만들었다.

안테노르는 특별한 날에만 등장하던 이태리제 냅킨이 깔려 있는 걸 보곤 깜짝 놀랐다. 게다가 크리스마스에만 볼 수 있던 와인 잔도 등장했다. 식사는 코스로 진행됐다. 우선 해산물 수프로 시작하여 염소젖 치즈를 넣은 샐러드, 카투피리(부드럽고 산미가 적은 브라질 크림치즈)를 곁들인 감자 요리, 그리고 안테노르가 가장 좋아하는, '그 갈색 비스름한 그것'을 끼얹은 스테이크까지. 그날따라 아내가 입맛 없어 하는 것도 놀라웠다. 평소라면 포크질에 여념이 없었을 텐데, 그날은 조용히 앉아 있을 뿐이었다. 에우리지시는 주방에서 아이들에게 줄 후식을 준비했다. 안테노르가 초콜릿을 끼얹은 새콤한 과일 타르트를 먹기 시작했을 때, 그녀는 와인 잔에 와인을 따라 한 모금 마신 뒤 공책을 책상 위에 올려놓았다.

그녀는 공책을 밀어 남편에게 건네며 말했다.

"안테노르, 이것 좀 볼래요? 여기다가 내가 만든 요리법을 모두 적었어요. 당신 보기에 출판할 만한 것 같나요?"

안테노르는 그제야 접시를 한편으로 치울 구실을 찾을 수 있었다. 슬쩍 트림을 한 뒤, 공책을 훑어보았다. 에우리지시는 종이 넘기는 소리를 들으며 꼼짝 않고 기다렸다. 남편이 폭소를 터트릴 때까지 그랬다.

"이 여편네야, 쓸데없는 짓은 그만둬. 가정주부가 쓴 책을 누가 본다고 그래?"

그 박장대소 소리는 에우리지시의 한쪽 귀로 들어갔지만, 다른 쪽 귀로 나오지는 못했다. 그녀는 고개를 떨군 채 손으로 앞치마 레이스를 만지작거리며 설명을 시도했다. 요리 경력도 꽤 오래됐으며, 실력도 이 정도면 썩 괜찮은 것 같아 보였다면서. 하지만 안테노르는 잡담이나 하는 사람이 아니었다. 그는 중요하다 생각하는 말만 했다.

"이쑤시개나 갖다줘."

그리고 그 집과 그 동네, 혹은 부모님 집과 동네를 벗어나보지 못한 에우리지시는 남편 말이 맞다고 생각했다. 안테노르는 이치를 아는 사람이었다. 회계학을 공부했고, 브라질 중앙은행에서 일하고 있었으며, 다른 남자들과 정치를 논하기도 했다. 요리책 작업을 할 때만 해도 에우리지시는 자신이 뭔가 가치 있는 일을 하고 있다는 생각까지 했었으나, 남편 앞에서는 그 모든 것이 의미를 잃고 말았다. 책을 출간하고, 라디오에 출연하고, 요리를 가르치는 모든 상상이 하룻밤의 꿈처럼 사라졌다. 보는 눈이 있는 건 안테노르였다. 그의 안목은 출퇴근길 전차 안에서 보는 모든 것에 의해 만들어졌다. 그 정도만으로도 에우리지시가 보는 것보다 훨씬 많은 것을 본다고 말할 수 있었다. 에우리지시는 집의 네 벽과, 장바구니와, 쌀독의 쌀과, 자신을 끊임없이 불편하게 만드는 공허함 외에는 볼 수 없었기 때문이다.

그날의 결말은 여느 날의 그것과 다르지 않았다. 엄마와 딸이 식탁 위의 그릇을 치우는 동안, 안테노르와 아폰수는 라디오 프로그램 〈하지우 나시오나우〉를 들으러 거실로 자리를 옮겼다. 에우리지시는 고개를 들지 않은 채 설거지를 했다. 눈물 한두 방울이 싱크대에 고인 물에 떨어져 섞였다.

"엄마, 이렇게 하면 돼요?"

싱크대 한편에 놓인 작은 의자 위에 까치발을 하고 올라선 세실리아가 엄마를 도와 그릇의 물기를 닦았다.

"잘했어, 세실리아. 너도 언젠가 훌륭한 주부가 되겠구나."

에우리지시가 식탁에서 가장 늦게 치운 것은 요리책이었다. 표지를 쓰다듬다 이내 눈길을 거두고 고개를 돌렸다. 쓰레기통의 파베 초콜릿

더미 위에 공책을 처박았다.

두 시간이 지난 뒤 안테노르는 와인에 취해 코를 골고 있었고, 에우리지시는 레이스 달린 이불 속에서 뒤척거렸다. 그녀는 안테노르 정도면 좋은 남편이라는 사실을 알고 있었다.

안테노르는 유흥을 좇아 길거리를 헤매고 다니지도 않았고, 집에서 손찌검을 하는 일도 없었다. 돈도 잘 버는 데다 잔소리도 적었고, 아이들과도 대화를 해주었다. 다만 그는 라디오를 들을 때나 신문을 읽을 때, 또는 늦잠을 자거나 점심 식사 후 낮잠을 잘 때 방해받는 걸 싫어할 뿐이었다. 슬리퍼는 침대맡에 가지런히 놓여 있어야 했고, 커피는 끓기 직전에 내와야 했으며, 우유에는 지방 덩어리가 없어야 했고, 아이들은 집 안에서 뛰어다니면 안 되었다. 쿠션은 항상 대각선으로 놓여야 했으며, 창문은 4시가 넘어서 닫는 일이 없어야 했고, 7시 전에는 어떠한 소음도 발생하지 않아야 했으며, 라디오 소리는 절대 크지도 낮지도 않아야 했다. 그리고 그 어떤 경우에도 하루 중 두 끼 연속으로 같은 요리가 반복되어서는 안 되었고, 화장실에는 언제나 유칼립투스 향이 감돌아야 했다. 이 정도면 그리 많은 걸 요구하는 건 아니었다.

그렇다.

이건 진실의 전부가 아니다.

이건 거의 진실이다.

에우리지시가 가장 기억하고 싶지 않아 했던 것은 아마도, 이불에 얼룩을 남기지 않아 남편을 실망시켰던, 그래서 너무나 슬펐던 그날 밤에 대한 일일 것이다. 할 수만 있다면, 에우리지시는 그날 밤을 옆집 여자가 화초에 좋다 하여 묻어둔 닭 껍질 곁에 고이 묻어두었을 것이다. 하지만 안테노르는 그렇게 하게 두지 않았다. 안테노르는 '통곡과 위스키의 밤' 때문에라도 그날 밤을 놓아주지 않았다.

이 일은 3개월에 한 번씩 일어났다. 집에 도착한 안테노르는 평소처럼 아내의 이마에 입을 맞춘 뒤 방에 가 옷을 갈아입고 슬리퍼를 신은 채로 거실로 나온다. 에우리지시와 세실리아가 저녁을 차리고 있을 때, 안테노르는 이렇게 말한다. "여보, 오늘은 좀 늦게 먹겠소. 위스키를 마실 거거든." 에우리지시는 위스키를 마시면 당신이 어떻게 변하는지 알잖아요, 라는 메시지를 눈빛에 담아 안테노르를 쳐다본다. 그러면 안테노르는 내가 위스키를 마시면 어떻게 되는지 나도 잘 알지, 라는 눈빛으로 응수한다.

사실 '통곡과 위스키의 밤'에 일어나는 일 중 안테노르가 인식하는 것은 자신이 위스키를 마신다는 것, 그뿐이었다. 처음 한두 모금을 마시다 보면 이내 이상한 일들이 일어났다. 안테노르가 할 수 있는 일은 그 이상한 일들에 저항하는 것뿐이었다.

예를 들어보자. '통곡과 위스키의 밤' 초반에는 모든 게 괜찮아 보인다. 안테노르는 안테노르고, 에우리지시는 에우리지시고, 아폰수와 세실리아도 거실에서 오뚝이 장난감을 갖고 노는 밝은 아이들일 뿐이다. 그러나 위스키가 한 잔 이상 들어가면서 변신이 시작된다. '통곡과 위스키의 밤'이면 에우리지시는 서둘러 아이들을 재우러 들어가는데, 거실을 나설 때는 에우리지시였던 그녀가 거실로 돌아오면 첫날밤 남편을 위해 정절을 지키지 않은 걸레 같은 년이 되어 있었다.

"그놈이 대체 누구야?"

몸을 소파에 깊숙이 묻고 위스키를 손에 든 채, 안테노르는 아내가 자기에게 칼부림이라도 한 듯 억울하게 바라보며 묻는다. "그놈이라는 게 누굴 말하는 거예요?"라고 되물어도 소용이 없다.

"에우리지시, 그놈 말이야, 그놈. 난 그놈이 누군지 알 권리가 있다고!"

그 남자는 고통받고 있었다. 그 남자는 콧물이 흘러내릴 정도로 오열했다. 그 남자는 자기 자신에 대해 엄청난 연민을 갖고 있었다. 그는 성실하고 진지한 사람이었다. 걸레 같은 년과 결혼하기엔 너무 억울했다.

그런 와중에 변신은 계속된다. 아폰수와 세실리아는 안테노르의 아이가 아닌, 길거리 어중이떠중이의 아이들이 되어버린다. 왜냐하면 한 번 정절을 지키지 못한 여자는 계속해서 정절을 못 지킬 수 있기 때문이었다. 얼마나 억울한 일인가?

"에우리지시, 말 좀 해봐. 내가 억울하지 않겠어? 왜, 왜, 대체 왜?"

'통곡과 위스키의 밤'에서 그나마 다행인 것은, 그 시간이 그리 오래 가지는 않는다는 사실이다. 안테노르가 소파에서 잠들면서 끝나게 되는데, 그러고 나면 에우리지시는 남편의 굳은 손에서 컵을 떼어내며 이렇게 말한다.

"안테노르, 당신 아내로부터 정절을 빼앗은 건 이 위스키예요. 이 위스키를 마시는 일이 날 정절 잃은 여자로 만든다고요."

그렇다. 그는 좋은 남편이었다. 에우리지시는 대망의 만찬 날이 되었으면 했지만 결국 파베 초콜릿에 공책이 빠진 날이 되어버린 그날 밤 이후에도 그렇게 스스로 되뇌었다. 남편의 장점을 떠올리다 보면 진정이 되곤 했다. 하지만 그날 밤만은 그렇지 못했다. 안테노르가 터트린

폭소가 그녀를 잠들지 못하게 했다.

거실의 시계가 세 번 울렸을 때, 그녀는 그걸 소명으로 받아들였다. 몸을 일으켜 슬리퍼를 신은 뒤 주방에 가 쓰레기를 뒤졌다. 공책은 파베 초콜릿으로 뒤범벅되어 있었고, 속지는 초콜릿 크림 때문에 서로 다 엉겨 붙어 있었다. 물기 때문에 글씨가 지워지면서 요리법을 그대로 따라 하기 어렵게 된 부분도 있었다. 가령, 브리가데이루(초콜릿과 연유, 버터를 섞어 둥글게 만든 브라질 전통 후식) 요리법은 읽기 힘든 지경이었다. 그러나 에우리지시는 별로 신경 쓰지 않았다. 그녀는 그 요리법을 모두 완벽하게 외우고 있었을 뿐 아니라 세실리아의 첫돌 때 왔던 동네 여자들 모두가 그 요리법을 알려달라 부탁했었다. 그녀의 요리법으로 만든 브리가데이루가 이미 치주카의 모든 가정의 생일상에 오르고 있었다. 그러니 브리가데이루 요리법이 보인들 보이지 않은들 무슨 상관이겠는가? 에우리지시조차 왜 자신이 그 공책을 다시 가져왔는지 몰랐다. 에우리지시는 공책의 검은 표지를 행주로 닦으며 생각을 잠시 미뤄뒀다. 젖은 공책 속지 사이사이에 종이를 끼워 넣은 뒤, 거실 책장을 장식하고 있는 백과사전 전집 뒤에 숨겨두었다.

방으로 돌아온 에우리지시는 그제야 잠들 수 있었다.

삶은 그렇게 흘러갔다. 아이들에겐 바나나와 스파게티를, 남편에겐 소화불량에 걸리지 않도록 양파를 뺀 음식을 주었다. 에우리지시의 일과는 그전보다 더 빨리 끝나곤 했다. 그런 자유 시간에는 소파에 앉아 손톱의 매니큐어를 보곤 했다.

에우리지시는 슬픈 마음으로 손톱을 바라보았다. 아직 애도 기간이 끝나지 않았기 때문이었다. 백과사전 전집 뒤에 공책을 묻어둔 이후의 몇 개월은 그녀에게 힘든 시간이었다. 자녀들을 돌보는 데 집중하려 했지만, 뭐랄까, 그 관심은 어딘가 비뚤어져 있었다. 한 눈으로는 아폰수와 세실리아의 등교 준비를 도왔지만, 다른 한 눈으로는 인생이란 이것뿐일까?라는 질문을 끊임없이 던졌다. 한 눈으로는 아이들의 숙제를 도왔지만, 다른 한 눈으로는 이 아이들이 나를 필요로 하지 않는 순간이 오면 어떡해야 할까?라고 자문했다. 한 눈으로는 이야기책을 읽으며, 다른 한 눈으로는 학교 교복, 필기 내용 암기, 동화 읽기 같은 것 너머에 다른 인생이 있을까?라는 생각도 했다.

그나마 조금 위안이 되어준 건 라디오 드라마였다. 사실 많은 도움이 되어주었다. 매일 오후 3시가 되면 에우리지시는 라디오 옆 소파에 앉아 전원을 켠 뒤, 거실 한쪽 벽을 가득 채운 책장을 마주했다. 그녀의 시선은 책 제목을 훑어보다 길을 잃곤 했다. 그러는 사이 농장주의 딸과 삼각관계에 빠진 프레데리쿠와 페드루의 모습이 떠올랐다. 기억을 잃고 해변에 쓰러진 채 어부들에게 발견된 베치나도 볼 수 있었다. 결혼도 하지 않고 너무 어린 나이에 임신을 한 마리아 엘레나도 보였다.

에우리지시는 두 눈은 책장을 향한 채, 두 손을 맞잡고 등장인물들을 응원하기 시작했다. 안 돼, 페드루, 제발 프레데리쿠를 죽이지 마! 베치나, 히카르두와 키스하면 안 돼. 그 사람이 네 엄마를 죽이라고 사주했단 말이야! 그리고 마리아 엘레나, 너무 걱정하지 마. 네 아들이 언젠가 세상을 다 얻을 거야! 엄마 돌로리스가 그 아이를 대단한 의사로 키울 거야. 많은 일들이 그 작은 갈색 상자 안에서 일어났다. 그러나 에우리지시 구스망의 인생에는 어떤 일도 일어나지 않았다.

게다가 구스망 캄펠루가(家) 사람들이 당대의, 물론 후대에도 그러하지만, 최고의 신문물인 가정부를 집에 들이면서 에우리지시의 인생도 더욱 평온해졌다. 마리아 다스 도리스는 주인집 사람들의 아침 식사를 차릴 시간에 도착했고, 저녁 식사의 마지막 접시를 닦은 뒤에야 떠났다. 그리고 잘 정돈된 침대, 왁스 칠로 반질거리는 방바닥, 깨끗한 화장실 같은 흔적을 남겼다. 에우리지시는 시장과 슈퍼마켓, 정육점과 가금류 시장 등 집 밖의 일을 맡았다. 단, 오후 3시까지 집에 돌아올 수 있을 때만 그랬다. 그 이후에는 책장 맞은편에 앉아 손을 맞잡고 있어야 했기 때문이다.

라디오 드라마는 어느 정도 기분 전환에 도움이 되었지만 한계가 있었다. 몇 달이 지나자, 라디오를 켜고 책장 앞에 앉아도 히타가 파울루 아폰수와 히카르두 브리투 중에 누구와 결혼해야 할지를 생각하지 않고 인생의 의미에 대해 생각하게 됐다.

기분이 나빠졌다. 남편에게도 날 선 대답을 하는 일이 잦아졌다.

"여보, 에우리지시. 여기 커피에 우유 지방이 떠 있잖아."

"그냥 삼켜버리면 보이지 않을 거예요."

불쌍한 우리의 마리아 다스 도리스는 이름대로(포르투갈어로 '고통의 마리아'라는 뜻) 고통받고 있었다. 정돈했다고 한 침대도 에우리지시가 보기에는 항상 주름이 가 있었으며, 왁스 칠을 한 바닥도 항상 금이 가 있었을 뿐 아니라, 닦았다고 한 샤워 부스에도 항상 털 한 가닥이 붙어 있었다. 그녀는 아침 7시에 일하기 시작해서 저녁 8시가 넘어서야 겨우 퇴근하는 일에 크게 상관하지 않았다. 매일매일 같은 메뉴—밥, 콩, 자투리 고기—로 식사를 해도 개의치 않았고 여름 정오 시간이면 적도의 더위가 찾아오는 구석방에서 리넨셔츠와 캐시미어 양복을 다린다 해도 괜찮았다. 매일매일 자신의 사랑스러운 세 아이들을 볼 수만 있다면 모든 것이 다 괜찮았다. 마리아 다스 도리스는 혼자 아이 세 명을 키우는 미혼모였다. 그 아이들은 엄마가 오븐에 넣어둔 음식을 꺼내 식사를 했고, 서랍장에 넣어둔 옷을 꺼내 입었다. 이제 어느 정도 나이도 들어 집안을 알아서 다닐 수도 있게 됐다. 이제는 부엌의 칼이나 불을 함부로 만지지 못하게 예전처럼 기둥에 묶어두지 않아도 되었다.

하지만 이 이야기는 마리아 다스 도리스의 것이 아니다. 게다가 마리아 다스 도리스는 아주 가끔씩만, 그릇을 닦거나 침대를 정돈하는 장면에서 등장한다. 이 책은 무언가가 됐을 수도 있는 여성, 에우리지시 구스망에 대한 이야기다.

3

에우리지시는 새로운 프로젝트를 찾고 있었다. 권태로운 아침은 물론 아이들이 집에 오기 전, 만사에 손쓸 수 없이 자신을 미치게 만드는 근심 가득한 오후 시간을 채울 무언가가 필요했다. 이렇게 혼란스러울 때면 외로움이 근심이 되고, 근심은 광기가 되곤 했다. 그리고 그 광기는 고요하고 단호하게 이렇게 속삭이곤 했다. 널 잡고 말 거야. 널 잡고 말 거야. 널 잡고 말 거야.

어느 금요일, 문을 박차고 나서 길거리에서 혼자 툴툴거리던—다스 도리스는 제대로 하는 게 없어. 다스 도리스는 바보야. 다스 도리스가 수건에 얼룩을 만들었고, 바지도 태워먹었고, 컵도 깼고, 내 귀걸이도 잃어버렸어—에우리지시는 어느새 '눈부신 여인'이라는 이름의 미용실로 향하고 있었다. 머리를 손질한 지가 벌써 2주나 지났다. 좋은 아내란 남편을 위해 항상 아름다운 모습을 유지해야 했다. 그렇지 않으면 남편이 집에 없는 것들(여기서는 곱슬머리와 빨간 손톱이 해당된다. 그리고 머리와 손톱 사이에 있는 모든 것이 포함된다)을 길거리에서 찾아다닐 수 있기 때문이다.

에우리지시는 당대 치주카 엘리트층 여성들의 머리를 한결같이 책임져온, 열을 내뿜는 둥근 플라스틱 버섯을 머리에 쓴 채 〈월간 여성〉을 생각 없이 뒤적거렸다. 에우리지시는 '재단과 바느질'란에서 평소보다 더 많은 시간을 보냈다. 그 기사에는 원피스 제작 방법이 단계별로 잘 나와 있었다. 스물세 단계를 아주 자세한 설명과 함께 소개했다. 먼저 치수를 재고 본을 뜬 뒤, 손바느질하고 박음질한 후, 입혀보고 또 입혀보고 레이스로 마무리한 뒤, 버튼을 달고 주머니를 달고, 가장자리를 다듬으면 되었다. 얼마나 좋은 일인가. 에우리지시가 원했던 옷도 바로 그런 원피스였다. 예뻐서도 원피스여서도 아니라, 자신이 할 줄 모르는 것이 스물세 단계나 되며 아홉 개의 본도 제공됐기 때문이다.

안테노르에게 재봉틀에 투자하라고 설득하는 데는 나흘이 걸렸다. 처음에는 안 된다고 했다. 그다음에도 안 된다고 했다. 그리고 그다음에도 한 번 더 안 된다고 했다. 그러다가 이렇게 말했다. "또 이 재단이니 재봉틀이니 하는 시시껄렁한 얘기는 듣고 싶지 않다고. 좀 조용히 살고 싶으니, 그 기계를 빨리 사든지 해!"

에우리지시는 여성 게릴라들이 오래전부터 써왔던 바로 그 전략을 택했다. 반복 전술을 통해 남자들에게서 원하는 답을 이끌어내는 전략이 그것이다.

다음 날 그녀는 외출용 원피스를 입고 시내에 나가 싱어 재봉틀을 구입했다. 원피스가 몸에 끼긴 했지만, 신경 쓰지 않았다. 월요일이었다.

다이어트를 하는 날이었는데, 에우리지시는 그 후 몇 주 동안은 재봉을 배우는 데 너무 몰두한 나머지 먹는 것도, 마리아 다스 도리스를 괴롭히는 것도 잊게 되었다. 하지만 흥미로운 사실 한 가지는 자녀들은 절대 잊지 않았다는 것이다. 아주 세심하게 학교 갈 준비를 해주었으며, 방과 후에는 웃는 얼굴로 아이들을 맞아주었고, 숙제도 매우 기꺼이 도와주었다. 그리고 얼마 전 구입한 텔레비전에 안테노르가 빠져 있는 동안(여기, 현장을 두 눈으로 목격한 에수 기자가 대신 전합니다) 세실리아에게는 새 앞치마를 해줄까, 아폰수에게는 다른 청바지가 필요하지 않니, 라고 물어보기도 했다. 에우리지시는 본으로 쓸 갈색 종이를 자르고, 주름선을 만들고, 옷단을 접고, 지퍼를 단 뒤 마침내 재봉틀에서 지그재그 소리를 냈다. 그 소리는 음악 선율처럼 감미롭게 들렸다. 이 노래에 가사가 있다면 아마도 바쁜 두 손, 평온한 마음, 성취감, 평화 따위가 주된 내용이었으리라.

그런데 두 집이 공유하는 벽 너머, 젤리아가 그 노련한 귀로 들은 건 전혀 다른 이야기였다. 기계에서 나오는 지그재그 소리는 다르지 않았지만, 그 리듬은 젤리아에게 다른 메시지를 전달했다. 슬로페르라는 가게에서 자기 옷을 사고, 조제 시우바 양장점에서 남편의 옷을 사고, 보니타 가게에서 아이들 옷을 사던 여자였다. 브라질 중앙은행의 명망 있는 직원을 남편으로 둔 여자가, 밤은 물론이고 이따금은 새벽까지(젤리아는 정말 그 집의 모든 소음들을 빠짐없이 듣고 있었다) 재봉틀 위에서 고군분투하고 있는 것이었다. 어쩜 그럴 수가 있을까?

불쌍한 여자! 재봉틀의 지그재그 소리는 젤리아가 이미 알고 있는 것에 확신을 더했다. 그 부부의 상황이 좋지 않기 때문에, 에우리지시는 옷을 직접 만들어 입어야 했던 것이다. 그 향기로운 저녁 식사도, 그 시끄러운 텔레비전도 모두 허상일 뿐이었다. 이제 안테노르가 텔레비전과 작별할 날도 머지않을 것이었다. 동네에서 첫 번째로 텔레비전을 산 집이지만, 첫 번째로 그걸 잃어버리는 집이기도 할 것이다. 구스망 캄펠루 가족은 그렇게 돈을 흥청망청 써서는 안 됐다.

다음 날이 되자 동네 여자들이 모두 모여 에우리지시와 안테노르 부부가 경제적으로 안 좋은 상황에 놓여 있다며 수군거리기 시작했다. 몇몇은 마리아 다스 도리스가 한 달도 못 채울 거라고 했다. 또 다른 사람들은 그 가정부가 먹을 것 때문에 붙어 있는 것이고, 월급까지는 필요하지 않을 것이라고 했다. 그 외에도 다른 지출이 있었다. 아이들의 학비도 몇 달이 밀려 있을 것이며, 세실리아와 아폰수는 다니던 사립학교 대신 공립학교로 전학을 가게 될 것이라 했다. 에우리지시는 이제 슈퍼마켓에서도 외상을 할 수밖에 없을 것이며, 마르케스지에르바우 건물에 있는 고급 진료소를 이용하지도 못하게 될 것이라 했다.

하지만 그런 경제적 위기는 다른 사람들의 머릿속에만 있을 뿐이었다. 에우리지시가 자신의 프로젝트를 완수하겠다며 품고 있던 커다란 욕망과는 더더욱 상관이 없었다. 그 몇 달간은 참 좋았다. 학교에서 돌아온 아이들은 의욕으로 가득 찬 눈빛과 온전한 마음을 가진 에우리지시와 마주할 수 있었다.

"오늘 학교에서 뭘 배웠니?"

아폰수는 양서류에 대해 말했고, 세실리아는 우주에 대해 얘기했다.

"엄마, 태양을 중심으로 아홉 개의 행성이 돌고 있대요. 지구는 그중 세 번째인데, 조금만 더 가까이 다가가면 너무 뜨거워서 모두가 죽고

만대요. 그런데 반대로 조금만 멀어져도 너무 추워서 아무도 살지 못할 거래요."

"달은 어떻고." 에우리지시가 말을 이었다. "달도 지구를 따라 돌고 있단다. 그리고 이 우주에는 달이 정말 많은데, 지구에는 우리가 보는 저 달 하나뿐이란다. 하지만 화성에는 달이 열 개가 더 넘는다고 하더구나!"

세실리아는 호기심에 두 눈을 크게 떴다. 아폰수는 누나를 보고 덩달아 눈을 크게 떴다. 에우리지시는 발 받침대 위에 올라 책장 제일 위에 놓인 백과사전 중에서 행성과 별자리에 관한 책을 꺼내 들었다. 그러고는 우주의 기원, 별들의 위치, 그리고 지구와 멀리 떨어져 있는 수많은 태양들에 대한 이야기로 즐거운 시간을 보냈다. 우리의 에우리지시가 얼마나 설명을 잘했는지, 세실리아는 어느 동급생보다도 우주에 대해 가장 잘 이해하는 학생이 되었고, 아폰수도 친구들보다 훨씬 더 앞서 우주에 대해 알게 되었다.

에우리지시는 그다음에 양서류 백과사전을 꺼내 들어 알록달록한 색깔을 한 개구리들을 보여주었다. 이 동물들은 코로만 숨을 쉬는 게 아니라 온몸의 피부로 숨을 쉰다고 말해주었다. 그리고 우리가 코로 숨을 쉬는 게 얼마나 재미있는 일인지에 대해서도 설명해주었다. 우리가 숨을 쉴 때는 산소가 들어가지만 내뱉을 때는 이산화탄소가 뿜어져 나오는 거라며, 이건 학교에서도 나중에 배울 건데, 조금 미리 배워두는 것도 좋을 테니 백과사전에서 좀 더 찾아보자고 말했다. 에우리지시는 다시 발 받침대에 올라 인체에 관한 백과사전을 꺼내 들었고, 그러다가 주기율표로 넘어가기도 했다. 그런 오후 시간은 정말 눈 깜빡할 새 지나가곤 했다. 에우리지시의 품에는 책이 있었고, 양옆에는 아이들이 앉아 있었다. 시계 소리가 울렸지만 아무도 듣지 못했다.

안테노르는 집에 도착해 아내의 이마에 입을 맞췄다. 방에 가서 옷을 갈아입은 뒤 슬리퍼를 신고 거실로 나왔다. 온 가족이, 나타났다 사라지기를 반복하는 '고통'의 마리아이자 세 아이의 엄마인 한 여성이 차려주는 음식을 먹기 위해 둘러앉았다.

안테노르는 아폰수와 세실리아에게 학교에 대해 물어보았고 우주와 양서류에 대한 정보를 습득했다. 오는 토요일 치주카 숲에 함께 가자고, 거기 호숫가에서 올챙이를 잡자고 약속했다.

"책에 나오는 양서류의 새끼들을 직접 눈으로 보라고 데려가는 거야."

아이들은 기쁨에 펄쩍펄쩍 뛰었고, 소파 저쪽 끝에서 바느질을 하던 에우리지시에게 이 소식을 전하러 달려갔다. 에우리지시는 옷감에서 눈을 떼지 않은 채 미소를 지었다. 그리고 안테노르가 아이들을 마당으로 데리고 나가 남십자성, 금성, 그리고 전갈자리같이 생긴 별자리까지 보여주는 동안에도 에우리지시는 바늘 끝에서 시선을 떼지 않았다.

다시 돌아온 아이들은 잠옷으로 갈아입고 아빠가 읽어주는 몬테이루 로바투(동화《노란 딱따구리 농장》 시리즈로 유명한 브라질 작가)의 이야기책을 기다리며 침대에 누웠다. "어디까지 읽었더라?" "6장, 헤라클레스의 과업까지요." "그래, 맞아. 헤라클레스에게는 열두 가지 과업이 있었어." 안테노르는 아폰수가 잠들 때까지 네다섯 쪽을 읽어주었고, 일어서려 준비하는 순간 세실리아가 "아빠, 한 쪽만 더 읽어주세요. 켄타우로스에 대해 더 알고 싶어요"라고 말했다. 그러면 안테노르는 세실리아가 하품할 때까지 여러 쪽을 더 읽어주었다. 관심을 보이는 딸의 모습이 보기 좋았다. 그는 세실리아가 공부를 계속 하길 바랐다. 누가 알겠는가, 대학도 갈 수 있을지. 그러면 좋은 집에도 시집갈 수 있겠지. 아이들에게 입을 맞춘 뒤에는 자신도 잠자리에 들 준비를 했다. 다음 날에는 회의가 연달아 있을 예정이었다.

30분 뒤에는 집 안 곳곳에 적막과 어둠이 내려앉았다. 하지만 에우리지시 구스망의 싱어 재봉틀에 달린 작은 전구와, 낮게 깔린 박음질 소리만은 예외였다. 에우리지시는 지칠 때까지 재봉틀과 씨름했고, 꿈도 꾸지 않을 만큼 깊은 잠에 들었다. 그녀에겐 더 이상 꿈이 필요 없었다.

몇 달이 지난 후 에우리지시는 다시 불안해졌다. 이제 아이들의 옷, 다스 도리스의 작업복, 거실에 쓸 걸레, 안테노르의 셔츠까지도 더는 만들 것이 없었다. 새로운 프로젝트가 필요했고, 그걸 만들어내는 건 어렵지 않았다. 에우리지시의 동네는 가게는 적고, 여자들은 많았다. 자기 사업을 벌이기에 가장 적당한 환경을 갖추고 있었던 것이다.

에우리지시가 치주카의 고객들을 찾아 나선 어느 날, 모두가 그녀를 안쓰럽게 바라보았다. 잘 차려입은 여자가 일자리를 찾아 여기저기 기웃거리는 모습이 그러했다. 에우리지시의 외출용 원피스도 단벌 신세를 벗어나 일고여덟, 아니 아홉에서 열 벌 정도로 늘어났다. 요일마다 입을 옷을 만들었고, 물방울무늬 섬유 원단이 예뻐서 한 벌, 체크무늬 리넨 원단이 세일 중이어서 한 벌 더 만들었다. 광고 모델이 입은 옷이 괜찮아 보여, 스스로 본을 뜰 수 있을지 시험해보느라고 또 한 벌이 추가되기도 했다.

그렇게 저 멀리서, 빨간색 플레어스커트가 달린 원피스를 차려입은 에우리지시가 걸어오고 있었다. 예전 같았으면 그런 원피스는 인도를 가득 메울 정도로 펑퍼짐했을 것이지만 지금은 차지하는 공간이 한참 줄어들었다. 바느질에 푹 빠진 에우리지시는 턱을 두어 개, 허리 치수는 셀 수도 없을 만큼 잃어버렸다. 어느 정도는 일에 몰두했기 때문이라 할 수 있고, 또 어느 정도는 옷을 입었을 때 가장 예뻐 보이는 허리 사이즈를 고민했기 때문이기도 했다.

"〈월간 여성〉이나 〈라디오 잡지〉에 나오는 옷이라면 어떤 것이든 만들어드릴 수 있어요. 사진을 갖고 오면 제가 베껴 그릴 거예요. 원단은 직접 사 오셔도 되고, 제가 대신 구입할 수도 있어요. 그건 여사님이 편하신 대로 하세요."

고객은 자신이 에우리지시의 입장에 있지 않다는 사실에 안도하며 "아주 좋아요"라고 답했다. 그 안도감은 온정으로 이어졌고, 이윽고 고객이 "이 모델로 해주세요. 원단은 대신 구입해서 최종 계산서에 포함시켜주세요. 선금이 필요하면 지금 드려도 되니 말씀하세요"라며 선심 쓰듯 말하게 했다.

젤리아도 자기 옷을 주문했다. 필요해서도, 에우리지시에 대한 연민 때문도 아니었다. 단지 당시의 치주카에서 가장 흥미롭게 여겨지던 장소인 '이웃집 거실'에서 자기 치수도 재고, 옷을 입어볼 수도 있었기 때문이었다. 젤리아가 지금껏 한 번도 발을 들일 수 없었던 곳이지만, 이제는 엄연히 초대를 받은 만큼 비집고 들어갈 틈이 생긴 것이었다.

젤리아가 주문한 복잡하기 이를 데 없는 원피스를 가봉하는 날이 왔다. 그 집에 들어선 젤리아는 옷을 제외한 모든 것을 눈에 담았다. 제정(帝政) 시대풍의 호두나무 장식장에는 보헤미아 크리스털 와인 잔 열두 개가 적포도주, 백포도주, 위스키, 샴페인, 리큐어를 마시는 용도로 5열로 가지런히 정리되어 있었다. 프로방스풍의 호두나무 선반 하단에는 도금된 강철 손잡이가 달린 서랍 세 개가 있었다. 마리아 테레사 샹들리에에는 전구 스물네 개와 받침대 열두 개, 그리고 서른여섯 개의 크리스털 펜던트가 달려 있었다. 벚나무 식탁에는 유리가 덮여 있었고, 여덟 개의 의자가 한 세트를 구성하고 있었다(젤리아는 그 의자 중 하나가 칠이 벗겨져 있다는 사실도 알아차렸다). 찬장에는 은세공 접시 두 개와 여러 크리스털 장식이 놓여 있었다(모두 보헤미아, 바카라였다). 와인색과 베이지색이 잘 어우러진 사각의 페르시아 카펫 두 개도 눈에 담아두었다. 그뿐 아니라, 스스로를 시대를 앞서 나가는 사람이라고 생각하는 안테노르가 출시가 발표되자마자 사들이곤 했던 여러 최첨단 기술 제품들도 볼 수 있었다. 가는 다리가 달린 탁자 위에 놓인 라디오나 책장 한편에 자리 잡고 있는 작은 축음기, 가는 다리가 달린 또 다른 탁자 위에 놓인 텔레비전을 보았다. 젤리아는 텔레비전과 라디오가 놓인 두 탁자의 색감이 살짝 다르다는 것을 눈치챘다. 거실에서 느껴지는 부자연스러운 느낌도 바로 그것 때문일 것이었다.

젤리아는 사실 에우리지시의 많은 손님들 중 한 명일 뿐이었다. 매번 벨 소리가 울렸고, 누군가가 옷을 입어보러 들어왔다. 다스 도리스는 아침마다 토스트를 구워주는 빵집 직원보다 더 많은 양의 커피를 내려야만 했다. 커피 잔의 달그락거리는 소리가 손님들의 수다 소리와 비슷하게 들렸다. 사실 옷을 입어보러 온 손님들은 옷을 입어보는 것에만 그치지 않았다. 저 옷을 입으면서는 애들 학교는 어떤지 물었고, 이 옷을 입으면서는 청과전의 비싼 가격에 불만을 늘어놓았다. 그렇게 이 옷 저

옷 입어보다 보면 동네를 한 바퀴 돌아본 셈이나 마찬가지가 되었다.

다른 프로젝트도 시작되었다. 이미 동네에는 그 귀부인의 가계 사정이 좋지 못한 관계로 작업실에서 주문을 받기 시작했다는 소문이 파다하게 퍼졌다. 에우리지시는 한 달 동안에만 세 번이나 문구점에 들러 고객들의 치수와 주문을 기입할 장부를 샀다. 안토니우 씨에게는 한 해 중 최고의 달이었다. 그 노총각은 자신의 하루를 종이를 파는 시간, 그리고 종이를 팔지 않고 쉬는 시간으로 이등분해서 살고 있었다. 종이를 팔지 않는 시간은 어머니 에울랄리아 여사와 함께 사는 한 공동주택에서 보냈다. 집에 가면 모친의 앓는 소리 아니면 돈이 많던 시절 이야기가 쉴 새 없이 들려왔다. 안토니우 씨가 하루를 종이 파는 시간과 종이를 팔지 않고 쉬는 시간으로 나눈 것처럼, 그의 쉬는 시간도 어머니의 이야기를 듣는 시간과 듣지 않고 쉬는 시간으로 나누는 게 정당할 수도 있었다. 에울랄리아 여사는 정말 말이 많았기 때문이다.

에우리지시는 부에노스아이레스 도로변에 위치한 원단 가게에도 자주 향하게 됐다. 이 고객은 이 원단, 저 고객은 저 원단을 주문했으며 또 어떤 고객은 리넨과 프랑스제 폴리에스테르 원단을 사용해 딱 붙는 치마를 만들어달라고, 에우리지시가 시내에 다녀온 바로 그날에 주문을 넣기도 했다. 그럴 때면 다시 가게를 찾아 원단 더미에 파묻히곤 했다. 판매원들에게 인사하고, 다른 고객들에게도 아침 인사를 건넸다. 계산대의 여직원에게는 감기는 다 나았느냐고 물어보기도 했다. 그러고 난 뒤에는 진열대에서 좋은 가격의 제품을 찾는 데 집중했다.

어느 날 오후였다. 그날도 원단 사이에서 시간 가는 줄 모르고 있던 에우리지시는 자기 곁에 자신과 똑 닮은 여자가 서 있다는 사실도 모르고 있었다. 수심 가득한 눈빛의 그 여자는 가슴팍에 파묻힌 펜던트를 오른손으로 꼭 쥐고 있었다. 그녀는 에우리지시 바로 옆, 벽기둥에 기대어 서 있었다. 한 걸음만 더 다가가면 에우리지시가 알아차릴 수도 있었다. 하지만 그녀는 마지막 한 걸음을 결국 내딛지 않았다.

에우리지시는 작은 공책에 적어놓은 치수를 확인하며 점원에게 재단을 요청하느라 자기 세계 속에 빠져 있었다. 계산대에 가서 원단값을 치른 뒤 생각에 잠긴 채 집으로 돌아왔다. 자신의 프로젝트와 맞춰야 하는 기한에 대해 생각했다. 오후와 새벽 시간 잠깐 짬을 내는 것으로는 이 많은 일을 다 처리할 수 없었다. 해법은 외주를 주는 것이었다. 이렇게 에우리지시는 마리코치냐라는 이름의 재단사를 고용하게 되었다.

마리코치냐 여사는 뾰족한 캐츠아이 안경을 썼고, 이마에는 쉼표 모양으로 동그랗게 말린 앞머리가 드리워져 있었다. 입술을 얼마나 삐죽이며 살았는지 그 모양 그대로 굳어버린 듯했고, 양팔은 팔짱을 끼기 위해 만들어진 듯했다. 그녀가 하는 모든 말은 '그런데'로 시작했고, 그 입에서 나오는 거라곤 문젯거리밖에 없었다.

"그런데 여사님, 단추를 여기다 달면 옷이 잘 살지는 않을 거예요. 그런데 아가씨, 옷 끝단을 그렇게 줄여버리면 치마가 예쁘게 나풀거리지 않을 거예요."

이쯤에서 독자는 이렇게 질문할지 모른다. 이 책에 나오는 여자들은 왜 다들 우울하거나 날이 서 있냐고. 사실 그렇지 않다. 에우리지시의 지인 중 몇몇은 운이 좋았다. 자수를 좋아하는 이사우치나는 가지런한 치아로 완벽한 미소를 지을 줄 아는 사람이었다. 남편과 대화 나누는 것을 좋아했고, 또 그 남편이 치과 진료를 충당할 만큼의 충분한 돈을 벌어다 주었기 때문에 더 많이 웃을 수 있었다. 마르가리다는 행복한 과부였다. 하느님은 그녀의 남편을 데려가셨지만 연금은 남겨두셨다. 반대가 아니었던 게 어찌나 다행이었는지. 셀리나는 결혼은 하지 않았지만 많은 유산을 상속받았다. 수요일과 금요일마다 만나는 괜찮은 친구도 있었다.

하지만 우리의 마리코치냐 여사는 인생을 선물로 여기지 않았다. 그녀에게 인생이란 불합리로 가득한 것일 뿐이었다. 가령, 쉰이 넘어서까지 재단사로 일할 수밖에 없는 신세가 그러했다. 모든 건 다 남편의 잘못이었다. 폐기종에 걸려 죽어서는 안 됐던 그 사람이 그냥 그렇게 가버렸기 때문이다. 그가 그렇게 가버릴 수 있었던 건(이건 마리코치냐 여사도 모르는 일이다), 생전 지옥에 갈 정도로 많은 죄를 짓지는 않았기 때문이었다. 자기 아내 같은 여자 옆에 산다는 것 자체가 연옥에 갇힌 바나 다름없었기 때문에, 그 정도 살았으면 더 나은 곳으로 떠날 필요가 있었다.

6월 초순, 겨울의 첫 바람이 곡선을 그리며 치주카의 골목 사이사이를 훑고 지나갔다. 그중 한 줄기는 샤워 도중 탤크 파우더를 가지러 알몸으로 방 안에 들어간 안테노르의 관자놀이에 명중했다. 만일 안테노르가 당시의 많은 사람들처럼 사타구니에 탤크 파우더를 바르는 일을 멈췄었더라면, 그 후에 일어날 일들도 막을 수 있었을 것이다. 하지만 어쩌겠는가? 날은 추웠고, 화장실 안에 있던 탤크 파우더는 이미 동이 난 상태였다. 안테노르는 소중한 부위를 뽀송뽀송하게 마무리하는 걸 좋아했기에, 모태에서 태어난 모습 그대로 방 안에 들어갈 수밖에 없었다. 실오라기 하나 걸치지 않고 방 밖으로 나선 그 순간, 그의 관자놀이에 바람 한 줄기가 정통으로 명중하더니 척추를 따라 온몸으로 퍼졌다. 바람은 오한을 일으켰고, 재채기를 하게 만들었다. 안테노르는 자신이 병에 걸렸음을 직감했다.

다음 날, 안테노르는 다리를 끌며 회사와 집을 겨우 오갔다. 이틀 후에는 다리를 끌면서도 화장실과 침대 사이밖에 오가지 못했다. 그 이상의 일은 하지 못했다. 에우리지시가 차를 갖다주어도, 죽을 갖다주어도, 다른 차를 한 잔 더 갖다주어도, 다른 죽을 한 번 더 갖다주어도 음식에 손도 대지 못했다.

그날 오후 내내 열이 잦아들지 않았다. 안테노르는 정신이 혼미한 사이에 출근길 전차를 놓쳤고, 프로젝트 마감 시기도 놓쳐버렸다. 전기 요금 납부도, 바지 입는 것도 잊어버렸다. 집에는 어둠이 내려앉았고, 온 동네 이웃들이 벌거벗은 그의 몸을 심판자의 눈으로 바라보았다. 자녀들을 잃어버리지는 않았지만, 아이들은 분별력을 잃은 지 오래였다. 숙제를 하지 않는 바람에 유급이 거의 확실시되었다. 에우리지시 당신, 대체 어디 있는 거야? 이 모든 일은 에우리지시 때문이었다. 왜 전차가 떠날 거라고도, 프로젝트를 끝내야 한다고도 알려주지 않은 거야? 고지서를 납부하라고, 바지를 입으라고 알려줬어야지. 대체 왜 아이들이 숙제도 하지 않고 노는 걸 지켜보고만 있었지? 그 여자 때문에 동네 사람들 모두가 날 실패자, 실패자, 실패자라고 손가락질할 것이었다. 그래서 그는 낮게, 걸레 같은 년, 걸레 같은 년, 걸레 같은 년, 하고 되뇌었다.

열은 내려갈 기미를 보이지 않았다. 의사는 폐렴이라는 진단을 내렸다. 항생제를 처방한 뒤 아스피린을 먹으라고 했다. 에우리지시에게는 안테노르의 이마에 놓인 차가운 수건을 20분마다 갈아주라고 했다. 이른 오후부터 다음 날 새벽 동틀 때까지 에우리지시는 수건을 정확히 쉰네 번 갈아주었다. 안테노르를 살린 것은 어쩌면 차가운 수건이 아니라 에우리지시의 손이었을지 모른다. 그 손은 밤새 남편의 이마를 쓰다듬고 기도를 올렸다.

안테노르는 다음 날 아침 눈을 떴다. 자신이 전차를 놓치지도, 프로젝트 마감일이나 바지 입는 것을 잊어버리지도 않았다는 사실에 안도했다. 아이들은 학교에 가 있었고 아내도 자신의 곁을 지키고 있었다. 에우리지시는 걸레 같은 년이 아니었다. 에우리지시는 인생의 모든 부분에 의미를 부여해줬고, 그녀 없이는 모든 일이 엉망일 것이었다. 그리고 에우리지시가 땀으로 뒤범벅된 그의 머리를 쓸어 올려준 그때, 안테노르는 자기 아내를 더 사랑하게 됐다. 에우리지시가 첫날밤에 대해 했던 말이 진실이었으면, 아니 그걸 상관하지 않아도 되었다면 얼마나 좋을까. 하지만 안테노르는 그럴 수 없었다. 그저 불가능했다.

그날 아침 안테노르는 침대에 계속 누워 있었다. 잠들었다 깨기를 반복하다가, 죽도 먹었고, 차도 마시고, 보살핌도 받았다. 길거리를 향해 난 살짝 열린 창문 사이로 그동안 들어보지 못했던 주간의 소음을 들으면서 낮잠을 자는 것도 괜찮았다. 냄비 제품을 파는 냄비 장수, 과자를 파는 제빵사, 그리고 칼을 갈아준다며 외치는 사람의 소리가 들려왔다.

점심을 먹은 안테노르는 집에서 나는 다른 소리도 들을 수 있었다. 여자들이 들고 나며 이야기하는 소리였다. 그는 에우리지시가 그렇게 친구가 많은 줄도 몰랐다. 그런데 에우리지시는 거실 한끝에 있고 재봉틀은 다른 쪽 끝에 있었다. 지금 나는 재봉틀 소리는 뭐지? 모든 것이 너무 수상했다. 안테노르는 거실로 나섰다. 더는 다리를 끌지 않아도 되었고, 몸도 나은 것 같았다.

그 장면이 어찌나 충격적이었던지, 안테노르는 금방 건강을 회복했다.

거울 앞쪽에는 허리 아래로만 옷을 입고 찬장을 기웃거리는 젤리아가 있었다. 그러는 동안 에우리지시는 젤리아의 치마 밑단을 손질하고 있었다. 허리 위에만 옷을 걸치고 있던 다른 여자는 안경을 쓴 또 다른 여자에게 몸을 맡기고 치수를 재고 있었다. 까무잡잡한 여자 두 명은 거실에 앉아 커피와 과자를 먹고 있었다. 촌스러운 머리를 한 깜둥이 여자 하나는 옥양목 원피스를 입고 에우리지시의 재봉틀을 만지고 있었다. 거실 중앙에 놓인 탁자는 부에노스아이레스 도로변에 있는 원단 가게를 옮겨놓은 듯했다. 페르시아 카펫에는 천 조각, 실뭉치, 줄자가 뒤엉켜 있었다. 식탁 위에도 갈색 종이 본, 가위, 자, 실패, 반짇고리함 두 개가 어지러이 널려 있었다.

"내 집 거실에서 이게 뭐 하는 짓거리야?"

젤리아는 비명을 질렀고, 여자 중 한 명은 커피를 쏟았으며 다른 한 명은 천 조각으로 몸을 가리느라 바빴다. 에우리지시는 남편을 보았다가 시선을 바닥에 떨궜다.

"그게, 동네 아줌마들한테 옷이나 좀 지어주려고요……."

그 설명은 아무 의미가 없었다. 절대, 안테노르는 절대 그 프로젝트를 밀어주지 않을 것이었다. 거실이 작업실로 변하는 것도, 집이 시장 바닥으로 변신하는 것도, 여자들의 들락날락거림이 진료소보다 더한 것도 절대 봐줄 수 없었다. 그리고 저기 싱어 재봉틀에 붙어 있는 깜둥이 여자는 대체 누구란 말인가?

"이쪽은 다미아나예요. 마리코치냐 여사가 소개해줘서 왔어요……."

마리코치냐는 대체 누구고?

에우리지시는 모든 걸 한 번에 얘기해야겠다고 마음먹었다. 마리코치냐 여사는 자신의 보조이며, 다미아나는 보조의 보조라고. 지금 자신은 온 동네 여자들을 위해 옷을 만들고 있기 때문에 혼자서는 할 수 없었다고. 그리고 잘 알듯이, 이런 일에는 바느질뿐만 아니라 고객을 맞이하고, 옷에 대해 상담하고, 치수를 재고, 가봉을 하는 등 여러 가지 업무가 동시에 진행될 수밖에 없다고. 그래서 자신이 한 가지 일을 할 때 보조들이 다른 일을 해주면, 일이 더 수월하고 빠르게 끝날 수 있다고.

그녀가 투박하게 설명한 생산 공정이 안테노르의 기분을 상하게 했다. 들으면 들을수록 콧구멍이 커져서, 어느 정도 시간이 지나자 마치 킹콩 같은 모습을 하게 되었다. 같은 시간, 거실에 있던 이들은 저마다 정육점이 곧 문을 닫을 거라는 둥, 비가 올 거라는 둥, 시간이 늦었다는 둥 각기 핑계를 대며 서둘러 빠져나갔다. 저녁거리를 살 돈이 필요했던 깜둥이 여자만이 그날의 일당을 기다리며 그 자리에 남아 있었다.

에우리지시는 그런 일이 일어났다는 사실을 믿을 수 없었다. 안테노르가 감기에 걸려 있는 동안 일절 예약을 잡지 않았는데, 셋째 날이 되자 고객들이 막무가내로 찾아온 것이었다. 댄스파티가 있었고, 치주카 테니스 클럽에서의 만찬도 있었고, 브라간사 클럽에서의 파티도 있었다. 이런 최신 소식을 어디에서 들을 수 있었겠는가? 네 개의 벽으로 가려진 공간에서 이런 일들을 논하려면, 에우리지시의 집밖에는 없었다.

에우리지시가 '치주카(는 물론 무다, 그라자우, 빌라이자벨, 상크리스토방, 히우콤프리두, 프라사다반데이라, 바이후지파치마 같은 동네도 포함된다)의 솜씨 좋고 저렴한 재봉사'로 이름을 날리던 몇 달 동안 안테노르는 아내의 생산 욕구를 무시해왔다. 에우리지시는 이번에도 여성 게릴라 전략을 사용했는데, 다름 아닌 '부작위(不作爲) 전략'이었다(이 전략에 의하면 남편들은 '안 돼'라는 말 자체를 할 수 없었다).

그녀는 언젠가 남편에게 이 모든 걸 고백해야만 한다고 생각하고 있었지만, 핀잔받을 것이 뻔했다. 그래서 그 고백을 최대한 늦게 미루려 했다. 운이 좋다면 평생 미룰 수도 있지 않을까 했다.

이른 오후가 되면 거실은 작업실로 변모했고, 다스 도리스와 에우리지시는 5시가 되기 직전에 그 작업실을 다시 거실로 바꾸어놓았다. 본, 잡지, 천 조각은 눈에 보이지 않는 곳에 치워두었다. 물건이 한두어 개 보이는 정도는 괜찮았다. 안테노르는 어차피 집 안의 물건들에 신경을 쓰지 않았다. 그에게는 에우리지시의 구역과 자신의 구역을 가르는 선이 거의 만져질 정도로 분명했다. 두 사람이 나누어 쓰는 그 집에서 안테노르는 자기에게 허락된 공간만 오갔다. 방-화장실, 화장실-방, 소파-식탁, 식탁-방, 방-화장실-간이 식탁-현관 정도의 경로 외에는 가지 않았다. 자기 구역 밖에서 일어나는 일에는 관심이 없었다. 안테노르는 집에 대한 애정이 거의 없었다. 냉장고나 주방 창고에 무엇이 있는지 몰랐다. 세면대에는 더더욱 관심이 없었다. 장식장에 무엇이 놓여 있는지도 전혀 몰랐다. 다만 책장만은 아이들에게 읽어주던 몬테이루 로바투 전집이 꽂혀 있어 조금은 자기 것처럼 느꼈다.

그 나머지는 나머지일 뿐이었고, 그 나머지가 에우리지시의 것이었다.

안테노르는 집에 돈을 가져다주고 설거지거리를 만들며 침대를 어지럽히는 역할을 했다. 옷이 어떻게 깨끗해지는지, 음식이 어떻게 요리되는지에 대해서는 아무것도 몰랐다. 그랬기에 장식장 안에 천 뭉치가 들어 있어도, 책장 문가에 잡지가 쌓여 있어도, 소파 뒤쪽에 본 쉰일곱 개가 숨겨져 있어도 눈치채지 못했다. 그래서 이 모든 것을 처음으로 목격한 지금, 안테노르는 스스로가 다시 한번 배신당한 남편처럼 느껴졌다. 그리고 이번에는 근거가 있다는 점에서 더 유리했다.

안테노르의 콧구멍이 더 이상 커질 수 없을 만큼 커졌을 때쯤, 떡 진 머리의 깜둥이 여자는 그냥 그날 밤은 굶는 게 낫겠다고 생각했다.

"에우리지시 사모님, 다림판 위의 옷은 제가 집에 가져가서 다려 올게요."

안테노르는 그렇게 화가 날 수 없었다. 싱어 재봉틀과 깜둥이 여자와 다림판을 창밖으로 내동댕이치지 않은 건 이웃들의 수군거림이 싫어서였을 뿐이었다. 아내가 재봉 일을 하지 않길 바랐던 이유도 이웃들의 수군거림이 싫어서였다. 안사람이 그렇게 열심히 일을 하면 으레 남편벌이가 시원찮겠거니, 할 게 불 보듯 뻔했기 때문이었다.

재봉틀과 깜둥이 여자는 창밖으로 던져지지 않았지만, 그럼에도 이웃들은 그날 밤에 많은 이야깃거리들을 얻을 수 있었다. 젤리아는 벽에 귀를 대지 않아도 들을 수 있었다. 내가 은행에서 죽어라 일하는 이유가 대체 뭐겠어? 부족함 없이 살게 해줬더니 말이야, 이렇게 집구석을 도떼기시장으로 만들어놔? 하지만 안테노르, 나도 일하는 걸 좋아해요. 당신이 할 일은 이 집과 애들을 돌보는 거야. 그건 이미 잘하고 있잖아요, 안테노르. 아, 그렇다 이거지? 그런데 왜 요즘엔 칠면조 스테이크를 구워주지 않는 건데? 그 갈색 비스름한 걸 끼얹은 그거 말이야. 그건…… 그런 고기를 먹을 때면 트림이 너무 나온다고 해서 그랬어요. 에우리지시, 그런 변명 따윈 집어치워. 안테노르, 당신이 그렇게 말했잖아요. 다시는 그 고기를 먹고 싶지 않다고, 저녁에는 양파가 든 건 아무것도 못 먹는다고, 아무리 숨겨놔도 먹을 수 없다고 말이에요. 내게 필요한 건 가정에 전념하는 여자야. 당신은 내가 밖에 나가 집에 돈을 벌어다 줄 수 있도록 기운을 북돋아줄 책임이 있다고. 자금조달 부서에서 일하는 게 얼마나 힘든 일인 줄 알아? 아뇨, 몰라요. 일에 대해서는 한 번도 말해준 적 없잖아요. 알아들어야 말을 하지. 안테노르, 날 그렇게 쳐다보지 말아요. 나도 좋은 아내예요. 좋은 아내라면 그렇게 잡스러운 일을 벌이지도 않았겠지. 좋은 아내는 남편과 자식들 외에는 쳐다도 보지 않아야 해. 나는 편안한 마음으로 일을 해야 하고, 넌 아이들을 돌보아야 해.

거기서 흥미로운 일이 하나 일어났다. 어느 순간 안테노르가 같은 말만을 반복하고 있었던 것이다. "들었냐고, 에우리지시. 내가 하는 말 들었냐고. 나는 일을 하러 나가고, 너는 애를 보라고. 들었냐고, 에우리지시, 내가 하는 말 들었냐고." 아내가 잘 들었다고 답하기도 전에 그는 똑같은 말을 계속해서 이어갔다. "나는 일하러 가고, 너는 애를 봐야 해."

안테노르가 겨우 반복을 멈췄을 때 더 특이한 일이 일어났다. 그들이 소리를 한 번 지를 때마다 아이들의 상태가 더 안 좋아진 것이다. 세실리아의 손톱이 더러워졌고, 아폰수의 머리가 길어졌다. 그리고 두 아이의 코에서 콧물이 쉴 새 없이 콸콸 흘러나왔다. 가래침은 초록색이었다가, 노란색이었다가, 보라색이 되었다. 아이들은 몇 주 동안 제대로 된 식사도 하지 못하고 있었고 안테노르는 그걸 눈치채버렸다. 아이들은 브로콜리만 먹고 있었다. 브로콜리라니! 그것도 먹을 수 있을 때만이었다. 신의 보살핌만 받고 사는 아이들이었고, 자신의 운명을 운에 맡긴 아이들이었다. 이제 얼마 지나지 않아 빈민가의 아이들이나 다름없게 될 것이었다.

4

사실, 이 이야기에서 가장 중요한 인물 중 아직 언급되지 않은 한 명이 있다. 그 인물은 에우리지시가 태어났을 때부터 함께했으며, 에우리지시가 지금의 모습이 되기까지 많은 영향을 미쳤다. 그 인물이란, '에우리지시가 에우리지시가 아니기를 바라는 에우리지시의 일부'를 말하는 것이다.

'에우리지시가 에우리지시가 아니기를 바라는 에우리지시의 일부'는 셀레스치누 시우바 시립학교에 다니던 시절부터 그녀를 줄기차게 따라다녔다. 에우리지시는 학교를 다닐 때만 해도 이 세상을 좋은 곳이라고 여겼었다. 숫자와 글자, 그리고 셀 수 없이 많은 숫자와 글자의 조합이 넘쳐 나는 이 세상은 재미있고 좋은 곳이 분명했다. 동급생들보다 훨씬 빨리 글자와 친해졌으며, 1학년이 됐을 때는 아버지의 얼굴을 가린 신문의 뒷면 글씨를 읽으며 그날의 소식을 확인한 후에야 학교로 출발했다. 에우리지시의 어머니 아나 여사는 발전하는 딸의 모습에서 미래를 봤다.

“얘는 곧 우리 청과전 일을 도와줄 수 있겠어.”

에우리지시의 담임 클라라 선생님은 고구마보다 더 달콤한 사람이었다. 클라라는 아이들이 문제를 맞히든 틀리든 늘 웃는 얼굴이었다. 그러다 보니 모두가 다 문제를 맞히려 애썼고, 틀리더라도 겁을 먹지 않았다. 파란색이 아닌 치마를 입은 적이 없었고, 흰색이 아닌 블라우스를 걸친 적도 없으며, 웃지 않는 얼굴로 나타난 적 역시 없었다. 옷에서는 코코넛 비누 냄새가 났다. 아니, 그녀 자체가 코코넛 비누 냄새를 풍겼다. 매일 방과 후마다 블라우스를 빨아 널었는데, 자신의 블라우스가 아닌 다른 옷도 빨았다. 그 빨래들은 어머니의 다림질을 거쳐 히우콤프리두의 대저택으로 배달되었다. 쌀쌀하고 구름 낀 어느 날, 클라라는 굳이 젖은 유니폼을 입고 집을 나섰다. 감기에 걸렸고, 몸살이 왔고, 폐렴으로 죽었다. 지난 3년간 아이들을 가르친 일은 제자들에게는 잊지 못할 선물로 남았지만, 세상에는 아무것도 남기지 않은 채 스러졌다.

조제파 선생님이 후임으로 왔다. 그녀의 동공은 악몽의 밤에나 등장할 법했다. 그녀의 교육법은 아이들이 학교 담장 너머 세상에 미리 대비할 수 있게 해줬다. 조제파 선생님은 반어법의 원칙과 계급사회의 기초를 가르쳤다. 그녀는 강박적인 성격을 만들어내는 데 재주가 있었다. 공책에 같은 문장을 반복해서 쓰게 했는데, 그럴 때면 오후 내내는 물론 밤의 악몽에까지 그 문장이 머릿속에 맴돌았다. 가령, 지각한 학생은 ‘다시는 학교에 지각하지 않겠습니다’라는 문장을 점심시간 한 시간 내내 쓰고 있어야 했다. 하지만 그 학생은 다음 날에도 지각할 수밖에 없었다. 그 아이가 사는 빈민가 화장실에는 아침마다 긴 줄이 늘어서서 오후 막바지의 브라질 중앙역을 연상케 했다. 그리고 아이에게는 그 긴 줄의 끝자리가 주어지기 마련이었다.

에우리지시가 조제파의 교육법을 체득하는 데에는 시간이 걸렸다. 에우리지시가 워낙 꼼꼼히 숙제를 해 오고 시험도 백 점만 맞았던 탓에 꼬투리를 잡기가 어려웠다. 수업 중 질문을 하겠다며, 또는 정답을 맞히겠다며 시도 때도 없이 번쩍 드는 그 손은 조제파의 심기를 심히 건드렸지만 무시할 수도 없었다. 셋째 주가 되어서야 좋은 방법이 떠올랐다. 오전 마지막 수업 시간이었다. 학생들은 칠판에 쓰인 카몽이스(대항해시대 포르투갈의 업적을 기록한 서사시 《우스 루지아다스》를 남긴 16세기 포르투갈 시인)의 시를 베껴 쓰는 중이었다. 에우리지시는 필사를 다 끝내고 기다리다 손을 들어 말했다.

"선생님, 화장시 갔다 와도 돼요?"

"뭐라고?"

"화장시 가고 싶어요, 선생님."

조제파 선생님은 대답하지 않았다. 의자에서 몸을 일으킨 뒤, 교실의 이쪽 끝에서 저쪽 끝까지 걸어갔다. 에우리지시를 길들일 방법이 바로 눈앞에 있었다. 지금까지 이걸 모르고 있었다니.

"무슨 말을 하는지 모르겠는걸. 다시 말해봐."

"화장시요, 선생님."

선생님은 걸음을 멈추고 손을 턱에 올리고는 눈을 가늘게 떴다.

"그…… 화장시라는 단어가 뭔지 모르겠는걸."

반 아이들 모두가 깔깔대며 웃었다. 에우리지시는 배 속에서부터 피어오른 곰팡이가 식도를 타고 목구멍을 스멀스멀 넘어와 혀를 마비시키는 것을 느꼈다.

"저…… 가…… 가…… 가야 돼요."

그날 에우리지시는 'ㄹ' 발음을 제대로 해야만 화장실에 갈 수 있었다. 결국 의자에 오줌을 지렸고, 뜨거운 오줌 줄기가 금세 식는다는 걸 알게 되었다. 방과 후에도 학교에 남아 30분 동안 칠판에 쓰인 '선생님 저는 화장**실**에 가고 싶어요'를 공책에 베껴 써야만 했다. 그 후로 한 해 동안 에우리지시가 화장실에 가고 싶지 않았던 것은 아니지만, 용케도 학교 화장실을 피하는 데 성공했다. 저녁 6시 이후로는 물을 마시지 않았고, 아침에도 우유를 마시지 않은 것이었다. 좋은 전략이었다. 꽤 많은 경우, 에우리지시는 수업이 끝난 후에도 한참 동안 방광을 틀어막고 있어야 했다. '브**라질**을 처음으로 **발**견한 사람의 이**름**은 페드**루 알**바**레**스 카브**라**우이고, 아마존의 네 개의 지**류**는 푸**루**스, 네그**루**, 마데이**라**, 자푸**라**이다'라고 공책에 빼곡히 써내야 했기 때문이다.

발판 위에 올라 교탁에 몸을 기댄 조제파 선생님은 에우리지시의 백점 시험지를 손에 들고 살펴보다 갑자기 반 아이들 앞에서 박장대소를 터트렸다.

"네가 똑똑한 줄 아니? 그럼, 지금부터 날 따라 말해봐. 동 페드**루**가 아클**리**마상 광장에서 공화정을 선포했다!"

동 페드루 2세가 공화정을 선포하지 않는 편이 나았으리라는 건 에우리지시도 금방 눈치챘다. 그 이름이 차라리 동 주앙 같은 것이었다면 더 나았을까. 에우리지시는 망각을 통한 해방을 노렸다. 이제 시험에서 틀린 답안을 세는 법을 배웠다. '에우리지시가 에우리지시가 아니기를 바라는 에우리지시의 일부'는 이렇게 만들어졌다.

'에우리지시가 에우리지시가 아니기를 바라는 에우리지시의 일부'가 꽤 성장하고 나서야 조제파 선생님으로부터도 자유로워졌다. 에우리지시가 **말**썽과 **잘**못을 잘 발음하게 된 것도 그때쯤이었다. 진**리**에 대한 탐구는 더는 쓸모가 없었고, 이 세계가 **열**악하다는 것만 배웠다. 또 에우리지시는 사람들이 저마다 생각하는 **발**전상이 다르다는 것도 배웠다. 브**라질**의 미**래**가 어떻게 **발**전할 것인지도 배웠다.

조제파 선생님은 '에우리지시가 에우리지시가 아니기를 바라는 에우리지시의 일부'가 형성되는 데에 절반 정도의 기여를 했는데, 1943년 가을에는 이 분열된 에우리지시가 득세할 기회가 찾아왔다. 에우리지시가 만으로 열네 살 되던 해였고, 1월에만 하더라도 미래가 밝게만 보였다. 청과전에서 길 하나 건너 열리던 7일장이 길 몇 개 건너로 더 멀어졌다. 동네 사람들은 그 언덕을 오르내리고 싶지 않아 했고, 청과전을 더 자주 찾게 되었다. 마누엘 씨는 예기치 못한 수익에 신이 나 에우리지시와 언니 기다에게 금색 목걸이를 사주었다. 그 목걸이의 펜던트에는 파티마의 성모상이 있었다.

아버지는 딸들에게 선물을 주며 "너희 시집갈 때 예물로 갖고 가라"라며 벌써 서운하다는 듯이 말했다.

흰 새틴 천에 싸인 두 개의 상자는 그걸 열어보는 아이들의 표정 때문인지 한껏 눈부시게 빛나고 있었다. 에우리지시와 기다는 아빠를 와락 껴안았다가 어색해하는 아빠를 등지고 엄마의 화장대 앞에서 목걸이를 이리저리 대보았다. 마치 목걸이의 기운이 온몸에 퍼진 듯, 스스로

가 보석처럼 소중하게 느껴졌다.

화장실로 달려가던 기다는 "잠깐만, 뭔가가 빠졌어"라더니 쭉 내민 입술에 빨간색 립스틱을 칠하고는 다시 나타났다.

에우리지시가 "나도 할래"라고 말했다.

"너는 립스틱 바르기엔 아직 너무 어려."

"그래도 할래."

"그럼 입을 이렇게 해봐, 오—"

에우리지시는 언니의 표정을 따라 했다. 기다는 에우리지시의 입술을 다 칠한 뒤, 양 볼에도 립스틱을 살짝 바르고 손으로 톡톡 쳐서 펴 발랐다.

"이제 됐어. 너, 영화배우 같아."

에우리지시는 거울을 보고 눈을 동그랗게 떴다.

"기다 언니, 내 머리도 언니처럼 해줘."

기다는 옷장으로 가서 헤어 롤과 머리핀을 챙겨 왔다. 동생의 머리를 만지는 모양새가, 마치 머리카락 한 올 한 올이 원래 있어야 할 자리를 다 알고 있는 듯했다. 머리카락은 풍성한 갈색 파도가 되어 에우리지시의 어깨 위로 떨어졌다.

"이런 건 어디서 배웠어?"

"저기, 그런 데가 있어."

"저기가 어딘데?"

"그런 데가 있어, 에우리지시."

기다가 친구들과 영화를 보러 다닐 수 있게 된 것도 얼마 되지 않았었다. 엄마의 허락이 떨어지자, 기다는 영화만 본 것이 아니라 헤어스타일, 패션, 사람들을 구경했다. 기다는 외출복이 한 개밖에 없었기 때문에 옷을 바꿔 입지 못했다. 하지만 헤어스타일만은 하고 싶은 대로, 매일 다르게 만질 수 있었다.

에우리지시는 언니야말로 세상 모든 것에 다 통달한 사람같이 느껴졌다. 그녀의 상상 속 기다 언니의 '저기 그런 데'란 별난 사람들, 그리고 한 번뿐인 경험들로 가득한 미지의 세계였다. 에우리지시가 아는 유일한 세계인 학교와 청과전을 둘러싼 담장 밖에서 볼 수 있는 모든 것이 그 세계 안에 들어 있을 것이었다.

펜던트를 받은 그날 오후, 딸들은 엄마 화장대 앞에서 한참을 보냈다. 기다는 동생의 머리를 만지며 어린아이로 돌아간 기분을 만끽했다. 에우리지시는 언니를 따라 하며 어른이 된 기분을 만끽했다. 커튼을 살랑이게 만드는 3월의 바람도, 멀리서 들려오는 개 짖는 소리도 알아차리지 못했다. 경사를 내려가는 전차 소리, 옆집 카나리아의 지저귐 소리도 듣지 못했다.

마누엘 씨는 부자가 된 듯한 기분이 들었다. 포르투갈 사람 마누엘 씨는 결혼반지를 만들기 위해 돌아가신 아버지의 금니를 녹여야만 했었다. 하지만 이제는 어엿이 가족을 부양할 뿐 아니라 아이들을 기쁘게 할 능력도 갖게 되었다. 아이들에게 호사를 누릴 수 있게 해줄 수 있다는 호사를 누렸다. 그는 아이들에게 방과 후 활동도 제안했다. 고양이 다섯 마리(가장 최근의 셈에 따르면 그랬다)와 함께 골목 어귀에 살고 있는 유럽 출신 노총각 장 뤼크와 이야기를 나눴다. 그는 프랑스어와 음악을 가르쳤다. 기다는 프랑스어를, 에우리지시는 플루트를 골랐다.

기다는 한 달이 채 못 되어 그만뒀다. 맞춤법 책이 그녀의 매끈한 이마에 굴곡을 만들었다. 분명 저 글씨들만은 다 아는 글씨들인데, 어쩜 그렇게 알 수 없는 수많은 방식으로 조합해낼 수 있는 걸까? 기다는 그 수업이 학교 공부에 지장을 준다고 선언한 뒤, 책은 책장 깊은 곳에 묻어두었다. 그녀는 다시 예전처럼 소파에 앉아 긴 오후 시간을 소녀 전집의 소설을 읽거나 여성 잡지를 뒤적이는 것으로 보내게 되었다.

에우리지시는 장 뤼크에게 주던 언니 몫의 수업료를 끊지 말고, 자신의 플루트 수업을 주 2회로 늘려달라고 부탁했다. 수업이 끝난 평일 오후에는 한 시간, 토요일과 일요일에는 하루 두 시간씩 연습도 했다. 연습곡에서 칸타타와 소네트로 넘어가고, 칸타타와 소네트가 천상의 멜로디가 되어 산타테레자 주민들을 조금 더 행복하게 만드는 데에는 그리 오랜 시간이 걸리지 않았다.

플루트는 에우리지시의 첫사랑이었다. 집에 도착하자마자 숙제를 오답투성이로 허둥지둥 해치워버리고는 악보를 향해 등을 꼿꼿이 세우곤 했다. 학교에 합창단이 꾸려진다는 소식을 듣고 나서는 플루트 반주를 자청하기도 했다. 교장이 에우리지시의 연주 솜씨를 보고 나자 조제파 선생님이 안 된다고 할 겨를도 없었다. 그다음 달, 에이토르 빌라로부스(브라질의 대표적인 클래식 작곡가이자 지휘자)가 학교에 나타나 합창의 이로움에 대한 강연을 했다. 에우리지시의 연주를 듣더니, 물고 있던 시가를 내려놓고 "이 아이를 우리 음악학교에 데려가고 싶습니다"라고 말했다.

에우리지시는 마음속으로도, 밖으로도 기쁨에 펄쩍펄쩍 뛰었다. 하지만 부모님은 안 된다고, 안 될 것 같다고, 절대로 안 된다고 말했다. 장 뤼크 선생과의 수업으로도 충분한데, 뭐 하러 굳이 더 배우냐는 것이었다. 에우리지시의 부모에게 있어 플루트 그 자체는 목적일 수 없었다. 플루트는 도구일 뿐이었다. 딸이 좋은 집으로 시집갈 수 있는 가능성을 높여줄 일종의 지참금 같은 것이었다. 또, 저녁 식사 이후 둘러앉은 식구들이 "이 행진곡 좀 연주해줄래"라고 말하면 연주로 분위기를 띄워줄 수도 있었다. 에우리지시는 그 알록달록한 외투를 입은 대단한 신사에게서 뭘 더 배울 필요가 없었다.

"하지만 난 배우고 싶어, 배우고 싶어, 배우고 싶다고."

소녀는 입을 삐죽였다. 팔짱도 꼈다가, 이내 이마를 잔뜩 찡그리고는 방문을 두드렸다.

그다음 날부터는 충돌이 발생했다. 에우리지시의 절반은 부모님이 옳다며 체념했지만, 다른 절반은 빌라로부스의 초대를 거절한 부모가 틀렸다고 단언했다. '에우리지시가 에우리지시가 아니기를 바라는 에우리지시의 일부'는 부모의 주장에 무게를 실었다. 아니, 베르멜랴 해변의 음악학교까지 혼자서 어떻게 갈 건데? 한창 요조숙녀가 되는 법을 배워야 할 나이에 예술가들과 어울리는 게 과연 좋은 일일까? 위험한 일이었다. 음악은 더도 말고 덜도 말고 딱 적당한 만큼만 즐겨야 하기도 했다. 음악이 없는 인생은 빛을 잃게 되겠지만, 그것도 너무 과하면 절제를 잃어버리게 된다. 예술가들은 불규칙한 삶을 살며, 도덕관념도 의심스러운 사람들이다. 예술가들은 다른 세계에 속한 사람들이다.

"그럼 음악학교에는 내가 데려다주면 되잖아!"

기다가 말했다.

"너는 안 돼. 청과전에서 일손을 거들어야지."

마누엘 씨가 대답했다.

"토요일에 두 배로 일할게요. 대신 주중에는 에우리지시를 데려다주게 해주세요."

"음악학교에 잘생긴 남자가 있는지 보려고 가는 거겠지. 에우리지시가 음악학교에 가는 일은 없을 거다. 너는 더더욱 안 돼."

기다는 어깨를 으쓱하더니 동생에게 눈빛으로 '난 노력했어'라고 얘기한 뒤 다시 읽던 잡지로 돌아갔다.

그 가족은 대화를 많이 나누는 편이 아니었다. 아나 여사와 마누엘 씨는 귀가 있어도 듣지 못하는 사람들이었다. 그러다 보니 관심 없는 일에는 공감 능력을 전혀 발휘하지 못했다. 특히 조금이라도 특이한 일에는 관심이 없었다. 그들 인생에 있어 가장 대단했던 변화는, 토마토 도매상을 알바랑이스 쪽에서 알미란치 알레산드리누 도로 쪽으로 바꾼 것이었다. 이 부부는 새로운 것과 맞닥뜨릴 때마다 난 몰라, 별로야, 모르겠고 알고 싶지도 않아, 지금도 앞으로도 싫어, 같은 말을 번갈아가며 썼다. 그뿐 아니라, 표정을 잔뜩 찡그리고 '쯧쯧' 혀 차는 소리를 연발하기도 했다. 당대의 저명한 음악가에게 딸을 맡기는 일은 그 포르투갈 출신 이민자 부부가 상상할 수 있는 것 그 이상이었다. 거 이상한 사람 다 보겠네, 잎담배를 입에서 내려놓는 법이 없구먼, 쯧쯧.

에우리지시는 평생에 그 기간만큼 부모에게 많이 대든 적은 없었다. 자신도 그렇게 부모에게 크게 소리칠 수 있을 줄은 몰랐다. 얼마나 원했던지! 에우리지시의 연주는 모든 음이 딱딱 들어맞았고, 선율도 완벽했다. 왜 인생은 그렇게 될 수 없을까? 왜 하고 싶은 걸 할 수 없고, 생각하는 걸 다 말할 수 없고, 아무 생각이 안 들 때까지 입이 부르트고 손가락이 마비되도록 실컷 연주할 수도 없는 것일까? 연주를 할 때면 세상에 오직 자신과 플루트만이 있는 것 같았다. 그 세계는 아주 작은 세계였기에 완벽해 보였다.

에우리지시는 그걸 너무나도 원했기에, 혼자서 전선에 나가 싸우는 것도 두려워하지 않았다. 다만 언니의 도움도 산발적으로 받을 수 있었다. 기다는 가끔씩 잡지에서 눈을 떼고 에우리지시를 거들었다.

"그런데 엄마, 에우리지시가 언젠가 오케스트라에서 연주를 할 수도 있잖아요!"

"조용히 해, 기다. 네가 낄 때가 아니잖니."

에우리지시는 부모의 의중이 반대로 기울었다는 걸 알면서도 조르고, 조르고, 또 졸랐다.

모두가 다 지쳤을 때쯤에서는 양쪽 다 두세 마디 말 이외에는 잊은 듯했다. 에우리지시는 하고 싶어요, 하고 싶어요, 하고 싶어요, 를 반복했다. 부모는 그저 안 돼, 안 돼, 안 돼, 를 반복했다. 그러면 에우리지시는 왜 안 돼요? 로 응수했다. 그러면 부모는 안 되니까 안 돼, 라고 답했다. 그러다 보면 나중에는 대화 자체가 바보들의 대화처럼 흘러가곤 했다. 한쪽에서 "왜 안 돼요?"라고 물으면 반대쪽에서는 "안 되니까 안 돼"를 연신 반복했다. "왜 안 돼요?" "안 되니까 안 돼." "왜 안 돼요?" "안 되니까 안 돼."

그러나 이 모든 희곡, 이 모든 고뇌, 이 모든 긴장은 눈빛 하나 때문에 몇 초 사이에 사라져버리게 된다.

청과전에서 일어난 일이었다. 어느 목요일 오후, 에우리지시와 아나 여사는 서로 다른 곳을 바라보며 함께 계산대를 지키고 있었다. 가족이 둘러앉은 점심 식탁은 '왜 안 돼요'와 '안 되니까 안 돼'의 향연이었다.

오후 시간, 조비나 여사가 아들 조제와 함께 감자를 사러 왔다. 대화가 오고 갔고(조비나 여사는 감자는 조금 사면서 할 얘기는 무척 많았다), 손님은 두 사람의 뚱한 표정을 보고 무슨 일이 있냐고 물었다.

아나 여사는 속상하다는 눈빛으로, 이 청과전 위층에 살고 있는 가족에게 일어난 음악 전쟁에 대해 털어놨다. 다만 고함과 깨진 컵들, 그리고 딸이 음악가가 되겠다는 고집을 더 강화시킨 며칠간의 단식 투쟁에 대해서는 생략했다.

"생각해보세요, 조비나 여사님. 에우리지시가 지금 음악가가 되겠다고 난리 칠 때냐고요. 공부를 얼른 마치고, 자기 또래 여자아이들이 배우는 것들을 이 아이도 배워야 하지 않겠어요? 친구들과 어울리다 좋은 남자도 만나고, 자기 가정을 꾸려야죠."

조비나 여사는 동의의 뜻으로 고개를 끄덕거렸고, 조제는 유혹의 뜻으로 에우리지시를 바라보았다. 소녀는 눈을 내리깐 뒤 자세를 고쳐 앉았다. 에우리지시는 그 순간, 어떤 눈빛은 다른 그 어떤 눈빛보다 특별할 수 있으며, 더는 전처럼 편히 앉아 있지 못하는 자신을 보며 그 눈빛은 사람의 내면뿐 아니라 외면까지도 바꿀 힘이 있다는 걸 알게 됐다. 감자가 골라지고, 값이 치러지고, 포장까지 되는 동안 소녀는 눈빛 하나로 바뀐 자신의 새로운 몸을 안절부절못하며 알아차리기 시작했다.

그날은 저녁 식사도 하지 않았다. 이번에는 플루트가 아닌 눈빛 때문이었다. 10시부터 새벽 2시까지 조제가 눈빛을 던지던 장면을 곱씹었다. 2시부터 6시까지는 같은 장면이 반복되었다. 다만 거기에 손을 맞잡은 두 사람의 캄푸지산타나 산책, 기마랑이스 광장에서의 프러포즈, 프리부르구에서의 상견례와 첫날밤 같은 것이 추가되었다. 잠결에도,

꿈결에도 에우리지시는 이외의 다른 건 생각하지 않았다. 심지어 플루트가 비집고 들어올 공간마저 없었다.

다음 날 에우리지시는 그동안의 반항이 마치 없었던 일인 것처럼 잠에서 깨어났다. 빌라로부스가 누구지? 플루트가 뭐지? '에우리지시가 에우리지시가 아니기를 바라는 에우리지시의 일부'는 쾌재를 불렀다. 한편 다른 에우리지시는 '뭐, 어쩔 수 없지. 다음 기회도 있으니까'라고 했다. 양 뺨을 살짝 꼬집어 홍조가 피어오르게 했다. 괜히 손가락으로 머리를 말아 기다 언니의 곱슬머리를 따라 해보기도 했다. 학교 가는 발걸음이 가벼웠다. 학교에서는 집에 돌아가 청과전의 그 의자에 앉을 시간만을 손꼽아 기다렸다.

언니에게만은 이 비밀을 나눠야겠다고 결심했다. 기다는 이미 세상의 모든 이치를 알고 태어난 아가씨 같았다. 아니, 모든 걸 다 아는 것이 아니더라도 적어도 알 만한 건 다 알고 있었다. 최소한 에우리지시가 아는 것 전부 그 이상을 알았다. 기다는 여태껏 한 번도 훌륭한 학생이라는 소리를 들어본 적이 없었다. 고등학교를 졸업했는데도 청과전에서 계산 한번 하려면 양손을 다 동원해야 했고, 그래도 셈이 잘 들어맞지 않았다. 하지만 그 손에 빨간 매니큐어를 한 번에 칠하는 건 정말 잘했다. 기다는 또 어른들과 대화하는 법도 알았다. 조제파 선생님에게 맞서 으름장을 놓은 것도 기다였다. "선생님이 한 번만 더 제 동생을 저주하시면, 저는 교육감 사무실에 가서 민원을 넣을 거니까 알아서 하세요. 구스타부 카파네마 씨께 모든 걸 다 말하기 전에는 거기서 나오지 않을 거라고요."

에우리지시는 기다 덕분에 다시 밤에도 물을 마실 수 있게 됐고, 또 기다 덕분에 좀 더 편안한 마음으로 'ㄹ'을 발음하는 법도 배울 수 있었다.

두 사람은 서로를 보완했다. 에우리지시가 새벽녘에 깜짝 놀라 깨어나 다락에 귀신이 있는 게 분명하다며 소리치면, 기다가 손을 잡고 "괜찮아, 저건 주머니쥐와 새끼들일 뿐이야. 찍찍거리는 소리가 들리지?"라며 안심시켜주었다. 기다가 다음 날 있을 시험 전에 외워야 하는 미생물 이름 때문에 책 위에 두 팔꿈치를 박고 양손으로 머리를 쥐어뜯으며 괴로워할 때면, 에우리지시가 곁에서 "언니, 하나하나 차근차근히 외워보면 할 수 있어. 원생동물부터 시작해볼래? 걔네들은 뼈가 두 종류고, 편모와 섬모를 이용해 이동해"라고 말해주었다.

그리고 에우리지시가 다친 것 같다고, 아마도 전차에 오르다 그런 것 같다고 울면서 학교에서 돌아왔을 때는, 아나 여사가 '피가 멈추라고' 준 천 조각 한 장보다도 더 많은 정보를 에우리지시에게 제공했다.

"에우리지시, 잘 봐. 이건 다친 게 아니야. 지금부터 한 달에 한 번씩 일어날 거고, 네가 여자가 됐다는 말이기도 해."

기다는 더 나아가 피가 나는 이유는 여자들이 임신을 할 수 있도록 몸이 준비되는 과정이라고 설명해주기도 했다. 에우리지시는 그렇게 기다 언니의 세계에 눈을 떴다. 그곳에서는 이상한 일들이 일어났고, 기다 언니가 그곳에서 가장 지혜로운 사람이었다. 기다는 거기서도 더 나아갔다. 동생을 안아준 뒤 언젠가 너는 아름다운 여인이 될 거라고, 좋은 남편과 많은 자녀들을 갖게 될 거라고, 그리고 정원이 있는 큰 집에서 살게 될 거라고 말해줬다.

기다가 어떻게 이 모든 걸 알았을까? 다른 이유는 없었다. 기다는 모든 걸 알고 태어난 여자였다.

기다는 특히 사람들이 상대방을 유혹하는 상황에서 어떤 일이 일어나는지 잘 알고 있었다. 다음 단계인 연애까지도 나간 적이 있는 기다였다. 플루트 대란이 일어나기 얼마 전인 4월의 어느 일요일, 기다는 자신이 '굉장히 존경하게 된 한 남성'이 점심 이후 집에 올 것이라고 부모에게 선언했다.

마르쿠스는 라구 성당의 종소리가 두 번 치고 나서 집에 도착했다. 부모는 처음부터 그를 마뜩잖게 여겼다. 마누엘 씨에게 악수를 청하는 대신, 모자를 손에 쥐고 몸을 굽혀 경의의 뜻을 표하는 동양식 인사를 했다. 포르투갈 사람 마누엘 씨에게는 어색한 상황이었으나—그것이 리우 젊은이들 사이에 새로운 유행일지 모르니—, 그도 화답의 의미로 몸을 굽혀 인사했다. 마르쿠스는 상대방의 불편함은 무시했다. 땀으로 흥건한 손을 내미느니, 이국적인 인사법을 창조해내는 편이 더 나았다. 집에 머무는 동안 모자를 내려놓은 순간은 단 한 번, 방구석에서 책을 읽는 척하던 에우리지시에게 수줍게 인사를 하기 위해서였다. 그로부터 30분 뒤, 아나 여사와 마누엘 씨는 얼굴색이 붉은 청년에 대해 알아야 할 모든 것을 알게 되었다.

"그래서 자네는 일은 하는가?"

"공부합니다. 의대에서요."

"어디 사는가?"

"보타포구에 삽니다."

"아버지는 뭐 하시나?"

"시장 비서실에 실장으로 계십니다."

"어머니 성함은 어떻게 되시나?"

"마리아나십니다."

"형제는 몇인가?"

"다섯 명입니다."

"우리 딸을 만나는 이유가 무엇인가?"

"가장 고귀하기 때문입니다."

어쩌면 너무 급작스러워서, 아니 어쩌면 기다가 너무 자신만만해서, 혹은 어쩌면 심문받은 그 남자가 보타포구에 살고 의대에 다녀서, 두 사람의 연애 소식은 큰 문제나 반대 없이 받아들여졌다. 기다는 일주일에 한 번은 마르쿠스와 영화를 봐도 된다는 허락을 받아냈다. 나머지 연애는 알미란치 알레산드리누의 소파에서만 허락됐다. 한쪽에는 전등을 켜두고, 또 다른 한쪽에는 양말을 뜨는 엄마를 곁에 둔 채.

마르쿠스는 키가 크고 호리호리한, 남다른 사람이었다. 어떨 땐 과하다 할 만큼 남달랐다. 기다와 나머지 가족들 사이에 팡지아수카르(리우데자네이루의 유명한 랜드마크인 슈거로프산)가 쌓이게 만든 것도 다 이 연인이었다. 마르쿠스를 알고 나서, 한 번도 일해보지 않은 손이 자신을 쓰다듬어주고 한 번도 걱정해보지 않은 눈과 마주하고 난 뒤, 기다는 집안사람들(구두쇠 포르투갈인 부부와 땋은 머리를 하고 다리에는 털이 수북이 난 소녀)과의 공존을 받아들이기 힘들 만큼 고상한 현실 속에 살게 되었다.

기다는 방 안에 틀어박혔다. 식사도 겹치지 않는 시간에 했다. 그리고 가족들과의 시간에는 거실 구석의 소파에 앉아 〈월간 여성〉을 뒤적거리기만 했다.

"기다, 문 좀 열거라. 아버지가 청과전에 오신 지 벌써 한 시간째인데 너보고 나오라신다."

"곧 열게요. 지금 준비 중이에요."

"지금 당장 열어라."

침묵이 이어졌고, 아나 여사는 그 문이 더 이상 열리지 않을 걸 직감했다.

"대체 이게 어느 나라 예의니? 이런 건 들어본 적도 없다. 내가 무슨 죄가 있어서 딸들이 다 이 모양으로 말을 안 듣는 걸까? 기다는 우리에게 아무 관심도 없고, 에우리지시는 플루트 때문에 불평이나 해대고. 내가 젊었을 때는 이렇게 부모님을 막 대하지 않았다! 딸자식 하나는 아무 대답도 하지 않고, 다른 하나는 뭐든 다 또박또박 말대답을 하니, 원!"

늦은 오후의 언쟁은 습관처럼 자리 잡게 되었고, 어느 정도 시간이 지나자 부모는 딸과의 거리에 익숙해졌다. 시간이 지나면 해결될 문제라고, 걱정할 정도는 아니라며 스스로 합리화했다. 딸이 여기도 하나, 저기도 하나 있는데 둘 다 혼전 임신을 한 것도 아니니 그 시간에 토마토나 하나 더 파는 게 나았다. 언니의 침묵을 이상히 여긴 건 에우리지시뿐이었다.

"기다 언니, 오늘 학교 쉬는 시간에 무슨 일이 일어났게?"

"음."

"기다 언니, 얼굴에 레몬 팩 바르는 법 좀 알려줄래?"

"음."

"기다 언니, 그 잡지 내가 좀 읽어도 돼?"

"음."

"기다 언니, 우리 머리 만지기 놀이 할래?"

"음."

기다가 침묵을 깰 것 같진 않았지만, 그래도 에우리지시는 청과전에서의 눈빛에 대해 말하기 시작했다. '옛정을 생각해서라도 나를 도와주겠지'라고 생각했다. 그렇게까지 오래전도 아니고 몇 개월 전이었다. 그러나 침묵이 만든 거리는 그때가 너무나도 멀게만 느껴지게 했다. 이 모든 건 다 마르쿠스 때문이었다. 에우리지시는 그를 보자마자 너무 멋있다고 생각했지만, 이제는 기다 언니가 그하고만 이야기를 한다는 걸 알고 있기에 조금 못났다고 생각하게 됐다. 그와 이야기를 많이 나누는 바람에 에우리지시에게는 한마디도 해줄 말이 남아 있지 않은 것이 분명했다.

"기다 언니?"

"음."

"뭘 읽고 있어?"

"안 보이니?"

"응. 안 보여."

"보이잖아. 〈월간 여성〉이라고."

"근데 뭘 읽고 있는데? 그 안에서."

"상관없잖아."

"상관있어. 없으면 왜 물어보겠어?"

"테스트야. 남자 친구가 날 얼마나 좋아하는지 알아보는."

"나도 해볼래."

"넌 남자 친구가 없잖아."

"그래도 해볼래."

"넌 남자 친구가 없다고 말했잖아."

"그럼 언니는 왜 하는데? 마르쿠스가 언니를 안 좋아한다고 생각해?"

"에우리지시, 바보 같은 소리 그만해. 저기 가서 플루트나 불어."

에우리지시는 언니의 명령에 따라 플루트를 가지러 갔다. 플루트를 불고 싶어서가 아니라, 마침 플루트가 기다 옆에 있어서였다. 그걸 가지러 가면서 언니의 머리를 잡아당길 수 있을 것 같았다. 기다는 살갗을 헤집듯이 에우리지시를 꼬집으며 복수했고, 에우리지시는 기다의 피부에 손톱을 박았다. 치고받는 두 사람을 말리러 아나 여사가 들어왔고, 각자 자기 방에 들어가게 했다.

"너희, 지금까지 한 번도 싸운 적이 없잖니! 다 큰 녀석들을 벌세워야 직성이 풀리겠니?"

이번 싸움은 에우리지시에게 좋은 기회였다. 플루트로 반항을 시작했을 때부터 지금까지 참아왔던 눈물을 마지막 한 방울까지 다 쏟아냈다. 그 집의 어느 누구도 그녀를 이해해주지 않았다. 자신의 행복을 원하는 사람도 없었다. 항상 이런저런 이야기를 나누곤 했던 기다 언니조차도 이젠 자신에 대해 아무것도 알고 싶어 하지 않았다. 하지만 조제만은 자신을 알아주리라고 생각했다. 에우리지시에게는 학교도, 책도, 플루트도, 기다도 필요 없었다. 오직 조제만이 필요했다.

청과전에서 부모님을 더 자주 돕게 되었다. "걱정하지 마세요, 숙제는 밤에 하면 돼요." 언니가 방심한 틈을 타 립스틱을 훔쳐 바르며, 입술을 과도하리만치 붉게 물들였다. 에우리지시는 조제와 그 눈빛을 애타게 기다렸고, 자신의 소망이 이뤄지는 것은 시간문제라고 생각했다. 거리의 인파를 바라보며, 손님들에게는 밝게 웃으며, 그가 곧 나타나길 몹시 기다렸다.

조제는 주말에 모습을 드러냈다. 에우리지시는 의자 위에서 기지개를 편 후, 황급히 금전출납기로 시선을 돌렸다. 조제가, 그 눈빛이 바로 거기 있었다.

단지 이번에는 그 눈빛이 다른 아가씨를 향해 있었다는 점이 달랐다. 조제는 청과전에서 몇 블록 떨어진 곳에 사는 오데치라는 아가씨와 함께 온 것이었다. 조제는 쇼핑을 도우며 과일을 세심하게 골라주었다. 오데치가 감자와 양파를 고르는 동안, 그는 가장 멀쩡해 보이는 바나나와 사과, 무화과를 골랐다. 두 사람은 주변의 시선을 신경 쓰지 않는 듯했다. 실제로도 그랬다. 에우리지시가 지폐를 건네받고 잔돈을 건네주던 자신의 손바닥 안으로 쪼그라들었기 때문이었다. 조제는 에우리지시를 잠깐 바라보며 이런 말을 눈빛으로 전했다. '그날은 그냥 잊어버려. 장난이었으니까.' 조제와 오데치는 선택받지 못한 상처 입은 사과와 터진 무화과를, 마음이 찢긴 에우리지시와 함께 내버려두고 자신들만의 세계로 떠나갔다.

아, 그 일이 얼마나 아팠던지. 에우리지시는 더는 플루트를 불거나 책을 읽을 힘도, 숙제를 틀리거나 틀리지 않을 기운도 내지 못했다. 눈은 초점을 잃었고, 입은 일자가 됐으며 몸은 앞으로 굽어 마치 꼭두각시 인형같이 변해버렸다. 자신의 의무만을 기계적으로 묵묵히 해낼 뿐이었다. 에우리지시는 자신의 슬픔 외에는 아무것도 보지 못했고, 자기만의 세계에 갇혀 있느라, 언니 역시 그녀만의 세계인 방 안에 갇히게 된 것을 눈치채지 못했다. 그 이후 몇 주 동안 에우리지시는 자신만의 슬픔을 즐겼고, 자신에게 언니가 있다는 사실도 떠올리지 못했다.

그리고 어느 월요일 늦은 밤, 낮의 소란이 가라앉은 시간이 돼서야 다들 기다의 가출을 알아차렸다. 에우리지시는 엄마의 외침을 듣고 나서야 자신만의 번민에서 깨어났다. "우리 기다가 집을 나갔어, 우리 기다가 집을 나갔어!" 아나 여사는 문이 열린 채 텅 비어 있는 딸의 옷장 앞에 무릎을 꿇고 오열했다. 에우리지시는 그때 자신이 속으로 만든 슬픔의 세계보다 그 바깥세상이 훨씬 더 잔인할 수 있다는 걸 알게 됐다.

몸부림치는 엄마의 모습, 슬픔을 나누기 위해 엄마를 안아주는 아빠의 모습, 방 안에도, 집 안 어디에도 없는 언니의 모습을 보며 에우리지시는 굴착기가 심장을 후벼 파는 듯한 아픔을 느꼈다. 가출은 죽음과 비슷한 점이 많지만 그보다 더 나빴다. 죽음의 경우 예기치 않은 작별에 서로 작별의 인사도 미처 나누지 못하는 것이다. 하지만 가출은 계획된 의도적 이별이면서도 일부러 작별의 인사를 남기지 않고 떠나가는 것이었다. 그게 기다가 한 일이었다.

하지만 왜? 왜 에우리지시는 기다가 가출하는 걸 알아차리지 못했을까? 왜 언니와 좀 더 얘기해보지 못했을까? 그리고 언니는 왜 에우리지시와 얘기하지 않았을까? 부모님은 일주일에 한 번씩 영화를 보게도 해주었고 연애를 못 하게 막지도 않았는데, 대체 왜 도망간 걸까? 이제 에우리지시가 모르는 것들에 대해 누가 설명해줄 수 있을까?

에우리지시는 이 질문에 대한 답을 얻을 수 없었다. 그녀가 답할 수 있는 질문은 '언니가 우리의 싸움 때문에 집을 나간 걸까?' 이것 하나뿐이었다. 그 모든 일을 설명할 만한 논리와 단 한 가지의 정답만이 필요했다. 그래서 그 질문에 대한 답이 '그렇다'라고, 기다가 집을 나간 이유가 얼마간은 자신들의 다툼 때문이라고, 그리고 언니의 가출에 대한 책임의 많은 부분이 자신의 탓이라고 생각하게 됐다.

가족은 기다의 방을 어떻게 해야 할지 몰랐다. 아나 여사는 문을 닫아두었지만, 마누엘 씨는 문이 닫혀 있으면 거기 기다가 있을 것만 같다며 다시 열어두었다. 하지만 열린 문도 불편하기는 매한가지였다. 왜냐하면 기다가 〈월간 여성〉 컬렉션을 모두 가져가면서 텅텅 비어버린 책장이 그대로 드러났기 때문이다. 그리고 침대 문제도 있었다. 마누엘 씨는 침대를 해체해야 한다고 주장했지만, 아나 여사는 매트리스를 그대로 두자고 고집을 부렸다. 기다가 돌아오기라도 한다면 어디서 잠을 잘 거냐면서. 방문은 살짝 열어놓는 것으로 결정됐다. 에우리지시는 복도를 지날 때마다 목을 돌려 방을 뚫어지게 쳐다보았다. 마치 계속 보고 있다 보면 기다가 매트리스를 뚫고 올라올 것처럼. 기다는 거실에서 읽던 잡지를 두고 갔다. 아무도 잡지를 보지는 않았지만, 그렇다고 버리지도 않았다. 어느 날, 언니의 사진을 끼운 액자가 거실에 나타났다. 마누엘 씨와 에우리지시는 누가 그걸 갖다 놓았는지 묻지 않았다.

처음에는 희망이 있었기 때문에 가족들도 슬픔을 견딜 수 있었다. 매일 집배원을 기다렸다. 기다가 두고 가지 않은 편지가 어쩌면 그날 오후 도착할 수도 있었으니까. 마누엘 씨는 하루에 두 번 약국으로 달려가기도 했다. 동네에 유일하게 전화기가 있는 집으로 딸이 안부를 남겼을 수도 있었으니까.

기다의 소식은 전해지지 않았고, 기다림도 시들해졌다. 이제 마누엘 씨와 아나 여사는 울지 않았고, 웃지도 않았다. 상처 입고 약해진 부모의 모습을 본 에우리지시는 그들을 보호하고 싶어졌다. 부모에게 두 배로 기쁨을 주어야 한다고 생각했다. 플루트로 반항했을 때처럼 다시는 부모에게 대들지 않겠다고 다짐했다. 절대, 다시는 기다 언니처럼 가족을 버리지 않겠다고도 다짐했다. 그녀는 세상에서 가장 착한 딸, 모범적인 아가씨—설사 그것이 정확하게 '에우리지시가 에우리지시가 아니기를 바라는 에우리지시의 일부'가 원하는 바와 일치하더라도—가 되겠다고 마음먹었다.

기다의 행방을 찾아보기 위한 마지막 수단으로, 마누엘 씨는 시청을 찾아갔다.

"비서실장님께 여기 그분의 아들인 마르쿠스의 여자 친구 아버지가 찾아왔다고 말해주시오."

한 시간 반이 지났다. 마누엘 씨는 첫 만남에서 마르쿠스가 그랬던 것처럼 모자를 푹 눌러썼다. 체념한 듯한 눈빛으로 앞을 바라보았다. 점심시간이 다 되어서야 한 여성분이 답변을 갖고 왔다.

"고도이 선생께서는 마르쿠스라는 이름을 가진 아들이 없다고 전해 달라시네요."

5

에우리지시의 다른 일부를 살펴본 우리는 이제 그녀가 왜 그렇게 오락가락하는지 알 수 있게 됐다. 왜 갖가지 프로젝트를 만들어내면서도 남편에게는 찍소리도 못 하고 사는지. '대망의 만찬' 날 그가 큰 소리로 에우리지시를 비웃었는데도 왜 당장 나가라고 소리치지 않았는지. 그리고 '심각한 감기'의 날에 이은 '바느질 작업실로 벌어진 큰 싸움'의 날, 왜 에우리지시가 목소리를 높이지 않았으며 내 손은 내 거니까 이 손으로 내가 하고 싶고 잘할 줄 아는 걸 하는 거예요. 내가 할 줄 아는 건 이 손으로 바느질을 해야 한다는 것, 그리고 검지를 당신에게 가리키고, 내 손은 내 거니까 이 손으로 내가 하고 싶고 잘할 줄 아는 걸 하는 거다, 라고 말하는 것이에요, 라고 말하지 않았는지를 우리는 알 수 있게 된 것이다.

에우리지시는 두 손을 독립선언에 사용하지 않고, 다만 고개를 떨어뜨리고 얼굴을 가리는 데 사용했다. 그녀는 남편이 옳다는 걸 알고 있었다. 옳게 보이는 모든 것들 중에, 기다 언니의 가출 이후 자신이 되리라고 다짐했던 그런 '옳은 여자'의 표상에 따르면 그랬다.

작업실 다툼 이후로 안테노르의 목소리는 더 높아졌고, 에우리지시의 목소리는 더 낮아졌다. 그녀의 답변은 날이 갈수록 더 가늘어졌다. 그리고 그 싸움을 소파에 아주 편안히 앉아 들은 바 있던 젤리아는 벽에 귀를 대고 엿듣는 일을 그만둬야 했다. 아무리 귀를 쫑긋 세워봐도 그 다툼이 어떻게 끝났는지 알 수 없었기 때문이다.

하지만 기다림은 그리 오래가지 않았다. 에우리지시는 건강 문제로 더는 의상 제작을 계속할 수 없게 되었다며, 고객 명단과 미완의 주문을 모두 마리코치냐 여사에게 넘겼다. 하지만 양쪽 모두 여기에 반발했다. 고객들은 마리코치냐 여사가 혼자 만든 옷을 입으면 굿판의 무당같이 보일 거라며 싫어했고, 마리코치냐 여사는 새로운 책임을 떠맡는다는 사실에 불평했다. 에우리지시의 고객들을 상대하려면 수많은 기존 고객들을 놓치는 게 불가피하다는 이유였다. 하지만 마리코치냐 여사는 그 수많은 기존 고객들의 수가 사실 영(0)에 수렴한다는 사실은 숨겼다. 어찌 되었든 일이 많으면 혈압에도 좋지 않을 것이었고, 그래서 다미아나와 둘이 같이 일할 수 있도록 두 달 치의 월급을 달라고 요구했다.

에우리지시는 언쟁하지 않았다. 다음 날 그녀가 요청한 만큼의 크루제이루(1942-1994년까지 쓰인 브라질 화폐단위)를 들고 나타났다. 그 모습이 꽤나 처량해 보여, 마리코치냐 여사는 거의 없다시피 한 자신의 수많은 기존 고객의 무게를 좀 덜어야 하나 하고 잠시 생각하기도 했다. 두 여자는 그렇게 작별을 고했다. 문을 닫는 에우리지시의 침묵이 어찌나 컸던지, 그 침묵이 구스망 캄펠루가를 가득 메웠다.

물론, 아침마다 싱크대와 샤워기의 물소리가 들리기는 했다. 커피에 쓸 뜨거운 물이 주전자에서 끓는 소리나 식탁 앞에서 신문을 뒤적이는 소리도 들려왔다. 등교하기 위해, 또는 브라질 중앙은행에 출근하기 위해 부산하게 복도를 오가는 발소리도 들렸다. 하지만 그 어느 것도 에우리지시의 소리는 아니었다. 에우리지시는 몇 시간이나 거실의 책장을 뚫어져라 바라보며 앉아 있었다. 다스 도리스는 그런 에우리지시가 걱정됐다. 쟁반이 잘 안 닦였다거나, 주스에 오렌지 찌꺼기가 들어 있다거나, 유통기한이 지난 파인애플을 잘랐다거나 하는 식의 잔소리를 일주일이 넘도록 하지 않고 있었기 때문이었다.

세실리아와 아폰수도 이런 엄마의 침묵을 눈치챘다.

"엄마, 오늘 에트루리아인에 대한 숙제를 했는데 보실래요? 여기 유럽 지도 있죠? 제가 혼자 그려 넣었어요."

"얘야, 너무 예쁘다."

"엄마, 저 《황폐한 삶》(브라질 모더니즘 작가 그라실리아누 하무스의 소설로, 가뭄으로 황폐화된 브라질 북동부 지역 사람들의 삶을 그린다)을 다 읽었어요. 정말 슬픈 책이에요."

"그렇단다, 얘야."

에우리지시는 더는 발 받침대에 올라 백과사전에서 에트루리아인들의 성(城)이 나오는 부분을 찾아주지 않았다. 발 받침대에 올라 그라실리아누 하무스가 사인한 책을 더 찾아주지도, 《황폐한 삶》보다 《고뇌》(그라실리아누 하무스가 복역 중 자신의 수감 생활을 바탕으로 쓴 소설)가 더 슬프다고 말해주지도 않았다.

그건 안테노르가 원하는 정숙한 여인의 모습이었다. 집과 아이들에게 헌신하며, 남편과 같은 시간에 잠자리에 들고, 남편보다 일찍 일어나 바느질을 즐기지 않는 아내의 모습이었다. 그가 텔레비전을 볼 때면 아무 말 없이 곁에 다만 앉아 있을 뿐이었고, 출근하거나 집에 도착했을 때 그가 입 맞출 수 있도록 다소곳이 이마를 내주었다. 안테노르가 항상 원하던 아내의 모습 그대로였다.

그렇다, 그것이 안테노르가 항상 원하던 아내의 모습이었다.

과연 그럴까?

아니, 아니었다. 그는 이런 에우리지시를 원하지는 않았다. 아내가 그런 상태로 지속되는 걸 보며, 안테노르는 어쩌면 자신이 항상 원한다고 생각한 그것이 사실은 정말 자신이 원하는 것이 아닐 수도 있다고 생각하기에 이르렀다. 그러면, 정말 그가 원했던 것은 무엇일까? 어느 불면의 밤, 그 답을 찾아내려 애써보았다. 하지만 불면은 은행 업무와는 어울리지 않았기 때문에 스스로에게 질문하는 것을 그만두었다. 안테노르는 자신이 원하는 것이 무엇인지 몰랐으며, 무엇인지 알고 싶지도 않다는 사실도 알고 있었다. 그가 알고 있는 또 한 가지 사실은, 결혼한 후 처음으로 첫날밤의 그 사건보다 더 큰 문제가 닥쳤다는 것이었다.

그럼에도, 아무것도 아니게 된 에우리지시의 인생에도 불구하고, 안테노르는 사실 정말 좋은 남편이었다. 공무원 아버지와, 책을 한 번도 낸 적 없는 시인 어머니 사이에서 태어난 안테노르는 음식은 적고 더러움은 많은 집에서 자랐다. 그 집에서 그나마 가장 정돈되었다 할 만한 것은 어머니가 읊어주던 대구(對句)나 소네트뿐이었다.

영광과 고뇌의 키스
창공으로 날아간 영혼
저주의 맹세와 애무
분노로 고통받는 마음
단순하여 성스러운 온정
사랑받아야 마땅한, 그 두 팔 안에 가냘픈 너를 품어야 하는 한 남자.

마리아 히타의 삶이란 개인의 재능을 펼쳐 보이는 무대이기도 했다. 비록 권태로운 삶이었다 하더라도, 스물다섯이 되기 전에 자신이 생산해낸 여섯 아이들로 구성된 청중들의 삶보다는 그게 더 나았다.

업무를 마치고 돌아온 펠리시아누는 아내의 능력에 놀라곤 했다. 항상 아침 일찍 집을 나서기 전의 난장판보다 더 심한 무질서를 만들어 놓았기 때문이다. 거실 바닥에는 더러운 기저귀, 오렌지 껍질, 나무 자동차, 내팽개쳐진 아이들, 얼룩진 턱받이 등이 널려 있었다. 침대는 항상 정리하지 않은 상태를 유지하고 있었다. 주방은 그릇의 음식물 찌꺼기를 탐하는 바퀴벌레들로 점령된 지 오래였다. 옷걸이로 쓰이지 않는 유일한 소파에는 여전히 잠옷 차림인 마리아 히타가 시 공책을 들고 앉아 있었다. 그녀가 과라니족(파라과이와 브라질 남부에 거주하던 원주민) 조상으로부터 찢어진 눈 외에도 물려받은 것이 있다면, 서구적 일상의 규칙에 대한 몰이해였을 것이다.

부부 싸움은 매일 오후 5시 45분에 시작되었다.

"당신은 날 이해 못 해요. 나는 시인이고, 예술가란 말이에요! 인생의 굴레에 속박된, 자유로운 영혼이라고요."

"마리아 히타, 나는 당신의 예술은 응원하지만 이 애 좀 봐, 개코원숭이의 엉덩이를 하고 있잖아! 우리 딸애의 머리카락은 어떻고. 머리가 하도 엉키는 바람에 이제 관자놀이까지 짧게 밀어버려야 하게 생겼다고."

마리아 히타는 울면서 침대로 뛰어갔고, 이내 벌꿀색 곱슬머리와 하트 모양 입술을 거부하지 못하는 남편으로부터 위로를 받았다. 몇 번의 어루만짐이 있은 후 평화가 찾아오고 부부는 거실로 나와 아이들과 함께 오렌지 껍질을 거두어들였다. 습관적으로, 혹은 약간의 희망 때문에, 펠리시아누는 아내에게 저녁으로 뭘 준비했는지 물었다.

"바나나요."

그 누구도 마리아 히타가 그러한 삶에 어울린다고 생각하지 않았고, 그녀 자신도 그러한 삶과 더는 어울리지 않기로, 8월의 어느 추운 날 결심했다. 누구에게도 이해받지 못한 시인은 그렇게 살충제로 자살했다. 그녀가 가족을 위해 가장 잘했다고 칭찬받을 만한 일은, 온통 뒤틀어진 몸과 흰 거품으로 뒤덮인 얼굴을 자녀들에게 보이지 않으려 문을 닫고 일을 벌였다는 것이다.

펠리시아누가 이 마헤카스 도로의 비극을 알아차릴 수 있었던 이유는 아이들이 거실에 널브러져 있었기 때문이 아니라, 한 아이가 엄마의 방문을 미친 듯이 두드리고 있었기 때문이다. 문을 부수고 들어간 펠리시아누는 손으로 안테노르의 눈을 가렸다. 하지만 그 장면이 아이의 눈을 타고 들어와 머릿속에 박히는 데는 2초가 채 걸리지 않았다. 그때 그는 여섯 살이었다.

이틀 뒤, 〈상업일보〉에는 마리아 히타의 부고 소식이 실렸다.

'천재적인 시인 마리아 히타는 고약하고 지독한 질병에 오랫동안 시달려온 바, 길고 깊은 고통에 종지부를 찍고 이달 19일 13시 25분에 유명을 달리하였다. 입관식은 어제 상주앙바치스타 공동묘지에서, 사회 각계의 저명한 신사숙녀 등 많은 이들의 참여 속에 엄수되었다. 시청 공공사업국의 훌륭한 직원으로, 모두에게 사랑받는 촉망받는 인재인 펠리시아누 캄펠루는 사랑하는 아내의 사망 소식을 불굴의 용기로 견뎌내고 있다.'

펠리시아누는 아내의 죽음 이후 억누를 수 없는 좌절로 고통스러워했다. 벌꿀색 곱슬머리와 하트 모양 입술의 부재로 좌절했고, 엄마의 조악한 보살핌보다도 더 못한 펠리시아누 자신의 보살핌을 받게 될 자녀들 때문에 다시금 좌절했다.

하늘에 도움을 갈구했고, 하늘로부터는 아니었지만 어찌 되었든 도움이 그에게 당도했다. 그 도움은 집에서 몇 걸음 채 안 되는 곳에서, 펠리시아누의 누이인 다우바의 이름으로 도착했다. 벌써 서른으로 결혼할 나이를 훌쩍 넘긴 그녀는 카르무 도로의 식료품점에서 부모님을 돕는 것으로 자신의 쓸모를 발휘하고 있었다. 다우바는 동생의 집과 아이들을 돌봐주겠다고 먼저 제안했다. 그 얘기를 들었을 때 그가 누이의 품에 안겨 펑펑 울지 않은 것은, 단지 그 당시가 남자의 울음과 포옹이 흔치 않은 시절이었기 때문이었다.

이렇게 펠리시아누와 마리아 히타의 여섯 아이들의 머리가 매일매일 빗겨지고, 이도 닦이게 되었다. 다우바는 자신의 진정한 재능을 알게 되었다. 다름 아닌 열여덟 시간 동안 바쁘게 지내는 것이 그것이었다. 한편 펠리시아누는 6시 30분에 따뜻한 음식으로 저녁 식사를 하는 일상으로 되돌아갈 수 있었다.

펠리시아누는 다우바에게 아내의 죽음에 대한 자세한 이야기를 털어놓았고, 안테노르가 2초 동안 그 장면을 보았다는 사실도 전했다. 다우바는 그 아이에게 심장이 강하게 뛰는 걸 느꼈다. 물론 그녀는 모든 아이들을 사랑했지만, 그중에서도 안테노르를 가장 사랑하게 됐다. 방과 후 가장 먼저 입맞춤을 받는 것도 안테노르였고, 닭고기 수프의 가장 큰 건더기를 받는 것도 안테노르였다. 해진 옷을 가장 먼저 수선받는 것도 안테노르였다. 밤마다 아이들이 잠에 들었는지 확인할 때, 다우바의 눈은 항상 안테노르를 향해 있었다. 펠리시아누가 얼마 전 사 온 몬테이루 로바투 전집 중 초록색 표지의 책을 읽어줄 때에도 다우바의 품에 안겨 있는 건 안테노르였다.

이제 왁스 칠을 한 바닥과 깨끗한 화장실, 포근한 향기와 눈부시게 흰 옷을 누릴 수 있게 된 안테노르는 그날의 2초를 거의 잊기까지 했다. 그가 절대 잊지 못할 것은 어머니의 문란한 생활이었다. 정열적이었지만 밥벌이와는 거리가 먼 그녀의 광기, 모순적인 망상, 그리고 문밖의 자식들을 조금도 생각하지 않고 가버린 끝 모를 이기주의. 안테노르에게는 이 세상에 시보다 더 쓸모없는 것이 없었다.

그의 앞으로의 인생은 마리아 히타의 인생과 정반대일 것이다. 안테노르가 언젠가 결혼을 하게 된다면, 그 아내는 다우바만큼이나 좋은 여자여야 했다. 가정과 자녀들을 최우선 순위에 놓아야만 했다. 그는 자신이 고른 여자에게 모든 걸 다 줄 준비가 되어 있었다. 다만 상대방 역시 시라는 것, 그리고 어머니를 광기에 휩싸이게 만들었던 꿈이란 것은 한 조각도 가지지 말아야 했다. 그것이 유일한 요구 사항이었다.

그렇게 안테노르는 완벽하게 평범한 한 여자를 선택하게 된다. 못생기지도 예쁘지도 않았고, 뚱뚱하지도 마르지도 않았으며, 키가 크지도 작지도 않았다. 동네를 오갈 때 쓰는 밀짚모자 안에 가장 큰 장점을 숨기고 있는 여자였다. 안테노르는 이 에우리지시라는 여자야말로 제정신이 박힌 여자라고 생각했다. 하지만 그 여자가 제정신이 박힌 여자임은 물론, 우리 모두보다 훨씬 더 영민한 여자라는 것까지는 알아차리지 못했다.

안테노르는 5월의 어느 완벽한 날에 에우리지시를 만났다. 산타테레자의 한 사촌을 만나기 위해 전차를 탔다. 라파 지역 인근의 소란과 먼지구름은 전차를 타고 가는 동안 서서히 잊혀갔다. 밤새 내린 비로 하늘이 청명했고, 살짝 차갑다 싶은 바람이 폐부를 씻어 내렸다. 산타테레자는 이 도시에서 그나마 순수를 유지하고 있다 할 만한 몇 안 되는 곳이었다. 자동차는 보기 힘들었고, 전차도 몇 대 다니지 않았으며 마천루는 아예 없었다. 그는 단순하고 효율적이군, 이라고 생각했다. 그리고 알미란치 알레산드리누 도로에서 본, 과일 상자에 둘러싸여 있던 한 아가씨에 대한 생각에 잠겼다. 꼬리에 꼬리를 문 생각에 한 가지 생각이 끼어들었다. 얼마 전부터 그의 머릿속에 자리 잡아온 그 생각은 한마디로 요약될 수 있었다. '저 아가씨가 바로 그 아가씨일까?'

배를 사야겠다고 생각했다. 전차에서 내려 과일을 고른 뒤 돈을 지불했다. 그러고는 잔돈을 받는 데 필요한 것보다 더 오랜 시간 동안 에우리지시를 쳐다보았다. 그 아가씨의 어떤 것도 연애 감정을 불러일으키지 않았다. 꽉 묶은 머리, 회색 원피스 위에 덧입은 앞치마, 화장기 없는 얼굴과 영수증만 바라보는 눈빛. 에우리지시가 잔돈 외에는 아무것도 건네주지 않자, 그녀에게 관심이 생겼다.

"몬치알레그리 도로까지 가는 데 시간이 오래 걸릴까요?"

"조금요."

"걸어서 갈 수 있는 거리입니까?"

"어쩌면요."

에우리지시는 첫 테스트에 통과했다. 안테노르에게 관심 없는 척한 게 아니라, 정말로 안테노르에게 관심이 없는 것이었다. 그렇다. 안테노르는 그게 뭘 의미하는지 알고 있었다. 스물셋 청년인 그는 페드루 2세 고등학교를 졸업했고, 회계학 기술자격증을 보유했다. 브라질 중앙은행에 갓 입사한 신입 사원으로, 영화배우 같은 용모에(이건 다우바 이모의 주장이기도 했다) 손에 반지를 끼지도 않았다. 커피를 마셔도, 가게에 들어가기만 해도, 심지어 신문 한 부를 사도 그의 손을 만지작거리는 처녀들과 그 처녀들의 어머니들에게 둘러싸여야 했다. 그들은 안테노르라는 사람에게 관심이 있던 것이 아니라, 안테노르가 자신들을 어떻게 생각할지에 대해 전전긍긍해했다. 안테노르가 자신들에게 관심을 갖길 바라는 것이 아니라, 단지 그가 자신들에 대해 가질 인상 때문에 옷을 입고 화장을 했다.

하지만 안테노르는 생각에 관심이 없었다. 그는 사랑이라는 쓸데없는 일은 제쳐두고 바로 본론으로 들어가길 원했다. 여기서 안테노르에게 본론이란, 이 아가씨가 소위 정숙한 여인인지 보는 것이었다. 매일 같은 시간에 일어날 수 있는 사람인지, 침대의 온기가 식기 전에 정돈을 끝마칠 수 있는지, 자신이 탁자에 앉자마자 식사를 할 수 있도록 아침 식사를 제대로 준비할 수 있는지를 보았다. 그는 청결도를 측정하기 위해 바닥을 혀로 핥을 수 있는 자유의지, 화요일 장이 끝난 후 신선한 과일로 채워진 바구니, 매일 밤 누군가와 같은 침대에서 함께 코를 고는 안정감을 원했다.

과일에 둘러싸인 여인에 대해 사촌에게 물었다. 에우리지시라는 이름과, 늘 부모의 곁을 지키며 천사처럼 플루트를 불 줄 안다는 사실을 알아냈다. 굉장히 아름다운 언니가 있지만, 그 언니가 집을 나간 뒤에는 플루트에 눈길 한번 주지 않았다는 것도 알게 되었다. 고등학교를 졸업했고 셈에 매우 밝았지만, 부모님의 청과전 일을 돕기 위해 공부를 계속하지는 않았다는 얘기도 들었다.

안테노르는 사촌 집의 창문 너머로 해가 뉘엿뉘엿 지는 걸 보았고, 이곳이야말로 리우데자네이루에서 가장 아름답고 평온한 곳이라는 결론을 내렸다. 6시쯤 사촌과 헤어진 뒤 청과전까지 걸어갔다. 에우리지시는 여전히 과일에 둘러싸인 채 영수증 장부 위에 얼굴을 기대고 있었다.

"안녕하세요. 제 이름은 안테노르입니다. 앞으로 그쪽을 더 알고 싶은데, 괜찮을까요?"

연애 기간은 안테노르가 원했던 결혼 생활만큼이나 평온했다. 알미란치 알레산드리누의 거실에서 두 사람은 한편에 전등을, 다른 한편에 양말을 뜨는 어머니를 두고 이야기를 나눴다. 동네를 산책할 때에는 청과전의 아버지가 소요 시간과 도착 시간을 쟀다. 영화는 볼 수 없었다. 에우리지시의 부모가 더는 위험을 감수해선 안 된다고 생각했기 때문이다. 정식 청혼은 마누엘 씨와 아나 여사가 받았다. 에우리지시의 어머니는 눈물을 흘렸고, 마누엘 씨도, 누가 알았을까, 몇 방울의 눈물을 흘렸다. 딸을 안고선 "네가 우리의 외동딸이다, 우리의 외동딸이야"라고 말했다.

에우리지시가 결혼을 원했을까? 어쩌면. 그녀에게 결혼이란 토착 풍습과 같은 것으로, 열여덟에서 스물다섯 사이의 남자와 여자가 저지르는 일 정도였다. 갑작스러운 감기 증세와 비슷하지만 그보다는 좀 낫다고나 할까. 사실 에우리지시가 정말 원하는 건 플루트를 연주하며 세계를 여행하는 것이었다. 공대를 다니면서 숫자와의 의리를 지키고도 싶었다. 부모님의 청과전을 식료품점으로 만들고, 그 식료품점을 곡물 유통회사로 키운 뒤 거대한 재벌 기업으로 탈바꿈시키는 꿈도 꾸었다. 하지만 그 모든 게 그렇게까지 하고 싶은 일인지에 대해서는 확신이 없었다.

기다의 가출 사건 이후에는 그나마 있던 확신도 줄어들었다. 에우리지시는 모범적인 여자아이라는 껍데기 안에 자신의 욕망을 가둬놓았다. 목소리를 높이는 법도, 치맛단을 줄이는 법도 없는 소녀. 부모님의 꿈 외에는 아무 꿈도 꾸지 않았던 소녀. 네 혹은 아니요, 두 가지 대답밖에 할 줄 몰랐지만, 스스로 왜 긍정하는지 혹은 부정하는지를 질문하지 않았던 소녀.

안테노르와의 첫 만남 당시, 에우리지시는 이렇게 긴장성 증세를 보이고 있었다. 그리고 '에우리지시가 에우리지시가 아니기를 바라는 에우리지시의 일부'가, 부모님께 좋은 딸이 되겠다고 한 그녀의 다짐에 더해 1940년대 특유의 억압적인 분위기에 힘입어 에우리지시가 에우리지시기를 포기하게 만드는 데 성공했었더라면, 그 상태가 영원토록 지속됐을 것이다. 하지만 에우리지시는 결혼 후 얼마 지나지 않아 자기 자신이 되지 않기가 얼마나 어려운지 깨닫게 됐고, 이윽고 안테노르를 소스라치게 만든 일탈을 저지르게 되었다.

그렇지만 자신이 세상 여자들 중에서도 가장 특별한 여자와 결혼하고 있다는 사실을 안테노르가 어찌 눈치챌 수 있었을까? 에우리지시가 세상과 마주할 때, 자신이 들이곤 하던 관심의 딱 절반만 사용하는 것을 보고 안테노르는 생각했다. 완벽한 여자야. 모든 말에 수긍하는 에우리지시의 일상적인 습관을 보고 이렇게 오해하기도 했다. 이 여자는 결혼할 여자야. 이 아가씨의 무기력한 상태가 일시적인 것이라고는 생각하지 않았다. 그러던 첫날밤, 에우리지시는 예기치 못한 불쾌함으로 허를 찔렀다. 그리고 그 후 몇 년 동안 별나고 무모한 프로젝트들을 만들어내기도 했다. 그럴 때마다 안테노르는 결혼의 규칙에 대해 읊으면서 그녀에게 당장 그만두라고 소리쳐야 했다.

에우리지시는 드디어 그만두었다. 봉제 프로젝트 이후 그녀는 책장을 마주 보고 소파 앞 자기 자리에 다소곳이 앉아 있게 됐다. 이래도 흥, 저래도 흥. 반송장이나 다름없었다. 이어진 침묵은 끔찍했고, 이윽고 안테노르는 자신이 결혼한 여자가 제2의 다우바든 마리아 히타든 상관없다고 생각하기에 이르렀다. 그는 에우리지시를 원했다. 자신의 에우리지시를 다시 찾고 싶었다. 말을 붙여보았다.

"저녁 식사 하고 함께 공원에 산책 가지 않겠소? 재스민꽃이 다음 주면 활짝 피어오를 것 같더군. 칠면조 스테이크에 그 갈색 비스름한 걸 끼얹은 것도 해준 지 오래잖소."

에우리지시는 살짝 웃으며 고개만 끄덕였다. 말을 하지 않기 위해서라면 모든 것에 긍정했다. 지금은 일종의 막간이라고 할 수 있었다. 학교에서의 고문과도 같은 시간, 플루트라는 열병, 유혹의 드라마, 청과전에서의 공상, 주방에서의 성취, 그리고 봉제라는 모험에 이르기까지. 에우리지시는 '에우리지시가 에우리지시가 아니기를 바라는 에우리지시의 일부'에게 항복을 선언한 것이었다. 아이들은 "엄마, 원피스를 만들어주세요. 엄마, 죽을 끓여주세요"라며 에우리지시의 기운을 북돋아보려고 했다. 그리고 어느 정도는 기분을 좋게 만들기도 했다. 하지만 에우리지시의 대부분은 기운이 날 수 없는 상태였다.

현관의 벨이 울리면 다스 도리스가 나가보았다. 벨 소리가 멈추는 건 다스 도리스가 나가봤기 때문이었다. 다스 도리스는 이따금 사모님에게 따로 말하지 않고 자신이 일을 해결하기도 했다. "아, 칼이 무뎌서요. 잠시만 기다리시면 돈을 가져다드릴게요. 아, 네. 빵요. 이 비스킷 두 개도 장부에 달아주세요." 에우리지시를 책장 앞 명상의 자리에서 꺼내는 건 정말 자신이 어떻게 할 줄 모를 때뿐이었다.

그 수요일, 현관 벨 소리가 울렸고 다스 도리스는 어떻게 할 줄 몰랐다. 그녀는 어쩔 수 없이 거실로 가서 사모님과 책장 사이에 끼어들어야만 했다.

"에우리지시 사모님, 어떤 여자분이 와 계세요. 사모님 언니시라네요."

6

기다. 그녀는 여전히 아름다웠지만, 예전에는 에우리지시의 언니 같은 느낌이었다면 지금은 이모 같은 느낌이 들었다. 머리는 손이 많이 갈까 봐 머리 끈으로 꽁꽁 묶은 채였다. 한 손에는 알미란치 알레산드리누의 집에서 그녀와 함께 사라졌었던 트렁크 가방이 들려 있었다. 다른 손에는 세실리아뻘 정도 돼 보이는 통통한 남자아이가 있었다. 그녀는 초록색 원피스에 베이지색 코트를 입고 있었다.

"들어가도 되겠니?"

살면서 참 많은 포옹을 해보았지만, 그 포옹만큼 기이한 것도 없었다. '언니가 진짜 여기 있는 게 맞는지 한번 좀 만져볼게. 언니가 진짜 돌아온 건지 확인 좀 해볼게'라는 느낌의 포옹이었다. 정말이었다. 정말로 기다였다. 물론 예전의 기다는 아니었다. 기다의 이야기를 들을수록 그건 더 확실해졌다.

마르쿠스와 기다는 어느 토요일 오후, 오데온 극장을 나서다가 처음 만났다. 마르쿠스는 몇 시간 전 영화를 보러 들어간 긴 속눈썹의 아가씨가 곧 나올 거라 생각하고 문 앞에서 기다리고 있었다. 두 시간 후, 기다는 친구들과 함께 극장을 나왔다. 마르쿠스는 그녀에게 자신을 소개하려 했지만, 기다는 갈 길을 갈 뿐이었다. 기다는 발걸음을 멈추지 않았다. '카베'라는 과자점에 들러 초콜릿 에클레르를 주문하고, 흰 장갑을 벗은 뒤 긴 손가락을 뽐내며 최근 유행하는 과자를 먹었다. 마르쿠스는 그런 그녀를 뒤쫓아 갔다.

기다가 발걸음을 멈추지 않았던 이유는 그 남자가 자신을 쫓아오게 만들고 싶었기 때문이었다. 그녀는 돌아다니는 자신을 뒤쫓아 오는 마르쿠스를 보는 걸 즐겼다. 잡지든, 영화든, 아가씨 문고의 소설이든, 사랑이란 바로 이런 것이라 하지 않았겠는가? 자고로 여자의 의무란 자신의 아름다움으로 남자들을 매료시키는 것이었고, 남자에게는 자신이 선택한 여성의 황홀한 아름다움에 잠시 넋을 잃었다가 제정신을 차리고 난 뒤, 그녀를 보호할 의무가 있었다.

마르쿠스는 자기 역할에 충실했다. 3주 연속으로 토요일마다 영화관 앞에서 기다를 기다렸다. 기다도 자신이 맡은 바를 수행했다. 그 청년을 무시하여, 그다음 주 토요일에는 더 열의를 갖고 영화관 앞에 나올 수 있게 만든 것이다. 한 달이 지난 뒤에는 마침내 청년이 자신과 함께 에클레르를 먹으러 갈 수 있게 허락했다. 기다는 배고프지 않은데도 에클레르를 베어 물었고, 초콜릿이 묻은 입가 주변으로 손을 가져갔다. 그녀의 열렬한 팬이 나타나고 나서는 그 행동을 하는 빈도가 더 많아졌다. 마르쿠스의 눈은 에클레르와 그녀의 입 사이를 둥둥 떠다녔다.

기다의 부모는 그다음 토요일에 연애 사실을 통보받았다. 마르쿠스는 산타테레자의 집을 방문하여 오후 내내 중절모자를 손에 쥐고 여러 질문에 단답으로 답변했다. 마누엘 씨와 아나 여사는 미심쩍어했다. 그 청년은 너무 교양 있었다. 너무 예의 발랐다. 머리도 너무 빗어 넘겼다. 손톱은 또 어떻던가. 매니큐어라도 바른 듯했다. 세상에나.

마르쿠스의 부모 역시 그 연애를 좋게 보지 않았다. 사실 초반에는 그들의 연애를 눈치채지도 못했다. 그 청년은 바보가 아니었기 때문에, 볼룬타리우스다파트리아 도로에 사는 자신의 부모와 사랑하는 연인과의 만남을 늦추는 게 낫다고 판단했던 것이다. 그 부모는 마르쿠스가 어느 날 갑자기 행복에 빠진 걸 보고 대단히 미심쩍게 여겼다. 마르쿠스는 여섯 형제 중 막내였고, 그중 유일한 미혼이었다. 훌륭한 사윗감인 만큼 양갓집 규수를 만나 결혼하기를 바라 마지않았다. 다른 자녀들이 그렇게 했고, 자신들도 그렇게 했으니, 마르쿠스도 당연히 그렇게 하리라 생각한 것이었다.

그 가문 사람들이 친족끼리 결혼하기 시작한 건 30년 전부터였다. 그래야만 모든 영국제 식기 세트와 은포크 세트, 그리고 그 위에 오를 성대한 만찬을 유지할 수 있었기 때문이다. 제삼자와 결혼했다면 불가능했을 일이었다. 볼룬타리우스다파트리아의 소(小)궁전에서 마르쿠스는 마르쿠스가 아니었다. 그곳에서의 그의 이름은 조제 마르쿠스 곤사우베스 지 모라이스 몬테이루 고도이였다. 아버지인 아우구스투 몬테이루 고도이는 마리아나 곤사우베스 지 모라이스와 결혼했다. 그들의 부모인 고도이 곤사우베스와 몬테이루 모라이스는 곤사우베스 몬테이루와 고도이 모라이스의 후손, 곤사우베스 모라이스와 몬테이루 고도이의 후손이었다. 가끔 파두아나 카스트루리마 같은 성도 나타나긴 했으나, 고도이, 곤사우베스, 모라이스, 몬테이루 이 네 성씨를 가진 사람들은 이미 충분히 번성해 있던 터라서 사촌 간의 결혼도 그리 큰 이야깃거리가 되지 않기에 이르렀고, 친족 혼인의 변주는 식민지 시대, 왕정 시대를 거쳐 공화국에 이르기까지 지속적으로 유지되었다.

이렇게 지속적으로 이루어진 근친상간의 결과, 그 집안 남자든 여자든 모두 서양인이라기보다는 중국인에 가까울 정도로 작은 눈을 갖게 되었다. 남자들의 볼은 과장되게 부풀어 있었으며, 서른이 되기 전부터 일찍이 탈모 증세를 보였다. 여자들은 허리란 찾아볼 수 없는, 사각형의 몸매를 갖고 태어나 그렇게 늙어갔다. 털이 너무 많이 자라 어떤 여자들은 제모를 하기도 했지만, 일부는 수염이 나든 말든 상관도 하지 않았다. 그들은 서로 매우 닮았다. 특히 은행 계좌, 관리하는 부동산 개수, 금화가 넘쳐 나는 금고, 핑크빛 진주 목걸이에 있어서 말이다.

이따금씩 어떤 고도이, 혹은 어떤 모라이스는 이와 같은 닮음의 저주에서 탈출하곤 했다. 신의 가호는 물론, 치마 레이스 밑으로 타오르는 불꽃을 감당하지 못한 나머지 두 명의 신부와 세 명의 의사, 리우 고산지대에서 길을 잃은 탐험가 한 명과 다섯 명의 물라투의 도움을 받은 자신들의 모친 덕택이었다. 마르쿠스의 경우가 바로 여기 해당된다. 그는 과하게 큰 키와 금발 머리를 갖고 태어났다. 가족들은 이 일로 종의 진화를, 그의 어머니는 브라질 연극을 믿게 됐다. 그녀가 그 훤칠한 배우를 만난 건 주앙 카에타누 극장의 뒷문이었다. 그 배우는 별일 없이 살던 삼십대의 한 리우 여성의 삶에 조금이나마 감성이라는 것을 선물해준 사람이었다.

마르쿠스의 아버지는 가문이 대대로 소유해온, 파라이바 계곡 인근에 있는 커피 농장 다섯 곳 중 한 곳에서 자랐다. 1930년대 대공황을 겪고 난 뒤에는 그중 네 곳을 처분했고, 식구들을 이끌고 연방정부를 따라 이사했다. 보타포구의 소궁전에는 동 페드루 2세의 목수를 데려와, 농장 한 곳에서 가져온 긴 안락의자와 소파로 집 안을 꾸몄다. 그는 부모와 조부모가 그랬던 것처럼 정치와 커피 생산을 오가기보다는, 정치만으로 생계를 꾸려나가는 것이 더 단순하면서도 수익률도 높다는 사실을 깨달았다. 상원의원에 출마하기에 앞서, 엔히키 도즈워스 리우 시장의 비서실장으로 일하며 관료 사회의 첫 단추를 끼우는 것이 좋다고 판단했기에 인맥을 최대한 활용했다.

마르쿠스는 보타포구의 저택을 부모와 형제, 형수들과 나누어 살고 있었다. 형제 중 두 명은 이미 정치에 입문해 제툴리우 바르가스 정권 실세들의 손과 발이 되어 있었고, 다음 단계로는 정권 실세들의 오른손과 오른발이 되기 위해 부지런히 노력하고 있었다. 프란시스쿠 고도이는 국가 커피국의 국장이, 아르만두 고도이는—그 이름이 너무 추상적인 나머지 그 자신조차도 이 조직이 무슨 일을 하는 곳인지 전혀 알 수 없었던—연방공공행정자문위원회의 회장이 되어 있었다. 파울루 고도이는 법대를 졸업했다. 거기서 친구를 몇 명 사귀었는데, 그들의 또 다른 친구들이 아무에게도 말하지 말라며, 머지않아 노동법원이 창설될 거라고 하는 말을 듣게 되었다. 그는 그렇게 브라질에서 가장 젊은 판사가 되었다.

마르쿠스의 여자 형제들은 보타포구의 저택에 살지 않았다. 그중 한 명은 아직 증조할아버지 때부터 가문이 보유해온 '이타임징 남작'이라는 칭호와 커피를 굳게 믿는 한 사촌과 결혼했다. 이타임징 남작과 남작 부인은 그렇게 50년간을 대저택의 거실에 앉아, 벽의 흙칠이 벗겨지는 걸 보며 살았다. 다른 또 한 명은 외교관과 결혼해, 파리의 노천카페에 앉아 샴페인을 연거푸 주문하며 타인들과 라틴 여성의 해방에 대해 논하곤 했다.

마르쿠스가 사각형 몸매의 여인들과 결혼하고 싶어 하지 않았던 건, 어쩌면 끈질기게 반복되어온 유전자의 교환에서 본인만은 자유로웠기 때문일지 모른다. 그는 경멸과 권태가 뒤엉킨 듯한 눈빛으로 가족을 바라보곤 했다. 모두가 다 그 나물에 그 밥이며, 영 밥맛 떨어지는 인간들이라고 생각했다. 농담이든, 몸짓이든, 코딱지를 식탁 밑에 붙여놓는 습관이든, 턱을 긁을 때면 찡그린 표정을 하고 턱을 치켜드는 습관이든, 자신들 외의 다른 사람에 대해 이야기할 때면 드러내는 우월감과 경멸이든, 마르쿠스에게는 그 모든 것이 자신이 긴 성이 딸린 마르쿠스가 아닌, 그저 마르쿠스일 뿐이기를 원하게 만들었다.

마르쿠스는 늘 숨 막혀 했다. 눈에 보이는 것뿐 아니라 눈에 보이지 않는 것 때문에도 불편해했다. 만일 그가 자신의 재능을 영매가 되는 데 할애했었더라면, 분노로 가득한 수많은 영혼들의 소리를 들을 수 있었을 것이다. 그 영혼들은 가족 간의 권력투쟁, 유산 문제로 살해당한 고도이들, 콧수염 없는 여자들이나 머리털이 있는 남자들과의 이루어지지 못한 사랑, 한 세기 동안 태어난 일그러진 외모의 자식들, 그리고 그들의 숨을 막히게 했던—이건 비유이기도, 비유가 아니기도 하다—부모들에 대한 울분을 토했을 것이었다. 그러나 더 나은 세상을 향해 이 세상을 뜬 그의 사촌들은 더 잘 지내고 있지 못했다. 아직도 보타포구 저택에 자신들의 몫이 남아 있다고 여겼기 때문이다. 그들은 연옥에 갇혀 그 집 여자들의 귀걸이를 부러워하고, 가슴팍에 걸린 금붙이를 어루만지며 지냈다. 그러던 어느 날은 마르쿠스의 두 형수를 페트로폴리스에 위치한 폐렴 환자 요양소에 비밀스럽게 보내버리기도 했다.

그 집의 정서적 무게감이 집 안 전체의 분위기를 어찌나 짓누르고 있었는지, 예민한 이들은 자신이 그 집을 벗어나기만 한다면 키가 댓 뼘은 자라날 거라 장담하곤 했다. 마르쿠스 역시 그랬다. 집보다는 자신이 다니는 의과대학이나 라파의 선술집, 센트루의 거리들을 오가기를 즐겨했다. 자신의 친구들과는 다르게, 영원히 이십대일 것처럼 술과 향락에 빠져들고 싶지 않았다. 마르쿠스는 선술집의 마지막 손님이 되고 싶지도, 새로운 밀회를 경험하고 싶지도, 다른 이들에게는 상당히 이국적으로 느껴졌지만 당대의 보헤미안들 사이에 크게 유행했던 삼바 댄스 모임에 참여하고 싶지도 않았다.

마르쿠스가 원했던 단 한 가지는 함께 이야기 나눌 누군가였다. 그가 살아온 지난 20여 년간 아무에게도 하지 못한 모든 이야기를 가만히 들어줄 누군가. 그토록 사랑했던 유모의 품을 떠나 상벤투 학교의 딱딱한 의자로 가게 되면서, 진정한 사나이는 유모가 보고 싶다고 울거나(이제 포옹은 없어! 뽀뽀도 없어!) 앞으로 나라를 이끌어갈 소년들에 의해 꼬리가 잘려버린 고양이들을 보고 마음 아파해선 안 된다고 배우면서, 갑작스레 끊겨버린 자신의 감성 교육을 누군가가 이어서 해주길 바랐다.

기다를 만난 그날도, 마르쿠스는 자신과 이야기를 나눠줄 누군가를 찾아 헤매고 있었다. 물결치는 머릿결, 무릎까지 오는 치마와 펠트 모자의 아가씨를 본 순간, 그는 더 이상 헤매지 않아도 됨을 직감했다. 이제는 그녀가 영화관에서 나오기를 기다리기만 하면 되었다.

그렇게 기다는 영화관을 나왔고, 센트루 지역의 도로들 사이로 뒤따라 걸어가는 나날들이 네 번의 토요일 동안 반복되었다. 마침내 두 사람이 대화를 나누는 순간이 왔다. 기다는 그 10분 동안 이 청년에 대해 알아야 할 모든 것을 알게 되었다. 그의 이름은 마르쿠스로 스물한 살이었고, 의학을 전공했으며, 멋진 미소의 소유자였다.

마르쿠스는 자신의 성씨까지 얘기하진 않았고, 기다가 거기에 별 관심을 두지도 않는다는 사실에 기뻐했다. 그녀가 원했던 건 게리 쿠퍼의 얼굴을 한, 좋은 남편감이었다. 기다에게 의대 졸업장은 중산층으로의 계급 상승을 의미하는 것이었다. 또한 마르쿠스가 얼굴을 조금만 돌리면 게리 쿠퍼의 콧날과 비슷해 보이기도 했다.

시간이 흐르자 마르쿠스는 자신의 비정상적인 과거를 털어놓지 않을 수 없었다.

이런 식이었다. 그래, 자기야, 나는 포르투갈에 가봤어. 파리에 가는 길에 리스본에 몇 번 들렀었거든. 7월 휴가철이 되면 발렌시아에도 가곤 했었어. 헤젠지에 있는 우리 농장보다는 가까웠거든. 또는, 우리 아빠는 정치 쪽에 손대고 계셔. 하지만 그건 너같이 아름다운 여성에게는 이해하기 너무 어려운 일일 거야, 라는 식이었다.

기다는 이내 그가 그냥 수저를 물고 태어난 게 아니라, 금수저를 물고 태어난 사람이란 걸 알게 됐다. 기다는 자녀들에게 금수저를 물려줄 수 있다는 생각에 기뻐했지만, 한편으로는 그의 가족이 자신을 마음에 들어 하지 않을까 봐 불안해했다. 그러다 마르쿠스가 자신을 그냥 이용만 하다, 나중에 그 금수저가 더 어울릴 다른 여자와 결혼할지도 모른다는 생각에 이르렀다. 그렇게 그녀의 불안은 점점 더 심해져만 갔다. 마르쿠스와의 연락을 줄여야겠다고 다짐했고, 연인의 손이 자신의 손 외에는 만지지 못하게 했다. 입을 맞추는 건 허락했지만 그것도 일주일에 한 번뿐이었고, 입술 안쪽에 있는 것은 말을 하기 위해서가 아니라면 나오지 못하게 했다. 그 외의 다른 신체 부위는 다만 먼 거리에서 눈으로 흠모하게만 했다. 기다는 상대를 애태울 줄 아는 사람이었다. 살짝 벌어진 입술 사이로 가지런한 치아를 드러내 보이는가 하면, 다리를 꼬면서 허벅지를 펴 보이기도 했고, 허리를 꼿꼿이 펴고 걷는 것으로 배가 들어가 보이게 할 줄도 알았다.

두 사람이 길을 나설 때마다 그녀가 앞장서 갔다. "오늘은 이 영화를 보고 콜롬부 과자점에 갈 거예요." 집에 있을 때에도 그녀가 대화를 주도했다. "잡지의 이 아가씨 헤어스타일 어때요? 나도 이렇게 하면 잘 어울릴까?"

응. 마르쿠스는 항상 응, 이라고 대답했다. 영화관과 거실만을 오간 지 3개월 정도 되자(이때쯤 아나 여사는 자수를 새로 시작해야 했다. 양말은 다 떠서 더는 할 것이 없었기 때문이다), 기다는 이제 두 사람의 관계의 지평을 더 넓혀야겠다고 생각했다. 그 정복의 방향은 보타포구를 향할 것이었다. 그녀는 마르쿠스가 가장 두려워할 질문을 던졌다.

"부모님은 언제 소개시켜줄 거예요?"

"자기야, 그게 있지." 마르쿠스가 말을 이어갔다. "그게 우리 아버지가 지금 어디 가 계셔서."

"시장 비서실에서 일하신다면서요. 그런데 어디 가셨다는 거예요? 리우데자네이루 시장님 비서실에서 일하시는 거, 맞죠?"

"그게, 지방에서 볼일이 있으시다나 봐. 내 사랑, 당신은 이해하지 못하는 그런 일이야. 이 문제는 당신같이 아름다운 여자에게는 이해하기 너무 어려운 일이거든."

그다음 토요일이 되자 기다는 그 '지방에서의 볼일'이 해결되었는지 물었다.

"자기야, 아직은. 어쩌면 다음 주에는 해결될 수도 있고."

그다음 토요일이 오자, 기다는 재차 그 '지방에서의 볼일'이 해결되었는지 물었다.

팔짱을 끼고 입술을 삐죽 내민 연인을 보며 마르쿠스는 이제 '지방에서의 볼일'을 해결해야 할 때가 왔음을 직감했다. 하지만 자신은 가족에게 기다를 소개시켜줄 준비가 아직 되어 있지 않았다.

"불쌍한 우리 어머니, 협심증에 걸리셨어."

마리아나 여사의 협심증은 4주 넘게 지속됐다. 그러나 연인의 팔짱이 영영 풀리지 않을 수도 있을 거란 생각이 불현듯 스쳤다. 이러다가는 팔짱이 풀리기는커녕, 그녀의 두 팔이 사라져버릴 것만 같아 걱정에 휩싸였다. 마르쿠스는 결국 항복했다.

"자기야, 오는 토요일에 우리 집에서 점심을 먹자."

마리아 다스 도리스가 거실에 커피 주전자와 비스킷 접시를 들고 나오면서 기다의 이야기도 잠시 멈췄다. 기다는 커피 한 잔을 받은 뒤, 소파에 등을 기댔다.

"내가 처음으로 마르쿠스 집에 갔던 날, 기억나?"

에우리지시는 커피를 한 모금 마신 뒤, 대답하기 위해 생각에 잠겼다.

"우리가 그렇게 싸우고 난 지 얼마 안 돼서였지 않아? 확실히는 잘 모르겠어. 기다 언니, 언니는 나랑 이야기를 안 했었잖아."

"그래, 그랬지. 우리는 대화를 나누지 않았었지. 하지만 에우리지시, 나한테는 힘든 일이었어. 나는 마르쿠스에게 너무 빠져 있었고, 그가 날 부모님께 소개시켜주지 않을까 봐 너무 불안했었어. 그리고…… 프란시스쿠?"

기다가 자신의 곁에 앉아 만화책을 보며 즐거운 시간을 보내고 있던 아이에게 몸을 돌려 말했다.

"정원에 나가 놀지 않으련?"

"싫어요."

"프란시스쿠, 너에게 좋은 일이야. 정원에 가서 놀려무나."

"싫어요."

기다는 명령을 내렸다. "정원에 가서 놀아라."

"안 갈 거예요."

"가라니까."

"안 가요."

기다가 주먹을 꽉 쥐기 시작했고, 에우리지시가 끼어들었다.

"텔레비전 보지 않을래?"

아이는 고개를 끄덕였다. 에우리지시는 텔레비전을 틀었고, 프란시스쿠는 양반다리를 하고 바닥에 앉았다. 기다는 어느 정도 마음을 가라앉혔지만, 주먹 쥔 손은 풀지 않았다.

"그러니까. 지금까지 한 번도 그날 점심 식사에 대해 얘기해준 적이 없지. 아, 에우리지시. 그날 점심때부터 내 인생이 어긋나기 시작했어."

그 토요일, 기다는 새로 산 원피스를 입고, 옷깃에는 꽃 모양 브로치를 달고 마르쿠스의 집 주소를 향해 갔다. 파란 펠트 모자를 쓰고, 작은 토트백도 멨다. 금을 흉내 낸 금속 귀걸이와, 성모 펜던트가 달린 진짜 금목걸이도 했다. 그녀는 대문에 먼저 도착했다. 문지기에게 자신이 왔음을 알리자, 현관문까지 가도 좋다는 허락을 받았다. 현관문에 도착해서는 집사에게 자신이 왔음을 알렸고, 우측에 있는 거실에 가도 좋다는 허락을 받았다. 거실에 도착하자 가정부가 있었고, 커피는 괜찮다고 정중히 거절하고 난 뒤에야 마르쿠스를 기다리며 침묵을 지킬 수 있었다.

발소리가 멀리서부터 들려왔다.

"안녕, 우리 자기."

마르쿠스는 기다의 얼굴에 입을 맞춘 뒤, 그녀를 청색 살롱으로 안내했다. 온 가족이 그곳에 모여 황색 살롱에 식사가 차려지길 기다리고 있었다.

기다는 그날 오후 정말 많은 것을 배웠다. 고상한 세 아가씨의 고약한 눈빛에는 성모 펜던트가 달린 순금 목걸이도 고철 덩어리로 비칠 수 있다는 걸 깨달았다. 마르쿠스의 어머니와 대화를 나누면서는 한 사람과 반 시간 이상 이야기를 나눠도 자신의 이야기가 한마디도 전달되지 않고 모조리 튕겨 나올 수 있다는 걸 알게 됐다. 마르쿠스의 어머니는 자신에 대한 이야기밖에 할 줄 몰랐다. 리우에 살롱이 유행할 당시, 자신이야말로 리우 사교계에서 가장 인기가 많은 여성이었으며, 도나마리아나 도로는 자신의 조모인 마리아나 곤사우베스 모라이스의 이름을 딴 것이었다. 또 자신은 여러 해 동안 브라질 연극 예술가들을 후원해왔지만 최근에는 젊은 수영 선수들을 후원하는 데 더 관심이 많았다.

그녀는 이런 이야기를 끊임없이 반복했다. 기다는 마르쿠스의 아버지와 대화를 나누면서도 한 사람과 반 시간 이상 이야기를 나눠도 자신의 이야기가 한마디도 전달되지 않고 모조리 튕겨 나올 수 있다는 걸 다시 한번 깨달았다. 이번에도 그녀가 한 말이 한마디도 전달되지 않았다. 마르쿠스의 아버지에게는 조금도 흥미가 가지 않는 이야기였기 때문이다. 그 이상한 남자의 가는 눈에는 그녀에 관한 그 무엇도 들어갈 틈이 없었다. 스테이크 한 조각을 먹는 데 그렇게 오랜 시간이 걸린다는 것도, 슈크림 후식이 그렇게 맛없을 수 있다는 것도 그날 알게 되었다. 그 사람들 사이에서 또 한 명의 손님처럼 자리를 지키던 마르쿠스에 대해서도, 그의 형제들에 대해서도 많은 걸 알게 됐다. 마르쿠스의 형제들은 성모 펜던트를 뚫어져라 바라보고 있었다. 그건 성심이 깊어서가 아니라, 단지 자신들이 눈을 두고 싶은 바로 그곳에 우연히 그것이 있었을 뿐이었다.

기다는 황색 살롱에서 청색 살롱으로, 청색 살롱에서 응접실로, 응접실에서 홀로, 홀에서 현관문으로, 그리고 마침내 현관문에서 대문으로 안내받았다. 그녀는 등 뒤에서 육중하게 닫히는 철문이 다시는 자신을 향해 열리지 않을 걸 직감했다. 속이 후련했다.

마르쿠스도 그녀의 곁에 있었다. 손을 마주 잡은 두 사람은 전차 정류장까지 말없이 걸어갔다. 그 저택에서 멀어지면 멀어질수록, 기다는 가슴 깊은 곳에서부터 화가 치밀어 오르는 걸 느꼈다. 인간의 얼굴을 한 돌연변이들로부터 질 낮은 고깃덩이 취급을 받았다는 사실이 너무나도 분했다. 마르쿠스의 가족은 연신 "너와 이야기하는 그 사람이 누군지 아니?"라는 클리셰를 입에 달고 살았지만, 그들이야말로 자신들과 이야기하는 사람이 누군지 모르고 있었다. 그건 한 번도 눈을 내리깔아 본 적이 없는 여자, 기다 구스망이었다. 실패란 몰랐으며, 자신이 가는 길에 어려움이 도사린다면 그걸 자신의 동력으로 삼을 줄 아는 여자, 기다 구스망이었다. 전차가 도착하기 직전, 그녀는 연인과 잡고 있던 손에 힘을 주며 얘기했다.

"마르쿠스, 내가 당신을 이곳에서 꺼내줄게요."

두 사람은 2개월 후 결혼했다. 치안판사 앞에서 혼인 서류에 서명했다. 기다는 리넨으로 지은 단출한 원피스를 입고, 오렌지꽃으로 만든 부케를 손에 들었다. 결혼식이 끝난 뒤 두 사람은 빌라이자벨에 마련한 월세방으로 이사했고, 마르쿠스는 그제야 기다와 한방에서 잠을 잘 수 있는 허락을 얻었다.

마르쿠스의 부모는 이 결혼을 절대 허락하지 않을 것이었고, 기다의 부모 역시 상대편 가족의 동의 없는 결혼은 반쪽짜리라고 생각해 허락하지 않을 것이 뻔했다. 기다는 두 사람이 스스로의 힘으로 결혼 생활을 시작할 수 있을 거라 생각했고, 산타테레자와 보타포구로부터 최대한 먼 곳에 신접살림을 꾸렸다. 마르쿠스는 모아놓은 돈이 조금 있어, 몇 달 뒤 의과대학을 졸업할 때까지만이라도 월세를 감당할 수 있었다. 학위증을 받아 쥔 그는 진료소를 열었다. 신혼집이 정리되고 진료소도 자리를 잡으면, 아픈 사람은 치료되고 각종 공과금도 원활하게 납부될 것이다. 이렇게 상황이 안정되면 기다는 부모를 찾아가 왜 비밀리에 결혼을 했어야만 했는지 설명하려 했다. 마르쿠스와 기다의 가족은 아나 여사, 마누엘 씨, 그리고 에우리지시로 확장될 것이었다.

"우리 가족을 그렇게 오랫동안 안 보고 살려던 건 아니었어."

에우리지시는 반짝거리는 눈으로 언니를 쳐다봤다. 그녀가 무언가, 혹은 누군가에 그토록 관심을 보이는 건 정말 오랜만이었다.

"하지만 기다 언니, 나타나지 않은 건 언니였잖아."

기다는 눈을 아래로 내리깔고는, 찻상에 떨어진 과자 부스러기를 손으로 쓸어 담았다.

"그, 당나귀 꼬리 놀이 기억나?"

"뭐?"

"당나귀 꼬리 놀이 말이야. 눈을 가린 술래에게 당나귀한테 꼬리를 달으라고 막 소리치는 그 놀이 있잖아. 우리가 성당 축일마다 많이 했었어."

"알아."

"인생이란 그 놀이와도 같아, 에우리지시. 우리는 모든 걸 다 잘해내고 있다고 착각하곤 하지. 하지만 뭔가 잘못되고 있다는 걸 알아채는 순간, 눈이 가려져 있다는 사실을 알게 되고 그다음부터는 아무것도 맞히지 못하게 돼."

7

그 몇 개월간은 기다의 인생을 통틀어 최고로 행복했던 순간이었다. 사랑하는 남자와 결혼에 골인했고, 크지도 작지도 않은, 적당하게 완벽한 집에서 살고 있었다. 하루 종일 여성 잡지를 읽다 오후가 되면 남편을 위해 치장을 했다. 화장실에서 늦게 나온다고 문을 두드리는 사람도 없었고, 왜 말이 없는 거냐며 자신의 침묵을 깨는 사람도 없었다. 청과전의 계산대에 한두 시간 정도 나가 있으라고 등을 떠미는 이도 더더욱 없었다. 그녀는 이따금씩 이웃 한두 명을 초대해 티타임을 가지며, 케이크 굽는 법이나 청소 요령, 피부 관리 비법 따위를 공유하곤 했다. 부모님과 동생에 대한 그리움은 여전했지만, 머지않아 다시 보게 될 것이라며 스스로를 다독였다. 마르쿠스의 진료소가 자리를 잡는 건 시간문제였다. 곧 그녀는 한 손에는 금가락지를 끼고, 다른 한 손에는 의사 남편의 손을 잡고 산타테레자로 금의환향하게 될 것이었다.

마르쿠스도 다른 사람이 됐다. 아니, 정확히 말하자면 오랫동안 다른 사람으로 살아오다 이제야 자기 자신으로 돌아간 것이었다. 드디어 어머니가 에멘가르다, 마리아 에스테르, 이사우치나 같은 사촌들은 어떠냐고 떠보는 소리를 듣지 않을 수 있게 되었다. 그는 그 사촌들에 대해 잘 알지도 못했다. 커피 농장에서 방학을 함께 보내던 당시의 사촌들은 마치 고치를 틀기 전의 애벌레 상태와도 같았기에, '앞으로 얼마나 아름다운 암컷으로 다시 태어나 날개를 활짝 펼지' 전혀 알 수가 없었다. 어디선가 아들의 학교 성적을 전해 들은 아버지로부터 압박을 받는 일도 없었다. 어차피 '학교 학장이 자신의 오랜 친구였기 때문에' 그가 학위증을 받는 데에는 전혀 문제가 없을 것이었다. 음흉한 눈빛을 감추는 데 능통한 형수들을 피해 다닐 필요도 없게 되었다. 어린 시절, 부모님 방에 있던 큰 트렁크에 자신과 바퀴벌레를 함께 가두는 등의 고문을 자행했으며 지금도 그를 괴롭히려 혈안이 되어 있는 형들을 피해 다닐 필요도 없었다. 마르쿠스는 가족으로부터 느꼈던 모든 압박에서 벗어나 마침내 편안함을 느꼈다. 이제야 제대로 숨 쉬는 법을 배운 것만 같았다.

그해 11월 말, 마르쿠스는 국립의과대학을 졸업하고 프레지덴치바르가스 대로의 신축건물에 진료소를 개업했다. '마르쿠스 고도이-전문의'라는 명패를 주문했다. 오른쪽 가슴팍에 'M.G.'라는 이니셜이 수놓아진 흰색 가운도 다섯 벌 주문했다. 월요일부터 목요일, 오전 9시부터 5시까지 환자를 봤다. 금요일에는 휴진했다. 그 당시만 하더라도 두 사람은 아직 신혼이었으며, 일주일 중 일곱 밤과 이틀 낮만으로는 그 부부 사이에 타오르는 불꽃을 사그라들게 하기에는 역부족이었기 때문이다.

마르쿠스 박사가 수련을 받은 지 몇 달이 지나자, 행복은 영속적인 것이 아니라 상대적인 것임이 보이기 시작했다. 사람들로 북적이다 못해 대기실에 서서 기다리는 사람들도 있던 진료소에는 이제 하루 한두 명의 환자들만이 찾아올 뿐이었다. 사정이 나은 날이 그랬다. 사정이 좋지 않은 날에는 마르쿠스 혼자 진료소를 지켰다. 이 젊은 박사님은 오후 내내 틱택토(3×3 격자무늬 안에 동그라미 또는 가위표를 가로, 세로, 대각선으로 먼저 채우는 사람이 이기는 게임)를 끄적거리며, 자신을 이겨보려 애썼다.

사실 마르쿠스는 전문의보다는 돌팔이에 더 가까웠다. 가족들을 부인했지만, 사실 그는 계급적 우월감을 갖고 있었다. 조상들이 브라질에 대해 했던 것과 같이 대학교도 그렇게 할 수 있을 거라 생각했다. 즉, 학위는 돈으로 따고, 자신의 오만함도 오롯이 지식으로 이어지리라 믿은 것이었다. 더욱이 할아버지와 증조할아버지는 만들어진 남작, 대지주였다. 의과대학 졸업은 또 하나의 욕망을 실현하는 셈이었다. 몬테이루 고도이 가문의 욕망은 짤랑짤랑, 돈 세는 소리와 함께 실현되곤 했다. 천문학적인 액수의 돈이 물품과 사람을 사는 데는 물론 대검, 소총, 채찍 등을 사는 데 쓰였다. 이를 통해 그들은 욕망의 실현을 앞당길 수 있었다.

마르쿠스가 옳았다. 그는 돈으로 학위를 샀다. 반(半)물라투인 가난한 동급생을 후원하여, 해부학 과목의 출석부에 대신 체크하게 했다. 뿐만 아니라 이 동급생은 프라이아 베르멜랴의 시험 교실 제일 안쪽에서 종이를 교환하는 커닝 방법을 개발하여 마르쿠스의 시험을 대신 치러주기도 했다. 잘못될 리 없는 방식이었다. 이 반물라투 학생은 솜씨가 상당했다. 솜씨가 너무 좋은 나머지, 졸업 후 개업의를 거쳐 리우에서 최고로 손꼽히는 병원에서 일하게 됐다. 그렇게 그는 반물라투의 삶에서 벗어나 거의 백인에 가까운 인생을 살게 됐다. 마르쿠스는 이론 수업에는 몇 번 모습을 드러내기도 했으나, 과제는 대충대충 해결했다. 학교 과제는 등하굣길 전차 안에서 해결했고, 남은 시간은 여자 친구와 보내는 데 썼다.

마르쿠스는 학위를 얻었지만 지식은 짤랑짤랑 돈 소리로 해결되는 성질의 것이 아니었다. 진료소에 복잡한 병증을 가진 환자가 도착할 때면 어떻게 할 줄 몰랐다. 한 아가씨는 배가 아파서 왔다가 페니실린을 처방받고 돌아갔다. 정맥류로 방문한 사람도 페니실린을 처방받고 돌아갔다. 감기에 걸린 사람에게도 마르쿠스는 페니실린을 처방했다. 성홍열? 페니실린. 이하선염? 페니실린. 혈전증? 페니실린. 거기에 안정제와 진통제가 더해지기도 했다. 마르쿠스도 그것들이 정확히 어디에 좋은지는 몰랐지만, 적어도 안 좋지는 않을 것이라 판단했다.

페니실린을 처방하는 것도 그렇게까지 틀린 건 아니었다. 왜냐하면 당대의 흔한 질병 중 절반은 항생제로 치료할 수 있었기 때문이었다. 문제는 나머지 절반이었다. 페니실린을 써도 꿈쩍도 않는 그런 질병들 말이다. 이런 환자들은 기도를 하거나, 자신의 항체의 힘을 빌려 치료받아야 했다. 혈전증에 걸린 한 아주머니는 많은 기도를 올렸으나 한쪽 다리를 잃어버리고 말았다. 배가 아파 방문했던 한 아가씨는 항체도 많았으나 위궤양을 얻고 말았다. 그들은 자신들의 불운이 점지한 미래와 맞닥뜨리기 전, 지푸라기라도 잡는 심정으로 마르쿠스 박사를 찾았다. 마르쿠스 박사는 턱에 손을 댔다가, 검지를 치켜들고 이렇게 말하곤 했다.

"그러면 페니실린 투약 횟수를 조금 늘려봅시다."

마르쿠스가 진료실을 유지할 수 있었던 것은 전적으로 자기 모친의 침대를 들락날락했던, 지금은 몰락한 한 연극배우로부터 물려받은 신체적 유산 덕택이었다. 그렇게 큰 키에, 푸른 눈에, 희고 고운 피부에 매너까지 좋은 사람이 자기를 찾은 환자들에게 사기를 칠 수 있었겠는가?

하지만 리우 가정주부들의 입에서 입으로, 귀에서 귀로 그 사기꾼 의사의 행각이 점점 전파되기 시작했다. 이랬대 저랬대 하는 풍문은 마르쿠스의 진료실을 텅텅 비게 만들었다. 이때쯤 마르쿠스는 틱택토의 선을 한층 더 힘주어 긋곤 했고, 그 바람에 공책 뒷장에는 구멍이 숭숭 났다. 그는 오후 4시가 채 되기 전에 진료소의 불을 끄고 고개를 푹 숙인 채 집에 들어갔다. 이제 환한 미소를 띤 아내의 얼굴을 보고도 행복하지 않았다.

"여보, 저녁으로 로스트비프를 해놨어요."

몇 주 후, 마르쿠스는 이사를 가야 한다고 말했다.

"우리 피에다지로 옮기자, 여보. 거기가 여기보다 더 한적할 거고, 아무튼 마음에 들 거야."

한밤중의 이사는 기다의 마음에 의심의 싹을 틔웠다.

"용달이 다른 시간은 안 된다고 해서, 여보."

더 한적한 곳으로 가는 거란 약속도 기다의 의심을 증폭시켰다. 그곳이 한적하다고? 내 집 코앞에서 기차가 시끄럽게 지나가고 난 후에야 느껴지는 안도감을 한적함이라고 생각하지 않고서야.

이쯤 되자 이 부부의 일상은 예전 같지 않게 되었다. 카라라의 등나

무와 대리석에 둘러싸여 사는 데 익숙했던 마르쿠스는 빌라이자벨의 작은 월세방을 구할 때까지만 해도 참을성을 단련하고 있었다. 작고 소박했지만, 필요한 모든 것—목을 드러낸 옷과 속옷을 입은 기다—이 있었다. 하지만 피에다지로 옮기고 나자 마르쿠스는 주위를 자연주의 작가의 시선으로 보기 시작했고, 향기롭고 부드러운 기다가 곁에 있는데도 눈에 색안경을 끼지 못했다. 하나뿐인 화장실에는 영원히 그치지 않을 누수가 흰색 세면대에 녹 자국을 만들고 있었다. 축축한 지붕 귀퉁이는 곰팡이로 얼룩져 있었고, 바닥의 나무 타일은 어찌나 오래됐는지 껍질이 다 벗겨지고 있었다. 거실의 흰색 벽에는 오래전 액자를 걸었던 흔적이 남아 있었고, 작디작은 부엌의 바닥은 타일이 듬성듬성 떨어져 나간 지 오래였다.

집보다 더 끔찍한 건 주변 환경이었다. 집 앞으로는 철도를, 뒤로는 양계장을 두고 살았다. 문을 열면 기차가 뿜어내는 먼지와 닭 냄새가 흘러 들어왔고, 문을 닫으면 더위로 가슴이 답답했다. 모기들이 어찌나 많고 강력했던지, 마르쿠스는 이제 어스름한 새벽빛이나 황혼에 비친 기다의 몸을 감상하는 대신 얼굴에 베개를 덮고 자야 했다. 이웃이 기르는 닭 중에는 싸움닭도 있었다. 싸움닭은 새벽 5시면 어김없이 꼬꼬댁거리며 퍼덕댔고, 거기에 그 소리에 깨어난 양계장 닭들의 울음소리가 더해져 우레 같은 소리가 났다. 꼬꼬댁 소리는 마치 지옥에서 온 것 같았고, 그 소리를 듣고 있자면 어느 누구라도 칼을 들고 나가 그 상황을 피로써 해결하고 싶어 했을 것이었다.

몇 달이 지나자 마르쿠스는 진료소를 옮기겠다고 선언했다.

"사에스페냐 광장에 있는 새 건물이야. 다 최고급으로 꾸민 곳이라,

손님들이 끊이지 않을 거야."

당시 두 사람이 항상 저녁으로 먹곤 했던 묽은 병아리콩 수프—여기에는 초리조(돼지고기, 마늘, 빨간 파프리카 가루 등을 섞어 만든 스페인식 소시지) 세 조각이 들어갔는데, 그중 두 조각은 마르쿠스가, 한 조각은 기다가 먹었다—를 끓이던 기다는 조용히 고개를 끄덕였다. 남편이 가져오는 생활비는 점점 쪼그라들어갔다. 다행히도 기다는 포르투갈 이민자의 딸이었다. 내장만으로도 훌륭한 저녁을 차려낼 줄 알았고, 남은 찌꺼기로도 점심을 풍성하게 차려낼 수 있었다. 그럼에도 무언가 석연찮은 점은 있었다. 어째서 의사의 부인인 그녀가 동전을 세어가며 장을 보아야 하며, 동네 어귀 끝에 사는 점쟁이의 아내보다 고기를 다섯 배는 덜 먹게 된 걸까?

사에스페냐 진료소가 호황을 누린 나날도 손에 꼽힐 정도로 끝나버렸다. 그 이후 셀 수도 없이 많은 나날 동안 마르쿠스는 환자를 보지 못했다. 기차의 좌석에 몸을 파묻은 채 퇴근했고, 돈으로는 살 수 없는 이런 기이한 현실에 대해 생각하게 됐다. 사실 돈으로 살 수 있는 것이었다 하더라도, 그는 지불할 돈이 없었다.

모기가 기승을 부리던 4월 중순의 어느 날, 마르쿠스는 깨달음을 얻었다. 3월의 비로 화분에 물이 가득 차올랐고, 모기 유충이 들끓었다. 수도 많고 강력해 집 안 곳곳에 둔 모기향도 아무 소용이 없었다. 모기는 특히 기다와 마르쿠스의 귓전에 집중포화를 쏟았고, 두 사람은 괴로움에서 벗어나고자 얼굴을 때리며 손을 휘저어댔다. 그러던 어느 날 밤, 마르쿠스는 모기가 머릿속에 들어온 것처럼 느꼈다. 앵앵대는 모기 소리가 안에서 밖으로 나는 듯했다. 어둠 속에서 오랜 시간 동안 자기 뺨을

찰싹거리며 때려댔다.

잠이 들었는지 깨 있었는지도 모른 채 새벽 3시에 잠자리에서 일어났다. 나쁜 꿈에서 깨어났지만 아직도 꿈속인 것 같았다. 그를 둘러싼 모든 것이 악몽 같았기 때문이다. 마르쿠스는 느린 사람이었지만, 그때만큼은 많은 정보를 동시에, 빠르게 처리해냈다. 그 집은 워낙 낡아 마치 폐가와도 같았다. 병아리콩 수프나 그의 인생으로 침범해 들어온 모기와 벌레들, 동이 트기 전 집 앞을 지나는 기차 소리, 어느 날 자신의 고객이 마르쿠스의 잘못으로 다리를 잃게 됐다며 갑자기 찾아온 불편하기 짝이 없는 변호사(그 인간은 도대체 무슨 생각인 거지? 내가 몸의 일부를 만들어내기라도 해야 한단 말인가?)를 더 이상은 견디기 어려웠다. 무엇보다도, 최근 모든 걸 의심하기 시작했으며 불평불만이 가득한, 허리춤에 두 손을 올린 기다의 모습을 보기 힘들었다. 그녀는 불평을 늘 이 한마디로 마무리 짓곤 했다. "우리가 대체 왜 이렇게 허리띠를 졸라매야 하는 거죠?"

침대 위 기다의 모습은 그를 악몽에서 꺼내기엔 역부족이었다. 돈으로 행복을 살 수 있었다. 행복이란 모기가 없는 방을 의미했다. 그 방이 보타포구의 소름 끼치는 대저택이라 할지라도. 마르쿠스는 자리에서 일어나, 의자에 걸쳐놓았던 옷을 입고 나가버렸다. 문 옆에 있던 작은 탁자에 아내에게 보내는 메모도 남겨놓았다.

그 메모란, 결혼반지였다.

"그 남자가 내게 한 일이 그거야, 에우리지시. 그 사람은 내가 어떻게 되든 상관없이, 그렇게 날 버리고 떠났어."

다스 도리스는 부엌문 뒤에서 이 이야기를 들었고, 세상에, 라디오 드라마보다 재미있는 이야기네, 라고 생각했다.

그날 밤 마르쿠스가 자리에서 일어났을 때, 기다는 그가 떠날 것임을 이미 눈치챘다. 그녀는 깨어 있었고, 눈을 반쯤만 뜬 채 침묵을 지켰다. 남편을 붙잡아봤자 소용없었다. 이미 몇 달 전부터 그녀는 마르쿠스를 잃고 있었다. 그 순간은, 결혼과 동시에 시작된 내리막길의 막다른 골목과도 같았다. 기다는 그냥 두자고 생각했다. 언젠간 돌아올 거야. 2주도 안 돼서 돌아와 무릎을 꿇고, 신과 나를 두고 다시는 그런 일은 없을 거라 맹세하겠지. 벌레는 많아도, 그 보타포구의 고리타분한 세계의 악령들이 없는 이 집에 돌아올 수 있게 해달라고 손이 발이 되도록 빌게 될 거야.

2주가 흐르고 마르쿠스가 돌아오지 않자, 기다는 자신이 모르는 것이 많다는 사실을 깨달았다. 그녀가 아는 것 한 가지는 배 속에 아이가 있다는 것뿐이었다. 몇 날 며칠을 입덧으로 고생하며 고추를 넣어 구운 옥수수빵밖에 먹지 못했다. 적어도 마르쿠스에게는 아버지가 될 거란 사실을 알려야 했다. 몸이 좀 나아지자마자 바로 그의 진료소를 향해 갔다.

하이힐과 풍성한 원피스를 입고 길을 나섰다. 옷깃에는 꽃을 달았고, 마르쿠스에게 우리에게 돌아와줘요, 라고 말하려고 입술에는 빨간 립스틱을 발랐다. 사에스페냐 광장의 건물에 도착한 그녀는 마르쿠스 고도이 박사를 찾았다.

문지기는 "그분은 더 이상 이곳에서 일하지 않아요"라고 말했다.

"그럴 리가 없어요, 아저씨. 키가 크고, 흰색 가운을 입는 사람이에요. 의사예요. 밝은색 눈을 가졌고요."

"네, 그 사람이 맞아요. 가끔 그분을 찾으러 오는 사람들이 있더라고요. 한 날은 변호사가 그분을 찾더니, 또 다른 날은 한쪽 눈에 안대를 한 딸을 데리고 머리끝까지 화가 난 어떤 아주머니도 왔더라고요."

기다의 심장이 벌렁거렸다. 전차를 타고 보타포구에 갔지만, 소궁전의 대문에서 저지당하고 마르쿠스라는 사람은 없다는 소리만 듣고 와야 했다. 그다음엔 시장의 비서실장을 만나기 위해 시청으로 가 두 시간을 기다렸지만, 그는 아들의 행방에 대해 아는 것이 없다는 말을 비서를 통해 전했을 뿐이었다.

피에다지로 돌아오는 기차를 탔을 땐 이미 땅거미가 내리고 있었다. 식료품 항아리에 모아놓은 비상금을 세어보니, 여섯 달은 충분히 버틸 수 있을 것 같았다. 집 안의 물건들을 살펴보며 팔 만한 것들을 챙겼다. 전당포에 가장 먼저 맡길 물건은 마르쿠스의 결혼반지였다. 마르쿠스가 썩 괜찮은 구두와 바지를 갖고 있었기에, 팔면 뭔가는 나올 것 같았다. 계산을 끝낸 뒤 기다는 갑자기 바닥과 화장실을 청소하고 반질반질하게 왁스 칠을 하고 싶다는 욕구에 휩싸였다. 가구 표면을 페로바(고급 가구나 바닥재 등으로 사용하는 단단한 나무) 기름으로 칠하고, 빗자루로는 거실 네 귀퉁이의 거미줄을 떼어냈다. 카펫의 먼지를 털고 오래된 신문지로 창문을 닦았다. 침대의 침구를 벗겨 빨아낸 뒤 빨랫줄에 널었다. 행주는 물에 불리고, 알루미늄 냄비에는 모래를 끼얹었다. 밥을 하기 위해 양파를 다진 뒤 기름에 계란 두 개를 부쳤다. 그러고는 그간 처음으로 제대로 된 식사를 하기 위해 자리에 앉았다.

부엌을 정돈한 뒤 기다는 소파에 앉아 가슴 위의 성모 펜던트를 어루만졌다. 이 아기를 혼자 낳을 수 없다고 누가 말할 것인가? 월세를 미루

다가 어느 날 갚지 않고 홀연히 도망칠 수도 있을 것이다. 새벽에 아무도 모르는 곳으로 간다면, 누가 알겠는가? 외모도 바꾸고 손가락의 반지도 빼면, 이웃에게 과부인 척하며 일자리도 얻을 수 있을 것이다. 배가 튀어나오기 전에 일자리를 찾아야 했다. 사장이 임신 사실을 알게 되더라도 그쯤 되면 손쓸 수 없을 것이었다. 임산부를 해고할 용기가 과연 있을까. 출산 후에는 아이를 돌봐줄 누군가를 찾은 뒤 다시 일하러 나가면 될 것이었다.

다 잘될 거야. 기다는 생각했다. 기다는 이 모든 걸 다 잘해낼 거야. 안 될 거라고? 두고 보시지. 전등을 끄고 잠자리에 들기 위해 자리에서 일어났다. 어쩌면 너무 급히 일어났는지 모른다. 머리가 빙글빙글 도는 걸 느끼며 소파에 무너져 내렸다.

아니다, 이 모든 건 실패할 공산이 컸다. 이 얼마나 무모한 생각인가. 어떻게 과부인 척을 할 수 있을까? 더군다나 내게 일자리를 주겠다는 사람이 있기나 할까? 일자리를 구한다 쳐, 애를 낳고도 그 자리에 붙어 있을 수 있을까? 난 이렇게 말하겠지. 사장님, 오늘은 제가 집에 좀 있어야 할 것 같아요. 한 3개월은 걸릴 것 같아요. 부디 월급은 계속 주시면서 제가 돌아올 때까지 기다려주세요. 아기는 누가 보겠어? 여자들이 아침에 아이를 맡겼다가 일 끝나고 데려올 곳이 있기라도 한다면 모를까!

그건 말도 안 됐다. 말이 되는 건 부모님을 찾아가는 것이었다. 알량한 자존심은 콩 무더기에 던져버리고, 있었던 일을 소상히 얘기하며 자신을 다시 받아달라고 말씀드리는 것, 그뿐이었다.

다음 날 기다는 다시 외출 준비를 했다. 다만 립스틱이나 하이힐은 없었다. 기차를 타고, 버스를 타고, 산타테레자를 오르는 전차를 탔다.

부모님 집에 점점 다가갈수록 엄마이길 포기하고 딸로 돌아가고 싶어졌다. 아나 여사가 다시 자신을 품에 안고 어루만져준다면, 그렇게 다음 날도 오늘만큼 좋은 날이 올 거라는 어린아이의 확신을 갖고 잠들 수만 있다면 얼마나 좋을까. 다시 한번, 아버지의 어깨에 기댄 채로 잠에서 깨어나, 매일 아침 에우리지시와 함께 먹던 귀리죽을 먹고 싶었다.

기다가 다시 청과전과 마누엘 씨의 두 눈을 마주쳤을 땐 아직 전차 안이었다. 엄마와 동생은 집 안에서 점심을 준비하고 있으리라. 기다가 점점 다가갔고, 아버지와 딸은 마침내 마주했다. 마누엘 씨는 기다가 청과전에 들어오자 두 눈을 내리깔았다.

"아빠?"

"……."

"아빠?"

"……."

"아빠, 저예요. 딸 기다라고요."

마누엘 씨는 얼굴을 들지 않은 채, 단지 이 상황을 빨리 끝내기 위해 이만 움직였다.

"내 딸은 에우리지시 하나뿐이다."

기다는 새벽 동이 트기 전에 에스타시우로 이사했다. 원룸의 문을 열었을 땐 사방이 새카맸다. 바로 옆집에는 자신을 기다 구스망이라고 소개했다. 가족을 잃고 과부가 된, 포수스지카우다스 출신이라고 했다. 앞집에는 일자리를 찾고 있다고도 알렸다.

이웃은 "소식이 있으면 알려드릴게요"라고 화답했다.

점심을 먹고 난 뒤 동네를 산책했다. 잡화점과 빵집이 하나 있었다. 선술집 두 곳과 철물점도 몇 곳 있었다. '이 중에 내가 일할 곳도 있겠지'라고 생각했다. 오후가 되자 갑자기 피로가 물밀듯이 몰려왔다. 집으로 돌아와 이불 밑에 몸을 뉘었다.

그렇게 이사한 일이나, 임신 2개월째에 일자리를 찾아 나선 일이나, 모두 무모한 생각의 연장선상에 있었다. 그녀가 해야 할 일은 아기로부터 도망치는 것, 그뿐이었다. 기다는 부엌으로 가 계피나무 조각 몇 개를 끓인 뒤 갈색 액체를 찻잔에 따랐다. 그 차를 마시면 아이가 떨어질 것이었다. 그러면 새 삶을 시작할 수 있을 것이고, 그 새 삶이 생각만큼 좋지는 않다 하더라도, 언젠가는 나아질 수 있을 것이었다.

기다는 뜨거운 차가 식기를 기다렸다. 어느 정도 식고 난 후에도 조금 뜨겁다며 더 식기를 기다렸다. 다 식히고 나자, 이번엔 차가 너무 차갑게 느껴졌다. 두 손으로 찻잔을 들고 두 눈을 그 액체에 고정했다. 다시 한번 급격한 피로감과 수면욕을 느꼈다. '내일 다시 생각해보지 뭐, 내일.'

다음 날 기다는 잡화점을 찾아가 사람이 필요하냐고 물었다.

"경력은요?"

"죽은 제 남편이 청과전을 운영했는데, 빚 때문에 정리했지요."

"계산대는 볼 줄 알아요?"

"그럼요."

제(Zé) 사장은 월급을 말했고, 기다는 좋다고 했다. 아름다운 여성이 계산대에 있는 건 언제나 좋았고, 기다는 돈을 벌 수 있어서 좋았다.

그 후 몇 달 동안 이 아름다운 여성은 살이 찌기 시작했고, 제 사장은 어느 날 이 여성이 펑펑 울면서 남편이 죽기 전 자신을 이렇게 만들고 갔노라며 하소연한 그날까지 그 모습을 못 본 척했다. 그녀의 눈물이 제 사장의 마음을 움직였고, 다음과 같이 말하게 했다. "그래, 좋아. 일은 계속하고, 나중에 어떻게 할지 보자고."

기다는 무얼 해야 할지 알고 있었다. 아이를 입양 보내는 것이었다. 그렇게 무모한 생각은 아니었다. 자신이 삶을 살아가게 해줄 유일한 방책이었다. 배는 점점 부풀어 올랐고 기다는 그 밑을 내려다보지도 않았다. 배가 움찔거려도 기다는 자신과 상관없다는 듯 행동했다. 그 조그만 것의 작은 발이 갈비뼈를 건드리기라도 하면 기다는 이렇게 말하곤 했다.

"지금 병원에 가면, 병원에서 고아원으로 직행이야."

첫 번째 계획은 문제없이 잘 진행됐다. 진통은 어느 일요일 아침 갑작스레 찾아왔다. 견딜 만하다고 생각한 기다는 병원까지 걸어갈 수 있을 거라 생각했다. 적십자 광장에 도착했을 땐 다리를 오므릴 수 없을 지경이었다. 모르는 사람들이 그녀를 병원 입구로 데려다줬다. 그 이후엔 무슨 일이 일어났는지 정확히 기억하지 못한다. 하지만 느낌상으로 두 시간(네 시간 혹은 여섯 시간일 수도 있다) 동안 어느 복도(혹은 방?)의 구석에 앉아 있었던 것 같다. 견디기 힘든 순간에는 몸을 활처럼 굽혔는데, 어느 순간이 되자 고통이 견디기 힘든 수준을 뛰어넘어버렸다. 밑을 보니, 아들의 머리가 보였다. 간호사들이 허겁지겁 뛰어 들어와 그녀를 분만실로 옮겼다. 수도 없이 비명을 지른 것과, 자신의 이름도 모르는 사람들이 시키는 걸 그대로 따라 했다는 것만 어렴풋이 기억에 남았다. 그러고는 아이의 울음, 엉망인 바닥, 흰옷에서 피어오른 듯

낭자한 선혈, 청과전 골목처럼 많은 사람들이 오고 가는 풍경. 누군가 그녀를 침상(휠체어였을까?)에 옮겼고, 기다는 병실에 다시 나타났다. 다른 여자의 머리카락과 뜨끈한 얼룩 자국이 남아 있는 환자복을 걸쳐 입고 마침내 쉴 수 있겠다고 생각한 기다 앞에 누군가 흰색 덩어리를 전해줬다.

"이 아이를 데리고 있기 싫어요."

"여기 병원에는 침상이 부족해요."

예전의 기다라면, 자신의 몸에서 금방 떼어낸 암 덩어리 곁에서 잠을 청해야만 한다는 사실을 일종의 저주로 생각했을 것이었다. 그러나 그때의 기다는 숨 쉴 힘만 있다면 죽음이라도 선택할 사람이었다. 몸을 뒤척여 잠에 들었다가, 이내 깜짝 놀라며 잠에서 깼다. '덩어리가 떨어진다!' 등을 돌려 아이를 안았다. 예전에는 아이를 포기하고 싶었지만, 지금은 모든 것을 포기하고서라도 아이만은 지키고 싶다 생각했다. 기다는 아이에게 젖을 물리며 마침내 평화를 느꼈다. '프란시스쿠, 네가 여기 있어서 참 좋다.'

이제 다시는 외롭지 않을 것이었다.

8

기다가 집으로 돌아왔을 때, 문 앞에는 옷과 천 기저귀가 담긴 비닐 봉지가 하나 놓여 있었다. 어디선가 갑자기 유아용 침대, 공갈 젖꼭지, 젖병, 그리고 작은 딸랑이 하나가 생겨나기도 했다. 그 당시의 에스타시우에서는 미혼모가 나타났다 하면 온 동네가 대부를 자처했었다. 허무맹랑한 이야기를 꾸며내며 홀연히 나타난 애 엄마는 기다뿐만이 아니었다. 짓밟힌 꽃 같은 많은 아가씨들이 그곳을 찾았다. 잠깐의 실수로 하루아침에 신분이 뒤바뀌어버린 이들이 셀 수 없이 많았다.

모두가 할 수만 있다면 서로를 도왔다. 기다 같은 경우도 누구나 도울 수 있었기에, 모두가 도왔다. 앞집 이웃은 "젖 도는 데 좋다"며 옥수수죽을 한 솥 끓여다 주었다. 옆집 이웃은 "아직 무리하면 안 된다"며 빨래를 자청했다. 다른 이웃은 "행운을 가져다준다"며 털실로 침대보와 빨간 양말을 손수 짜다 주고, 기다에게 필로메나를 아느냐고 물었다.

"필로메나요?"

그렇다. 필로메나, 그녀는 에스타시우에서 가장 유명한 매춘부였다. 미모가 가장 아름다운 것도, 기술이 월등히 뛰어난 것도 아니었지만 미소가 어찌나 아름다운지 남자들이 그 가슴에 안겨 쉬는 걸 좋아했다. 충치 먹은 치아와 함께 그 미소가 사라지던 날까지 그러했다. 고객을 모두 잃고 난 뒤에도 굶어 죽지 않을 수 있었던 건, 그녀가 넉넉했던 시절 이웃에게 나눈 음식과 거처가 보답으로 돌아왔기 때문이었다. 필로메나에게 돈이란 호흡에 필요한 공기와도 같았다. 들어올 때가 있으면, 나갈 때도 있기 마련이었다.

남들에게 신세 지며 살고 싶지는 않았기에, 일하는 엄마들의 아이를 하나둘 돌보기 시작했다. 애를 맡기는 엄마들이 늘어갈수록, 엄마와 아이들의 만족도 높아져갔다. 필로메나는 곧 에스타시우에서 가장 유명한 보모가 되었다. 방 세 개짜리 집에 밤낮으로 아이들을 받았다.

여덟 번째 아이의 엄마가 문가에 나타나자 그녀가 말했다. "한 번에 일곱 넘게는 못 받아. 마리아 다 페냐 아니면 에피제니아를 찾아가봐요."

그 엄마는 한숨을 푹 쉬더니, 언제쯤 빈자리가 나냐고 물어보았다.

"이 아이들이 학교에 가게 되면 그때 연락할게요. 저기 장부에 이름을 써두고 가요."

그 엄마는 수많은 이름들 뒤에 자기 이름을 적었다.

그 여자는 큰 소리를 내지 않고도 아이들을 훈육하는 방법을 알았다. 목소리는 마치 인어 같아서, 모두가 순종하지 않을 수 없었다. 낮잠 시간이 되면 아이들은 서로 그녀의 곁을 두고 다퉜다. 필로메나는 한 아이를 오른 품에, 다른 한 아이를 왼 품에 안고 셋째 아이는 몸 위에 얹었다. 나머지 아이들도 양옆에 어떻게든 끼워 모두가 함께 잠자리에 들었는데, 그 모습은 마치 필로메나가 아이로 만든 그물에 갇힌 것 같아 보였다. 집 안을 다닐 땐 아이들을 꼬리처럼 달고 다녔다. 아이들은 자신들을 돌봐주는 그녀에게서 떨어지고 싶지 않아 했다.

매춘부나 공장 근로자, 점원 등은 닳을 대로 닳은 여자가 자녀들을 돌보는 것에 크게 신경 쓰지 않았다. 아이들은 집에선 필로메나를 보고 싶다고 졸랐고, 집에 갈 시간이 되면 가지 않겠다며 떼썼다.

"울지 마, 파울리뉴. 내일이면 다시 만나게 될 거란다."

필로메나가 한 금발 머리 아이를 떼어내며 말했다.

그 누구도 슬프거나 우울한 모습의 필로메나를 본 적이 없었다. 항상 미소를 머금었고, 그다지 우스운 일이 아닌데도 크게 소리 내어 웃곤 했다. 남들을 놀라게 하지 않으려 입을 손으로 가리곤 했지만, 너무 웃긴 일이 있을 때면 손으로 가리는 걸 잊기도 했다. 그 웃음은 그녀의 목젖과 충치를 그대로 드러냈다.

필로메나는 의지할 데 없는 엄마들에게 약했다. 특히 기다처럼 약하디약한 사람에게는. 두 사람이 처음 만났을 때, 기다를 두고 "바람 불면 쓰러지겠네"라 평가했다. 그녀는 또 갓난아기라면 사족을 못 썼다. 아기를 품에 안을 때마다 자신의 여덟 아이들을 떠올리곤 했다. 그중 다섯은 입양을 갔고, 나머지 셋은 판자촌 구석방에서 함께 지내던 룸메이트에 깔려 질식사했다.

이가 다 빠진 그녀는 지독한 입 냄새를 풍기는 미소를 지으며 이렇게 말하곤 했다.

"내 천사들이 하늘에서 날 기다리고 있어."

필로메나는 기다가 몸조리를 하는 동안 자신의 집에서 지내라고 했다. 기다는 그러겠다고 했다. 지금 자신의 주변에 아무도 없었기 때문만은 아니었다. 오랫동안 느끼지 못한 평온함을, 필로메나와 함께 있을 때면 느낄 수 있었기 때문이었다. 결혼 전, 에우리지시의 플루트 소리를 들으며 거실에서 낮잠을 잘 때 느끼던 것과 비슷한 평온함이었다. 당시에는 그 감정이 무엇인지 몰랐으나, 한참 시간이 지난 후 잃어버리고 난 뒤에야 그것이 평온임을 깨달았다.

그렇게 필로메나 집의 방 한 칸으로 들어갔다. 쇠막대기를 두른 흰색 아기 침대 옆에 자리를 잡고 거실에서 아이들이 노는 소리를 들으며, 기다는 마침내 휴식을 누리게 되었다.

프란시스쿠는 엄마를 많이 닮았다. 모든 걸 다 알고 태어난 듯했다. 아니, 적어도 엄마와 필로메나의 마음을 사로잡으려면 어떻게 해야 하는지는 알고 태어났을 것이었다. 품 안에 가만히 안겨 잠도 새근새근 잘 잤다. 어떤 여자든지 그 모습을 보면 아기를 집에 데려가고 싶어 안달을 낼 정도였다. 필로메나는 그 모자가 돌아가지 않길 바랄 정도였다. 아이는 점점 자랄수록 기다의 성격과 아버지의 푸른 눈을 닮아갔는데, 초반에는 그 사실이 엄마를 불편하게 하기도 했다. 하지만 프란시스쿠의 푸른 눈은 어느새 마르쿠스의 푸른 눈이 아니게 되었다. 프란시스쿠만의 푸른색을 갖게 된 것이다. 이제 기다는 아들의 눈을 보아도 아들 밖에는 그 누구도 떠올리지 않을 수 있게 되었다.

필로메나는 '딸꾹질을 멈추게 하려면' 아들의 이마에 젖은 가제 수건을 올리라고 기다에게 가르쳤다. '아기가 배앓이를 하지 않으려면' 엄마가 콩 요리를 먹어선 안 된다고도 일러주었고, "지금은 단지 몸조심을 할 뿐이지, 송장이 된 게 아니잖아. 남자는 허리 없는 여자를 안으면 전봇대인 줄 알아"라며 3개월 동안 복대 안에 몸을 욱여넣고 지내게도 했다. 아기가 '똑똑하게 자라'라고 일주일에 두 번 생선을 넣은 이유식을 먹이기도 했다. 프란시스쿠가 먹을 이유식에 들어가는 생선 대가리는 필로메나가 직접 골랐다. 장이 파할 때쯤 필로메나가 모습을 드러내면, 상인들은 쓰레기통에 던져지기 직전인 최악의 생선 부위 중에서 가장 나은 걸 골라주었다.

"필로메나, 안 오는 줄 알았어."

"어떻게 안 오겠어요, 조엘 사장님. 우리 프란시스쿠한테 생선을 먹여야지요. 이거 15헤이스(1942년까지 쓰인 브라질 화폐단위)에 주실 수 있나요?"

필로메나는 바다 냄새가 나는 꾸러미를 들고 집에 돌아오면서, 길에서 만나는 모든 사람들에게 미소를 선사했다.

여러 달이 흘렀다. 기다는 이제 다람쥐처럼 기운을 차렸다. 프란시스쿠는 벽을 짚고 걸을 수 있게 되었다. 하지만 기다는 필로메나의 집에서 나갈 생각이 전혀 없어 보였다. 아이들 돌보는 일을 돕기 시작했다. 사실 한 명을 키워본 사람은 둘이든, 셋이든, 심지어 넷까지도 돌볼 수 있었다. 필로메나도 이 장기 투숙객들을 기꺼이 받아들였다. 사실 한 명을 먹일 수 있는 사람은 둘이든, 셋이든, 심지어 열까지도 먹일 수 있었다. 기다는 쪽방의 월세 계약을 취소했다. 꼬리 없는 당나귀를 불러 몇 안 되는 짐을 싣고 필로메나의 집으로 향했다. 프란시스쿠의 침대 맞은편에는 성모마리아 액자를 걸어놓았다. 이렇게 프란시스쿠와 그의 두 명의 어머니, 그리고 많은 형제들로 이루어진 하나의 새 가족이 만들어졌다.

먼저 기다는 산후조리에 집중했고, 그 이후에는 버려짐으로부터 회복하려 노력했다. 누가 그녀 혼자 아이를 키우지 못할 것이라고 했는가? 바로 지금 그녀는 아이를 혼자 키우고 있었고, 그 누구도 그 사실을 부인할 수 없었다. 기다는 다시 허리를 꼿꼿이 세우고 고개를 높이 들고 걷게 되었다. 자신감을 드러내며 에스타시우의 좁은 인도를 오갔다.

넘쳐 나는 자신감은 남자들의 애간장을 태웠다. 기다가 지나갈 때마다 남정네들은 입을 다물지 못했다. 입술이 벌어진 김에 데이트 신청까지 하곤 했지만, 기다는 얼굴을 획 돌리고 눈길을 피하며 대화를 거부했다.

기다는 연애는 생각하기도 싫었다. 그녀의 일생에 남자란 프란시스쿠, 단 한 명뿐이었다. 아이는 밤중에 잠에서 깰 때마다 엄마의 침대로 뛰어가곤 했는데, 엄마와 함께 자는 게 너무 좋은 나머지 매일 밤 잠자는 도중 잠에서 깨는 버릇을 갖게 되었다. 몇 달 동안은 아이를 안아주던 기다는 이내 좀 더 엄격해져야겠다고 생각했다. "너도 남자잖니. 침대에서 혼자 잘 수 있어야 해." 프란시스쿠는 자신의 침대로 돌아갔고, 그 후로는 반대로 아이의 빈자리를 느낀 기다가 잠에서 깨게 되었다.

기다에게 필로메나는 반쪽이나 다름없었다. 절반의 언니, 절반의 엄마, 그리고 절반의 동업자였다. 기다는 필로메나의 일에 체계를 부여했다. 그때까지만 해도 돈은 사정이 되면 그때 줘요, 라는 말로 일을 꾸려갔고, 그러다 보니 나중에 출납 장부 정산도 신의 뜻대로 되겠지, 라는 말로 끝나곤 했다. 그들은 돌봄 서비스의 금액을 올리기로 했고, 아이들의 도착 시간도 정하기로 했다. 다른 아이들을 보호해야 하니 아픈 아이는 받지 않기로 했다. 아이들의 목욕을 위해 어머니들에게 깨끗한 목욕 수건을 한 장 보내라고도 했다. 그리고 귀가 시간이 지난 후까지도 아이를 맡기는 경우, 돈을 좀 더 내도록 했다.

"자기는 내 인생에 나타난 천사 같아."

필로메나는 그동안 번 돈으로 만들어 넣은 인공치아를 드러내며 이렇게 말하곤 했다.

그러면 기다는 "천사는 필로메나, 당신이에요"라고 답했다.

기다와 필로메나는 제너럴 일렉트릭의 라디오를 샀다. 닳도록 닳은 소파도 새로 속을 채우고 커버를 씌웠다. 화장실과 천장의 누수도 수리했다. 집 앞 외벽을 칠하고 깨진 창문은 갈아 끼웠다. 기다는 분홍색 줄무늬와 들판의 꽃들이 그려진 벽지로 자기 방을 꾸몄다. 예전에 〈월간 여성〉에서 본 그대로였다. 새로 갈아 끼운 커튼은 하늘색 베일로 된 것이었는데, 레이스 달린 침대보도 같은 색으로 골랐다. 화장대도 하나 사서 카사 슬로페르의 화장품으로 가득 채웠다. 방 한구석에는 프란시스쿠의 침대가 있었다. 방의 전체적인 분위기와는 조금 다르게 흰색 침대보를 덮어두었다.

낮이면 기다는 방 문가에 기대어 자신의 인테리어 감각을 즐겼고, 더 손댈 데가 있는지 고민하곤 했다. 튤립 그림 세 점도 이렇게 생겨난 것이었다. 프란시스쿠가 숙제를 할 책상도 들였다. 그리고 마지막으로, 침대 머리맡에 둘 분홍색 쿠션을 사야겠다고 마음먹었다.

기다는 문가에 서서 "연어색 쿠션"이라 말했다. 방금 전 라디오에서 들은 걸 따라 한 것이었다. 사실 그녀는 연어를 한 번도 본 적이 없었다.

다음 날, 그녀는 부에노스아이레스 도로의 원단 가게로 향했다. 고급 원단이 진열된 곳으로 가서 점원에게 신호를 했다.

"선생님, 이 원단을 연어색으로 3m 끊어주시겠어요?"

기다는 자신의 가지런한 치아를 보며 입을 다물지 못하고 있는 점원에게 말을 건넸다.

"네, 사모님, 이 밝은 분홍색 말씀이십니까?"

"네, 이 분홍빛 연어색요."

가게를 나서다 에우리지시를 봤다. 현숙한 여인의 얼굴을 하고 있었고, 진지한 분위기는 여전했다. 이날 에우리지시는 할인 중인 원단을 고르는 데 몰두해 있었다. 기다는 동생의 그런 모습을 잘 알고 있었다. 에우리지시가 무언가에 집중하기 시작하면, 그 밖의 세상만사는 뿌연 연기가 되어 흩어지곤 했다. 기다가 들키지 않고 곁을 지킬 수 있던 것도 연기 속에 숨어 있었기 때문이었다. 에우리지시는 원단을 하나하나 살피더니, 치수를 적어놓은 듯한 공책을 가방에서 꺼내어 확인하고는 점원에게 천 반 다스를 잘라달라고 주문했다.

기다는 어쩔 줄 모른 채 벽기둥에 기대어 있었다. 동생의 관자놀이 한쪽에 있는 수두 자국이 눈에 들어왔다. 에우리지시가 늘 얼굴에 바르던 장미 로션의 향기가 풍겨왔다. 동생이 가슴팍에 달고 있는 성모 펜던트도 보였다. 바로 그 순간, 기다가 손에 꼭 쥐고 있는 것과 똑같은 것이었다. 팔을 뻗기만 하면 에우리지시를 만질 수 있었다. 하지만 여동생의 인생에 뛰어드는 게 과연 옳은 일일까? 그리움은 너무나도 컸지만, 금의환향을 하고 싶다는 욕심이 더 컸다. 아무리 꾸몄더라도 그녀의 방은 여전히 에스타시우에 있었고, 아들도 아비 없는 자식임이 변함 없었다. 그녀의 빨간 손톱은 남의 아이들의 기저귀를 가는 데 쓰였고, 생계는 퇴직한 창녀와 함께 일하며 꾸려나가고 있었다. 언젠가는 이 상황이 바뀔 거라 믿었기 때문에, 지금 이 순간은 아직 동생을 안을 때가 아니라고 판단했다. 그녀는 에우리지시가 원단값을 치를 때까지 기다렸다가 센트루 동네까지 따라간 뒤, 동생이 탄 전차의 맨 뒷줄에 앉아 따라갔다.

기다는 이어갔다.

"네가 사는 곳도 이렇게 알아낸 거야."

"이게 언제쯤이야?"

"그렇게 오래되지 않았어. 작년이었지. 너는 치맛단이 흰색 줄무늬로 장식된 미색 원피스를 입고 있었어."

"뭔지 알아. 내가 만든 옷이거든."

"네가 만든 거였어? 옷 만드는 건 언제 배웠니?"

"작년에." 에우리지시는 자기 앞에 놓인 책장을 무심코 바라봤다. "그런데 금방 그만뒀어."

버림받은 기다가 상처를 회복하는 동안에도 프란시스쿠는 열심히 자랐다. 인생의 첫 몇 해 동안은 행복했지만, 그 후의 몇 해 동안은 그다지 행복하지 못했다.

어린 프란시스쿠는 세상의 모든 가족이 다 자신의 가족과 같을 것이라 생각했다. 모든 아이들은 엄마가 두 명일 것이며, 모든 엄마들은 자신의 엄마들만큼 다정할 것이라 생각했다(하지만 그래도 자신의 엄마들이 세상에서 제일 다정했다). 설탕 그릇 주위에 들끓는 개미를 다 먹으면("개미는 눈에 좋아") 슈퍼히어로처럼 눈이 밝아질 거라 생각했다. 머리에 꿀밤을 맞아 혹이 생겨도, 그 속에서 알밤이 나올 거라 굳게 믿었다. 주전자가 소리를 내는 이유는 살아 있기 때문이었고, 막대 사탕을 너무 많이 먹으면 입술이 빨개진 채로 평생 살아야 할 거라고 생각했다. 캡틴 아메리카는 아주 먼 곳, 이를테면 저기 저 언덕 너머에 살고 있을 거라고 상상하곤 했다.

조금 자란 뒤에는 세상 이치를 조금은 알게 되었다. 세상에는 자신들 같은 가족이 흔치 않았다. 아빠가 있어야 했다. 교과서에 나오는 것처럼, 윤기 있게 빗어 넘긴 머리와 양복을 입은 그런 아빠. 엄마도 한 명뿐이어야 했고, 형제들은 많을 수도 있었지만 적어도 자신의 형제들처럼 왔다 갔다 하지는 않아야 했다. 개미가 눈에 좋으려면 아주 가끔, 수프에 한두 마리가 떨어졌는데도 기다 엄마가 치우기 귀찮아 그냥 두는 정도에 지나지 않아야 했다. 꿀밤은 아프기만 할 뿐이었지만, 프란시스쿠는 그 속에서 알밤이 튀어나올 거란 희망을 버리지는 않았다. 주전자에서 소리가 나는 이유는 알아내지 못했지만, 적어도 그게 살아 있어서는 아니란 걸 깨달았다. 하지만 막대 사탕을 많이 먹으면 입술이 빨개진 채로 평생 살아야 한다는 것만은 사실인 듯했다. 두 엄마는 이 말만은 하늘에 맹세컨대 정말이라고, 진짜라고 주장했다. 그리고 캡틴 아메리카는 언덕 뒤편에 살지 않았다. 캡틴 아메리카는 비행기를 타야만 갈 수 있는 곳에 살았다. 언덕 뒤에 살고 있는 건 사시페레레(브라질 민화에 등장하는 숲의 정령으로, 외다리에 까만 피부이며 빨간 모자를 쓰고 담배를 물고 있다)였다.

프란시스쿠는 조금 더 컸고, 열 살이 되자 모르는 게 없다고 자신하게 되면서 자신의 두 엄마는 철면피라고 생각하게 되었다. 어느 날 싸움이 붙은 한 동급생으로부터 그 얘기를 들었고, 철면피가 무엇인지도 몰랐지만 그 말이 머리에 각인됐다. 피를 철철 흘리며 집에 도착해 기다 엄마에게 꾸중을 들었지만, 기다 엄마는 이내 후회하고 수프를 끓여다 주었다. 기다는 아이의 부은 얼굴이 너무 걱정된 나머지 수프 그릇의 개미를 다 건져주었다.

"엄마, 그 개미 얘기는 다 거짓말이죠?"

기다는 그 말을 무시했다. 프란시스쿠는 이제 싸움으로 얻은 혹에서 알밤이 나오지 않을 거란 사실을 알게 되었다. 주전자에서 소리가 나는 이유도 그것이 살아 있기 때문이 아니라 증기가 나오기 때문이라는 걸 깨달았다. 언젠가 가래가 끓고 가슴이 답답할 때, 필로메나가 유칼립투스 즙을 넣고 물을 끓여주는 걸 보았기 때문이었다. 이후에는 막대 사탕도 주었지만, 입술이 빨개질 거라는 등의 소리는 하지도 않았다. 몸이 아픈 날이면 잠드는 시간이 기다려졌다. 기다 엄마가 한 침대에서 잘 수 있게 해줬고, 언덕 뒤에 사는 괴물들이 행여나 덮쳐 오지는 않을까 걱정하지 않아도 되었기 때문이다. 캡틴 아메리카는 너무 먼 곳에 있었고, 일이 터지고 나면 모두를 구하기에는 너무 늦게 도착할 게 뻔했다.

막대 사탕과 애정과 수프에도 불구하고, 프란시스쿠는 좋긴 하지만 옳진 않은 삶에 점점 반항심을 드러냈다. 두 명의 엄마는 다정한 만큼이나 무시도 많이 당했다. 왜 저 여자는 필로메나를 보고 굳이 다른 길로 가고, '화냥년'이라며 침을 뱉는 거지? 왜 지난 장날, 지나가는 기다 엄마에게 사람들이 밤의 여자라고 말했을까? 그때는 이미 해가 져서 어두워진 때라 모두가 밤의 여자, 밤의 남자였는데. 왜 필로메나는 일요일마다 미사가 시작하기를 기다려 성당에 들어갔다가, 미사가 끝나기 조금 전에 서둘러 나와야 할까? 모든 게 틀렸어, 라고 생각했다. 세상에 대해 더 알아갈수록 분노는 더 깊어져갔다. 편견, 가난, 아버지의 부재, 엄마들의 힘든 삶, 이 모든 것들이 긴 노끈의 양 끝에 매듭처럼 달려 있었다. 그 당시 그가 아는 것이라곤 그 노끈이 바로 '제도'라는 것, 그뿐이었다.

열한 살이 된 프란시스쿠는 어느 정도의 수준을 넘어 매일매일 깊은 반항심을 드러냈다. 필로메나, 그의 엄마 필로메나는 어느 날 가슴에 생긴 큰 멍울에서 극심한 통증이 일어나는 걸 느꼈다. 어느 날 오후, 그녀는 웃음기를 싹 뺀 얼굴로 집에 돌아왔고 그날부터 집에서는 철면피, 화냥년, 밤의 여자라는 말만큼이나 암이라는 말이 금지됐다. 필로메나는 프란시스쿠의 어쩔 줄 모르는 눈빛을 보고 다시 미소를 머금었다.

"걱정 말렴, 이건 아무것도 아니란다!"

아이를 품에 안아주려 했지만, 몸이 닿자마자 큰 소리로 비명을 지르고 말았다. 아무것도 아닌 척하기에는 가슴의 통증이 이미 너무 컸다.

기다와 필로메나는 집을 찾아오는 아이들의 수를 절반으로 줄였다. 필로메나는 하루 종일 방에서 신음하며 시간을 보냈고, 그동안 기다는 손과 발이 닳도록 아이들과 친구를 돌보았다. 프란시스쿠도 돕겠다고 나섰지만 기다는 그의 도움을 무시했다.

"네가 할 일은 공부하고 좋은 성적을 거두는 거야."

그럴 때면 그는 얼굴을 책에 묻고 이야기 속으로 빠져들어 갔다. 얼굴을 다시 들면 모든 것이 너무나도 끔찍했기에, 책 하나를 다 읽고 나면 다시 다른 책을 들고 그 속으로 파고들어 갔다.

점점, 천천히. 그렇게 필로메나가 갔다. 방사선 치료는 그녀의 팔을 태웠을 뿐이었고, 유방 수술은 체력을 앗아 갔을 뿐이었다. 암은 수은 방울처럼 몸의 장기 여기저기를 떠다녔고, 어떤 의사도 그 암 덩어리를 움켜잡지 못했다. 필로메나와 암은 한 몸을 차지하고 있었지만, 어느 순간 암이 이기는 경우가 더 많게 되었고, 필로메나는 끝내 패배했다. 그녀는 이제 떠날 때가 됐음을, 시간문제임을 알아차렸다. 문제는 그 시간이 더디게 간다는 사실이었다.

"세상에, 내가 아직 여기 있다니!" 필로메나는 악몽 끝에 잠에서 깰 때면 이렇게 소리 지르곤 했다.

그녀의 머리와 다리, 심지어는 갈비뼈 사이까지 암이 전이됐다. 의사들은 대기하는 사람들을 제치고 그녀를 가장 먼저 진료해주었고 믿지 못할 응원의 말들을 해줄 뿐이었다. 달리 해줄 수 있는 것도 없었다.

하지만 죽음은 다가오지 않았다. 그 여자는 더는 여자 같지도 않게 되었다. 그 여자는 침대 위에 있는 상처 덩어리 몸뚱이에 지나지 않게 되었고, 더디게 오는 죽음은 그녀를 더욱 불안하게 만들었다. 아침에는 아무 말도 하지 않았고, 저녁에는 신음 소리를 냈다. 죽음이 얼마나 좋은 것인가, 아무것도 하지 않아도 될 것이었다. 프란시스쿠가 학교에 가 있을 때면 "죽고 싶어, 죽고 싶어!"라고 외치기도 했다. 하느님은 이 외침을 듣고 이렇게 답했다. "좋아, 하지만 오늘은 아니란다." 필로메나가 질문했다. "오늘이 아니면 언제인가요, 하느님?" 그러면 신은 이렇게 말했다. "때가 되면, 필로메나. 때가 되면."

이 '때'라는 것은 절대 다가오지 않았다. 병원에 오가는 필로메나를 누군가 길거리에서 마주쳤더라면, 그녀를 보지 않으려고 고개를 돌렸을 것이다. 가까이 사는 이웃들은 그녀의 소리를 듣지 않으려고 귀를 막았다. 엄마들은 점점 아이들을 맡기지 못하게 되었고, 종국에는 기다와, 책에 얼굴을 파묻고 있는 프란시스쿠와, 약 30퍼센트 정도의 필로메나만이 집에 남았다.

항아리 안에 보관해놓은 비상금을 세어보니 그래도 몇 달간은 병아리콩 수프로 연명할 수 있을 것 같았다. 하지만 기다는 걱정해야 할 더 중요한 것이 있었다.

"주사 좀, 제발 주사 좀 놔줘!" 필로메나는 신음 소리를 내며 소리쳤다.

병원에서 보내주는 모르핀 처방으로는 그 모든 암을 견디기가 어려웠다. 기다는 항아리 안의 지폐를 세어본 뒤 약국으로 향했다.

"주앙 사장님, 안녕하세요. 혹시 모르핀 몇 병을 구해주실 수…… 있을까요?"

"모르핀요? 기다 여사님, 그건 저도 어떻게 할 수 없어요. 의사 처방이 있어야 해요."

"돈을 잘 쳐드릴게요, 주앙 사장님."

지난밤의 이야기를 덧붙여 설득을 시작했다.

"필로메나에게 주려고 해요. 새벽에 잠에서 깨더니 집에서 도망치려고 했어요. 우리를 더는 힘들게 하고 싶지 않다면서요. 그러다가 복도에서 기절하는 바람에 침대까지 끌고 가야만 했어요. 아침에는 헛것이 보이는지 하늘의 문이 닫혔다는 둥, 그 안쪽에 여덟 아이들이 있다는 둥, 철문을 아무리 두드리고 흔들어도 아무도 나와보지 않았다는 둥 헛소리를 해댔어요."

"그게 중독되는 약이라서 그래요, 여사님도 아시다시피……."

"주앙 사장님, 그래서 얼마예요? 잘 쳐드릴게요."

그렇게 구한 추가 약물은 비상금의 절반을 삼켜버렸다. 두 번째 추가 약물은 나머지 절반을 가져갔다. 세 번째 약물은 기다가 절대 목에서 빼는 법이 없었던 성모 펜던트를 앗아 갔다. 네 번째 약물은 약국 구석의 카펫 위에 누운 기다와, 그 위에서 숨을 헐떡이는 주앙이라는 대가로 얻어냈다. 다섯 번째도 마찬가지였고, 여섯 번째는 필요하지 않았다. 필로메나는 모르핀으로 정신이 혼미한 가운데 세상을 떴다. 기다가 원하던 대로였다.

아직 어질어질한 상태로 천국에 도착한 필로메나는 드디어 활짝 열린 문 앞에 다다랐다. 한 걸음 한 걸음 내디딜 때마다 몸이 회복되는 것을 느꼈다. 그 이후 몇 미터를 더 걷자, 어찌나 활기가 돌던지 마치 열다섯 살 어린아이가 된 듯했다.

"너무 예쁘세요." 곁에 있던 천사 하나가 말했다.

"제가 예쁘다고요?" 필로메나가 되묻자, 천사는 "네, 당신. 아름다워요"라고 대답하며 거울을 건네주었다. 필로메나는 완벽한 피부, 흰 치아를 가진 자신을 보았다. 너무나 기쁜 나머지 제일 먼저 마주친 사람에게 키스를 퍼부었다.

"필로메나, 이래도 되는 거니?"

"그럼요, 되고말고요. 선생님!" 필로메나는 깔깔거리며 답했다.

"그래, 네 말이 맞다. 필로메나." 성 베드로가 말했다. "어서 오려무나, 너의 여덟 천사들도 저 앞에서 널 기다리고 있었어."

그는 천국에선 그래도 된다는 사실을 너무나 잘 알고 있었다. 성 베드로도 처음 천국에 도착하여 깨끗한 자신의 얼굴을 보았을 때 그녀처럼 웃었었다. 속세에서 그의 치아가 어떠했는지 한번 봤었어야 하는 건데. 매독을 앓았던 흔적도 말이다.

9

암 투병 말기의 필로메나는 모르핀에, 주앙 사장은 기다에 중독되었다. 장례가 다 끝났는데도, 이 약국 주인은 정산이 끝나지 않았다며 가게 안쪽으로 기다를 불러댔다. 기다는 더 이상 모르핀이 필요 없었고, 그저 쉬고 싶었을 뿐이었다. 주앙 사장의 요구를 거절하기 시작했고, 막판에는 협박을 하기까지 이르렀다.

"사장님, 계속 이러시면 경찰서에 가서 신고할 거예요."

"할 수 있으면 해보시지. 경찰이 당신 면전에서 비웃지나 않으면 다행일걸. 한번 가보시라니까?"

주앙 씨는 자신의 주장에 힘을 실으려는 듯, 그 자리에서 기다의 면전에 대고 웃음을 터트렸다.

기다는 등을 돌려 자리를 뜨며 다른 걸 생각하려 애썼다. 그녀는 기다 구스망이었다. 자고 싶은 사람과 자고 싶을 때 자는 여자였다.

필로메나의 죽음 이후 프란시스쿠의 반항은 더 심해졌고, 기다는 어쩔 수 없이 침대 옆자리를 내주었다. 엄마의 몸은 분노를 가라앉히는데 즉효였다. 이불 속에서 둘은 서로를 꽉 끌어안았다. 기다는 아들을, 아들은 엄마를 보호한다고 생각했다. 기다는 프란시스쿠를 향해 숨을 깊게 내쉬며 자는 척을 했고, 프란시스쿠는 기다를 향해 숨을 깊게 내쉬어 자는 척을 했다. 두 사람은 같은 시간에 잠에 빠져들었다. 기다는 이내 잠에서 깨어나, 짧은 숨을 쉬었다.

동네에 아이를 돌본다는 소식을 퍼뜨려도 소용이 없었다. 에스타시우의 어머니들은 이미 기다보다 더 낮은 가격에 돌봐주는 사람에게 아이를 맡기고 있었다. 돈을 담아놓던 항아리에는 돈도, 음식도 남아 있지 않았다. 월말이 다가오고 있었고, 집주인은 이미 굶은 맹수의 눈빛으로 기다를 지켜보고 있었다.

기다는 히우콤프리두의 어느 작은 잡화점에서 계산대 직원 일자리를 구했다. 좁고 어두컴컴한 가게였고, 비스푸 거리를 올라오는 전차와 버스의 먼지 세례는 덤이었다. 가게의 주인은 어마어마한 가슴의 소유자인 한 터키 여성이었는데, 늘 입는 날염 원피스는 안 그래도 큰 가슴을 더 도드라져 보이게 만들었다. 아미라 여사는 과부가 된 지 수년째였고, 자기 사업과 운명을 제대로 지킬 수 있으려면 남자처럼 행동해야 한다는 사실을 일찍이 깨달았다. 아무리 달랑거리는 귀걸이를 하고 손톱을 길게 길러도, 그녀에게 여자다움이란 손톱만큼도 찾아볼 수 없었다. 동네의 모든 사람이 그녀의 웃음기 없는 건조한 아침 인사, 아치 모양 입, 그리고 바늘, 가위, 골무 외의 것에 대한 완벽한 무관심을 인정하고 받아들였다.

비스푸 도로의 작은 가게는 아미라 여사에게는 대농장과도 같았다. 그곳에서 아미라 여사는 일을 해라, 하지 말아라—정확히 말하자면 해라, 또 해라—고 명령하기 바빴다. 몇 분만 지각해도 기다의 월급이 깎여 나갔다. 계산대에서는 쉬는 시간이란 있어서는 안 됐다. 기다는 일이 없으면 진열대의 먼지라도 떨어야 했다. 아니면 빗자루라도 들거나 젖은 행주로 진열장 유리를 닦기라도 해야 했다. 아니, 기다 씨, 지금 진열장 반대쪽에서 먼지떨이를 들고 뭐 하는 거예요? 저기 여사님이 실값을 치르겠다고 기다리잖아요! 아미라 여사에게는 무능력이 가장 참기 힘든 것이었다. 그녀가 살아 있음을 느끼기 위해서 신경질을 낼 무언가가 필요했던 만큼, 기다는 점점 무능력의 표상이 되어갔다. "당신은 무능력해!"라고 아미라 여사가 소리치면, 기다는 수긍했다.

기다는 자신의 무능력이 아미라의 인생에서 사랑이 부족했다는 점에 기인했다는 걸 알기에 크게 신경 쓰지 않았다. 이 일자리가 아들의 안위와 직결되어 있다는 걸 알기에 받아들였다. 기다는 중요한 게 무엇인지 알고 있었다. 아무리 이 여사장님이 자신을 연옥 속으로 끌고 들어간다고 해도, 그래도 여자 사장이 남자 사장보다 낫다고 생각했다. 차라리 연옥에 갇혀 있는 것이, 방구석에 들어가 사장의 배 밑에 깔리는 것보다는 훨씬 나았기 때문이다.

그뿐 아니라, 수습 기간이 끝나는 다음 달부터는 최저임금과 노동 수첩(브라질 정규직 노동자에게는 사회보장 내역을 기록하는 노동 수첩이 발급된다)을 받기로 되어 있어, 사정이 좀 나아지리란 기대도 있었다. 아미라 여사는 기다를 채용하기 전 소위 세 달간의 수습 기간을 제시했다. 그동안에는 월급을 절반만 주겠다는 것이었다. 그 터키 여자에 따르면,

여자가 금전출납기를 잘 다룰 수 있으려면 최소 90일은 필요했다. 기다는 그 조건을 수락했다. 받아들일 다른 조건이 없었기 때문이기도 하지만, 아미라 여사가 워낙 돈 문제에 있어 사리가 밝았기 때문이기도 했다. 기다에게 월급을 가불해주며 밀린 월세를 해결하게 해주는 한편, 자신에게는 부채감을 가지게 만들었다.

해라, 하지 말아라가 난무하는 하루를 보낸 기다는 살갗 위로 뽀얗게 쌓인 먼지들과 함께 수척해진 모습으로 집에 도착했다. 프란시스쿠는 거실에서 책을 읽거나 방에서 책을 읽으며 엄마를 기다렸다. 모자는 조용히 밥을 먹었다. 기다는 일에 대해 이야기하고 싶지 않아 했고, 프란시스쿠는 학교에 대해 말하고 싶지 않아 했다. 더 이상 아이들이 북적이는 소리나 필로메나의 웃음소리는 들리지 않았다. 그 고요함은 어떤 면에서는 필로메나가 저녁 식사를 함께하는 것처럼 느껴지게 했다. 산 사람들은 그녀의 자리가 얼마나 큰 것이었는가를 빈자리를 통해 깨닫고 있었다.

7월의 어느 날 밤, 프란시스쿠는 목에 통증을 호소했고 기다는 양칫물을 가져다줬다. 열도 조금 있길래, 아스피린도 가져다주었다. 며칠이 지나자 아이는 아예 침대 밖을 나가지 못했다. 아침 내내 이불 아래서 몸을 굽히곤, 신음하지 않으려 애를 썼다.

프란시스쿠는 류머티즘열에 걸린 것이었다. 벤제타실 주사와 코르티코이드, 심장약이 매일 필요했다.

"선생님, 언제까지 치료를 받아야 하나요?" 기다는 양손을 맞잡고 물었다.

"열여덟 살이 될 때까지요."

손을 쥐어짜면 동전 몇 닢이라도 떨어질 것처럼 기다는 그렇게 양손을 부여잡고 있었다. 기다는 수학에 재능을 보인 적이 없었다(물론 틀린 계산을 진열대 밑 서랍에 숨기는 건 잘했다). 하지만 처방된 약값을 모두 더한 숫자에 1년 12개월, 치료를 받을 7년을 곱할 필요도 없이, 이걸 감당할 돈이 없다는 게 너무나도 뻔했다.

아니, 어쩌면 될 수도, 가능할 수도 있었다.

셈과 계획에 골몰해 집으로 돌아왔다. 계산대에서 일하는 것 말고는 할 줄 아는 게 없었다. 기다는 장식, 화려한 헤어스타일, 화장, 매니큐어밖에 몰랐다. 그러면…… 그러면 그걸 하면 되겠어! 기다는 집에 미용실을 열 수 있었다. 토요일과 일요일에도 일을 할 수 있을 것이고, 손님도 끊이지 않을 것이었다. 에스타시우의 모든 여자들은 기다의 패션 스타일을 시샘의 눈초리로 바라봤고, 마음 한편에는 그녀처럼 되고 싶다는 마음을 크건 작건 품고 있었다.

아미라 여사에게 추가 가불을 요청하자, 입의 아치 모양이 더 커지긴 했지만 거절하진 않았다. 빗, 헤어 롤, 매니큐어, 손톱깎이를 샀다. 거실에는 방에 있던 화장대를 꺼내 왔고, 안락의자 곁에는 각종 여성 잡지들을 비치해두었다. 그러곤 온 동네에 자신의 집에 주말 미용실을 열었다고 소문을 냈다.

기다는 손재주도 훌륭했고, 안목도 남달랐다. 흐트러진 모습으로 들어온 여자들이 완벽히 꾸민 모습으로 나갔다. 들어오는 돈으로 프란시스쿠의 약값을 댈 수 있었다. 심장약은 400크루제이루였다! 잡화점에서 꼬박 열흘 일한 대가와 맞먹는 금액이었다.

프란시스쿠가 치료를 받기 시작한 두 번째 달의 마지막 토요일이었다.

기다는 거실의 불을 막 끈 참이었다. 마지막 손님이 나간 지 얼마 되지 않았을 때였고, 기다는 어둠 속에서 소파에 기대 다리를 길게 쭉 펴고 쉬었다. 발은 부어올랐고, 허리는 너무나도 아팠다. 여성지 중 하나를 들어 대충 뒤적거렸다. 그 잡지를 집어 들었던 많은 손들 중에 자신의 손만이 유일하게 벗겨진 매니큐어를 방치하고 있었다. 다음 날도 9시부터 여자들이 몰려오기 시작할 것이었다. 기다는 거실을 쓸고, 음식을 만들고, 화장실을 청소할 시간도 모자랐다. 매니큐어와 아세톤을 흠뻑 머금은 솜뭉치와 머리카락 더미를 내다 버리거나, 잡지를 정리하거나, 프란시스쿠를 쓰다듬거나, 눈을 한 번 잠깐 감았다 뜬 것처럼 짧은 잠을 청하느라 바빴다. 피곤했지만, 안심도 됐다.

가계를 잘 꾸려나가고 있었으니 더 바랄 게 없었다. 프란시스쿠의 약을 챙기려 몸을 일으켰다. 화장실 선반을 열어 벤제타실 주사를 찾았다. 아들에게 놓는 법을 배운 그 주사, 하지만 프란시스쿠에게도 기다에게도 너무나도 아픈 주사. 끈적끈적한 액체가 지나가기 위해 두꺼운 바늘로 된 주사였고, 그 주사를 맞을 때면 프란시스쿠의 엉덩이는 몇 날 며칠을 얼얼해야 했다. 어떨 때는 너무 아픈 나머지 침대에서 일어나지도 못했다. 이제 친구들도 더는 성당 옆 공터에서 함께 축구를 하자며 아이를 부르지 않게 됐다. 엉덩이가 저렇게 아픈데, 공이 거기 닿기라도 하면 어떻게 하겠는가. 기다는 뜨거운 물주머니를 대주었지만, 나아지지 않았다. 차가운 물주머니를 대면, 차라리 뜨거운 게 나은 것 같았다. 주물러도 주었다가 뽀뽀도 해주었지만 조금 나아질 뿐이었다. 기다는 코르티코이드와 심장약병도 챙겼다.

화장실에서 나오던 기다의 발이 카펫에 걸리는 바람에 주삿바늘이 손바닥에 찍히고 말았다. 비명을 지르며 약병을 떨어뜨렸다. 유리로 된 심장약병이 쨍그랑 깨지면서 검붉은색 웅덩이가 만들어졌다.

기다는 아들을 불러 땅에 떨어진 약을 핥아 먹으라고 할까, 약 2초 동안 심각하게 고민했다. 그 약은 아들의 목숨을 살리는 약이기도, 기다의 목숨값이기도 했다. 꼬박 여드레 동안 한 미용 일이 거기 쏟아져 있었다. 다른 여자의 머리를 매만지고 남의 손톱을 칠해준 여덟 날의 수고였다. "이 머리가 너무 잘 어울려요." "손가락이 어쩜 이리 길죠?" 4주 동안의 강도 높은 노동을 하는 가운데 어렵게 낸 여드레라는 시간이었다. 일이 얼마나 고됐는지, 어느 순간 기다는 자신이 어디에 쓰일지도 모르는 작은 부품에 지나지 않는다고 느끼게 되었다. 다행히 작동은 했다. 그리고 몸을 누일 수 있는 작은 방과 음식, 그리고 프란시스쿠의 건강만 보장이 된다면 누구라도 자신을 부품처럼 여겨도 좋다고 생각했다.

그녀는 반 시간, 혹은 한 시간 반 동안 변기에 앉아 쏟은 약을 보며 슬픔에 빠질 수도 있었다. 하지만 걱정해야 할 더 중요한 문제가 있었다. 프란시스쿠는 그다음 날에도 약을 먹어야만 했다. 의사가 아주 엄중하게 경고했었다. 치료가 조금이라도 삐끗하면, 아이는 만성 심장병을 갖게 될 거라고.

다시 약국 구석방, 주앙 씨의 몸 밑으로 들어갔다. 몇 달간의 금욕으로 그 남자는 금단증상을 겪었는데, 그중 하나가 기다에게 침을 뱉는 것이었다. 한 번도 꿀을 먹어본 적이 없는 사람 같았다. 기다를 핥고, 또 핥다가, 기다의 팔을 붙들고 손에 힘주어 말했다.

"약은 내 거야. 내 약을 네가 가지려면 너는 내 것이 돼야 해. 그리고 내 몸 아래 있는 건 다 내 거야. 그래서 내가 지금 널 이 손으로 잡고 있는 거고."

기다는 눈을 돌려 유리병에 시선을 두었다. 그 남자가 끝내기를 기다려 약국에서 약을 갖고 나왔다. 15일 치는 확보되었다.

이틀 후, 기다는 에우리지시의 집을 찾아갔다.

기다가 에우리지시에게 털어놓은 이야기는 사실과 정확히 부합하지는 않는다. 다리를 꼬고 앉아 동생의 눈길을 한 몸에 받던 기다는 이내 몸의 긴장이 풀리고, 자존감이 조금 회복되는 걸 느꼈다. 동생에게는 필로메나가 은퇴한 교사였다고 얘기했다. "교육 전문가다 보니 아이들이 무슨 생각으로 저러는지도 다 알더라니까, 에우리지시!" 주앙 씨는 프란시스쿠의 약을 챙겨준 천사였다. "내가 뭐 별 볼 일 있다고, 그렇게 나에게 잘 보이려고 했는지 모르겠어!" 다만 마르쿠스와 관련된 부분만은 유일하게 있는 그대로 다 말해주었다. 중간중간 저열하고 비열한 짓, 혹은 어이없는 행동에 관한 에피소드를 양념처럼 곁들였다. 그런 얘기를 들을 때면 에우리지시의 눈이 유리구슬처럼 동그래졌다.

"결혼 초기에, 마르쿠스가 나한테 거름망이 뭐냐고 물었지 뭐니. 거름망을 한 번도 본 적이 없다니, 그게 말이 되니! 우유에 뜨는 거품을 건지는 데 쓴다고 말해줬더니 자기 집에서 마시던 우유는 주방에서 거품을 다 건진 상태로 나온다고 했었어. 이게 말이 되니, 에우리지시. 거름망이 뭔지 모르는 남자라니! 마르쿠스는 한 번도 오렌지를 잘라본 적이 없었어. 한번은 점심 식사 후에 오렌지를 식탁에 올렸더니, 그걸 이렇게 옆으로 잘라버려서 양 끝을 잡고 먹을 수도 없게 만들어놓았어. 침대 가까이에 아침 햇살이 비치는 게 싫다고도 했었어. 그 집에는 정오까지 햇빛을 막아주는 벨벳 커튼이 있다나 뭐라나. 샌님이 따로 없었어, 에우리지시."

에우리지시는 기다의 이야기를 들으며 조금 안심했다. 항상 좋은 남편이라고 생각해온 안테노르와 비교하지 않을 수 없었던 것이다. 최소한 안테노르는 거름망이 뭔지 알았다. 그 물건은 다우바 고모와 아내 에우리지시가 오렌지 주스를 만들 때 쓰는 물건이었다. 안테노르의 목에 덩어리가 걸려 질식하지 않게 해주려고.

아미라 여사가 등장하는 부분에 이르자 기다는 창의력을 좀 더 발휘했다. 너무 착한 사장님이었다. 사표를 내자 상심이 큰 나머지 바닥에 주저앉더니, 가슴에 손을 얹고 "기다, 너는 내 딸이나 다름없다"라고 말했다고 했다.

"그 사장님이 얼마나 많이 울었는지! 하지만 이제 나도 내 인생을 찾을 때가 됐고, 프란시스쿠의 교육에 집중하고 싶다고 말했어."

사실은 아미라 여사의 딸이 아니었기 때문에 기다가 지금 에우리지시의 집에 있는 것이었다. 기다는 탁자 위에 찻잔을 올려두고, 소파 끝에 걸터앉았다.

"그러니까, 에우리지시. 이제 엄마 아빠께 다시 돌아가야 할 때가 된 것 같아. 우리가 부모님 댁에 같이 가면 될 거야. 아빠는 아직 내가 가출한 걸 이해하지 못하실 수도 있어. 하지만 엄마라면, 엄마라면 날 용서하실 거야."

에우리지시는 눈을 내리깔고 대답했다.

"엄마는 작년에 돌아가셨어."

기다는 손을 가슴팍에 대더니, 다시는 돌아오지 않을 성모 펜던트를 휘적거리며 찾았다.

아무도 아나 여사가 어떤 병을 앓았는지 알아내지 못했다. 눈치챌 새도 없이 자라나는 병이었다. 아나 여사는 점점 허리가 굽었고, 쇠약해져 갔다. 예전에는 차린 식사를 쌀 한 톨도 남기지 않고 깨끗하게 비워냈지만, 점점 대구 한 마리 먹는 것도 힘겨워했다. 아나 여사는 청과전의 계산대에 슬픈 표정으로 멍하니 앉아 있거나, 집을 정돈하다 슬픔에 빠지거나, 혼자 요리하며 우울해하거나, 기다의 사진이 든 액자를 보다 눈물지을 뿐이었다.

매번 다른 의사들을 찾아갔다. 빈혈이라고, 비타민 결핍이라고, 칼슘 결핍이라고, 미네랄 결핍이라고 했다. 기다의 결핍이었지만, 그건 의학 교과서에 나오지 않는 것이었다. 그러다 보니 아나 여사는 항상 철분제와 함께 금방 나을 거란 약속을 처방받아 왔다. 신경, 아니면 심장, 아니면 근육에 좋은 물약을 드셔야 해요, 라고들 했다. 도망간 딸을 잊을 수 있는 물약은 없었기 때문에, 아나 여사는 점점 시들어갔다. 대구 조각은 접시에 남겨둔 채, 자신의 건강을 되찾게 할 단 하나의 해독제를 기다리며 길모퉁이를 바라볼 뿐이었다.

어느 날 잠에서 깬 아나 여사는 더 이상 침대 밖으로 나갈 필요가 없다고 느꼈다. 한쪽으로 모로 누웠다가, 반대쪽으로 몸을 돌려보고는 낮잠을 잤다. 그다음 날에는 눈은 떴지만, 몸은 굳이 돌리지 않아도 되겠다고 생각했다. 셋째 날에는 눈을 뜨지 않았다.

마누엘 씨는 아나 여사의 죽음으로 미치기 일보 직전까지 갔었다. 훌륭한 포르투갈 사람으로서 그 좌절을 혼자 해결해보려 했다. 아내가 사라진 후의 첫 일곱 날 동안, 벽에 머리를 쿵쿵 박아댔다. 쥐어뜯을 머리카락이 있었으면 했다. 그에겐 몇 가닥 안 되는 머리카락만이 귀 뒤에 남아 있었고, 그것들은 잘 빗어 넘겨 대머리를 가리는 데 사용되곤 했다. 너무나 소중한 머리카락이었기 때문에 손대지 않기로 마음먹었다. 그의 마음에는 기다가 엄마의 죽음을 알고 나서 가진 것과 같은 회한이 크게 자리 잡았다. 사실 꼬집어 말하자면 그의 잘못도 아닌 이유로 만들어진 회한이었다. 그는 무뚝뚝한 포르투갈인의 전형으로 자랐고, 명예 외에는 중요한 것이 없다고 생각했다. 이 신념 때문에 마누엘 씨는 딸을 거부했었다. 탕아를 받아주기라도 한다면 수치라는 것이 손에 잡히는 구체적인 무언가로 변해버릴 것이었다. 그럴 바에는 딸은 멀리하고, 아내는 죽어가게 놔두는 편을 택하는 게 나았다.

그날 오후 현관문을 열고 집에 들어선 안테노르의 눈앞에는 드라마의 한 장면이 펼쳐져 있었다. 얼굴이 일그러졌어도 미모는 잃지 않은, 난생 처음 보는 아름다운 여인이 거실에서 몸부림을 치며 오열하고 있었고 에우리지시는 그런 그녀를 다독여주고 있었다. 또 다스 도리스는 그들 곁에서 각설탕을 탄 물잔을 올린 은쟁반을 들고 기다리고 있었다. 학교에서 돌아온 지 얼마 안 된 세실리아와 아폰수도 마치 놓쳐서는 안 되는 드라마의 명장면인 것처럼 그 모습을 구경하고 있었다. 그리고 뚱한 표정을 한 뚱뚱한 아이도 있었다. 그 아이는 여인을 안고 절망의 리듬에 맞추어 그녀와 함께 몸을 들썩이고 있었다.

안테노르는 화를 내지 않았다. 사실 아무렇지도 않았다. 왜냐하면 에우리지시의 눈빛에 오랜만에 관심이라는 것이 엿보였기 때문이었다.

드라마 장면 속 조연이라 해도, 아내가 다시 살아난 것 같아 보기 좋았다. 이 장면이 자기 집 거실, 보조 다리 달린 라디오의 바로 옆에서 일어났다 하더라도, 자신은 이 장면에서 금세 빠져나갈 수 있을 거라 생각했기 때문에 크게 개의치 않았다.

아내의 이마에 키스하는 건 다음에 해도 되겠다고 마음먹고는 잠옷으로 갈아입고 슬리퍼를 신기 위해 안방으로 직행했다. 거실로 다시 나왔을 땐 여인이 어느 정도 진정한 뒤였다. 몸을 여전히 앞뒤로 흔들고는 있었지만, 울음소리는 조금 잦아들었다. 아이와 에우리지시는 그런 그녀를 계속 안아주었다.

기다는 어느 정도 제정신을 차린 뒤 안테노르와 인사를 나눴다. 그녀의 눈에서는 검은색 폭포가 흘러내리고 있었지만, 그걸 보는 눈들은 크게 신경 쓰지 않았다. "반가워요." 기다가 말했고, "반갑습니다." 안테노르가 답했다. 그 이상의 대화는 오가지 않았다. 에우리지시는 언니와 프란시스쿠를 손님방에 데리고 들어가 화장실이 어디인지 알려준 뒤, 30분 뒤에 저녁을 차려놓겠다고 했다.

그날 밤, 안테노르와 에우리지시의 식탁을 둘러싼 여섯 의자가 처음으로 꽉 찼고, 모든 게 너무나도 자연스러웠다. 특이한 손님들을 받는 것도, 집 안을 돌아다니는 그들을 보는 것도, 처음에는 며칠이었다가 나중에는 몇 달이 되는 것도 자연스레 받아들여졌다. 에우리지시와 안테노르가 나누는 모든 교감—다정한 아침 인사, 함께하는 아침 식사, 점심 식사 후 안테노르가 집으로 걸던 전화, 이마에 하는 5시 반의 입맞춤, 저녁 식사와 잘 자라는 인사까지—에는 입 밖에는 내지 않았어도 확고한 메시지가 담겨 있었다. 우리 언니는 필요한 만큼 우리와 함께 지낼 거예요. 준비가 다 되었을 때 떠날 거고요. 한 달이 될지, 일 년이 될지 그건 아무도 몰라요.

안테노르는 받아들였다. 미소 띤 얼굴로 세실리아와 아폰수에게 몇 번이고 입 맞추는 에우리지시의 모습을 보는 게 좋았다. 아내가 터트리는 웃음소리가 집 안 전체에 퍼지는 것도 흡족했다. 그는 사실 아내가 그처럼 깔깔거리며 웃을 수 있었는지도 몰랐다. 기다가 가까이 있다는 사실도 만족스러웠다. 에우리지시의 언니는 구스망 캄펠루가에 기다만의 스타일을 입혔다. 크리스털 꽃병에 꽃을 꽂아두는가 하면, 식탁에는 수놓인 천이 놓이기도 했다. 갑자기 어디선가 툭 튀어나온 멋진 쿠션은 또 어떤가. 소파에 그 쿠션이 없었던 때를 상상하기 어려울 정도로 잘 어울렸다. 프란시스쿠는 냄새를 풍기거나 맡지도, 말을 하지도 않았다. 대부분의 시간을 연초에 전학 간 페드루 2세 학교에서 보내며 자기만의 세계에 빠져 살았다. 그는 리우 최고의 학교에서 최고의 학생이라는 평가를 받았다. 하지만 자신은 거기에 크게 개의치 않는 듯했다. 그가 신경 쓰는 건 오로지 책뿐이었고, 세실리아는 그게 불만이었다. 어떻게 그렇게 잘나지도 않은 프란시스쿠 같은 남자아이가, 바치스타 학교의 2학년 세 반의 몰표를 받아 최고의 여왕으로 뽑힌 자신 같은 여자아이를 무시할 수 있단 말인가? (2등을 한 아이는 여덟 표를 받았는데, 세실리아의 말에 따르면 쉬는 시간에 치즈 빵을 나눠주며 표를 구걸한 것이었다.)

프란시스쿠는 이따금 아폰수와 단추 축구 놀이를 하려고 책을 내려놓기도 했다. 세실리아는 이것도 마음에 차지 않았다. 관심을 받아야 하는 건 그런 단추가 아니라, 자신의 원피스를 장식하는 단추뿐이었다. 이

작은 소동을 제외한다면 기다와 프란시스쿠는 매우 자연스레 그 가족의 일상에 녹아들어 갔다. 오랫동안 기다려온 손님들처럼, 구스망 캄펠루 가족에 빠져 있던 마지막 부품인 것처럼 그러했다.

그들은 그 집에 대한 이러쿵저러쿵한 이야깃거리를 낳기에 안성맞춤인 소재기도 했다. 젤리아는 수많은 날들을 팔짱을 끼고 다리를 꼰 채 발을 까딱까딱하며 생각에 잠겨 있어야 했다. 대체 저 벽 너머에서 무슨 재미있는 일이 일어나고 있길래, 에우리지시가 저토록 숨넘어가도록 웃어대는 것일까? 참 교양 없는 웃음소리도 다 있네, 라고 생각했다. 그녀에게 있어 도덕적 규범과 미풍양속을 벗어난 모든 것이 다 교양 없는 것이었고, 그 당시에는 자신을 드러내는 일이 미풍양속에 반하는 일로 여겨졌다. 그리고 그 여자도 있었다. 참…… 뭐라 말할 수 없이 특이한 분위기였다. 그리고 그 아이도 있었다. 참…… 아이 같았다. 젤리아는 오리너구리 기술을 활용하여 그들이 에우리지시의 언니와 그 아들임을 알아냈다. 남편은 암과 투병하다 세상을 뜬 것 같았다. 그 이야기는 어느 날 기다가 궁금해하는 이웃에게 굳이 해준 말이었다. "클리블랜드까지 가서 치료를 했었어요. 튜더 양식의 집에 세를 얻어, 흰 눈이 가득한 겨울을 보냈죠. 핫초코를 물처럼 마셔댔지 뭐예요. 니카노르는 밍크코트를 선물해줬고, 프란시스쿠는 아이스스케이트를 배웠어요. 하지만 여사님도 아시죠. 하느님이 부르시면, 못 들은 체할 수가 없어요. 하느님이 우리 니카노르를 그렇게 부르셨어요. 그렇게 착할 수가 없는 사람이었는데. 키가 참 큰, 우리 조국 브라질을 위해 헌신하는 외교관이었는데……. 젤리아 여사님, 사람들이 그러더라고요. 이제 이 지상보다 저기 저 천국이 더 좋은 곳이 되어간다고요."

그 순간 젤리아의 심장은 분노로 터져버릴 듯했다. 심장이 터질 듯 말 듯 했던 건, 기다의 인생에서 오점을 찾아낼 방법이 도저히 없었기 때문이었다. 하지만 젤리아는 그녀에게 무언가 오점이 있다는 사실, 그것 하나만은 확신했다.

10

내가 좀 더 일찍 왔었어야 해, 내가 좀 더 일찍 왔었어야 해. 기다는 동생과 맘껏 웃음을 나누던 그 소중한 몇 달간 그렇게 생각했다. 자매는 별일이어서 웃었고, 별일도 아니어서 웃었다. 함께 슈퍼에 장을 보러 갔고, 드라마 주인공의 운명에 대해 토론했으며 오후 내내 사에스페냐 광장의 진열대를 구경했다. 두 사람 사이에 웃음이 끊길 때는, 에우리지시가 기다에게 아버지를 보러 가자고 설득할 때뿐이었다. 그럴 때면 언니의 얼굴은 텔레비전 드라마에 나오는 배우의 표정을 했다. 세상에 어떤 풍파가 몰아쳐 와도 나 자신만은 잃지 않겠다, 하는 표정.

"다시는 산타테레자에 발을 들일 일 없어. 절대로."

두 사람은 한동안 침묵을 지키다가, 이내 무엇 때문에 우울감에 빠졌는지도 잊고는 다시 즐거운 시간을 보냈다. 에우리지시와 기다는 아폰수나 세실리아, 프란시스쿠보다 더 젊어진 듯했다. 물론 그 셋이 격동의

사춘기를 보내고 있었기 때문이기도 했다. 세실리아 다음엔 아폰수와 프란시스쿠가 호르몬의 존재를 알아차렸다. 특히, 남자아이들의 경우, 다리 사이로 자라나 이따금은 아프기까지 한 그것의 존재도 있었다. 갑작스레 그것이 붓기라도 하면 즉시 조치가 필요했다. 프란시스쿠는 화장실을 택했고 아폰수는 다스 도리스로 해결하는 법을 배웠다.

"네 아빠가 아시기라도 하면 어쩌려고 그러니." 다스 도리스는 바지를 입는 아폰수에게 말했다.

"그럴 일 없어요. 만일 알게 되신다면, 당신은 해고일 거고."

다스 도리스는 말을 들었고, 다스 도리스는 입을 닫았다. 세 아이들은 아직 그녀를 필요로 했다. 그리고 그중 한 아이는 공부라는 걸 좀 좋아해, 자기 아빠처럼 망나니는 되지 않을 듯했다. 한 아이만이라도 잘 풀린다면 죽어도 여한이 없었다. 그것이 다스 도리스가 가진 몇 안 되는 소원이었다. 그녀는 관을 보러 다니기도 했다. 금색 손잡이가 달린 밝은색 나무 관을 봐두었다. 아무 무덤에나 묻히기 싫어서 카주 공동묘지에 할부금을 내고 있기도 했다. 인생이 자신에게는 한 번도 웃어주지 않았지만, 적어도 죽음만은 자신을 좀 더 낫게 대우해주길 바랐다. 다스 도리스에게는 치마가 들쳐 올려지는 게 한 번이든 두 번이든 큰 차이가 아니었다. 아이의 고충을 해결해주는 게 뭐 대수겠는가? 최악이었던 건 첫 경험이었다. 열세 살 때는 아무것도 몰라 저항했었고, 처녀성을 잃었기 때문만이 아닌 핏자국으로 범벅이 되어 집에 갔다.

하지만 다스 도리스 이야기는 잠시 접어두기로 하자. 다시 기다에게 돌아오자면, 그녀는 프랑스혁명의 표어를 믿었기에, 10년간의 고통에서도 조금씩 회복하고 있었다. 마르쿠스가 짓이겨버린 마음, 외롭고 길기만 했던 임신 기간, 남의 자식들을 돌보던 몇 년, 필로메나의 신음 소리를 들으며 뜬눈으로 지새웠던 긴긴 밤들, 먼지가 가득했던 잡화점의 나날들과 거실을 꽉 채운 아세톤 냄새, 그리고 자신의 의지와는 상관없이 다리 사이로 쏟아지던 체액까지. 기다는 마치 오뚝이 같았다. 아무리 때려도 제자리로 돌아왔다. 한 번 넘어질 때마다 더 힘차게, 더 미소를 띠었다. 운명의 끝에선 자신이 승리하리라 굳게 믿었다.

이처럼 반짝반짝 빛나는 기다를, 영원히 에우리지시에게 푹 빠져 있을 것만 같았던 안토니우 씨가 만나게 됐다. 에우리지시도 물론 예뻤다. 하지만 기다는 훨씬 더 예뻤다. 기다는 에우리지시의 분신 같았다. 둘 다 재미있는 이야기를 들을 때면 이마를 추켜올렸고, 헤어질 때 보이는 미소도 똑같았다. 두 사람은 많은 부분에서 달랐지만, 안토니우 씨에게는 그걸로 충분했다. 에우리지시의 곁에서 조금 더 많은 시간을 보낼 수 있는 방법, 혹은 에우리지시의 분신 곁에서 조금 더 많은 시간을 보낼 묘책이 필요했다.

기다와 처음 아침 인사를 나눌 때 안토니우 씨는 목에 간지럼이 타고 올라오는 걸 숨기지 못했고, 말을 더듬었다. 기다는 그 모습이 귀여웠다. 이젠 동생 곁에서 보호받고 있었고, 셔츠 단추를 목덜미까지 단정히 잠근 이 콧수염 신사의 호의를 거절할 이유도 없었다. 그가 "기다 여사님" 하고 부르는 소리에는, 지금껏 들어보았던 수많은 "기다 여사님"에서는 찾아볼 수 없는 존중이 실려 있었다.

안토니우의 호의를 받아들인다는 것은, 매일 귓가에 휴대용 라디오를 틀어놓고 국영방송의 명작 특선에 주파수를 맞춘다는 걸 의미하기도 했다. 그는 작시를 좋아했고, 그가 하는 모든 말은 시인의 입에서 나오는 그것과도 같았다. '그대 같은 사람, 그대 같은 무언가, 난 만나야만 했네. / 은하수의 별이시여, 왕족의 어머니시여. / 그대는 세상 모든 아름다움과 광채를 가진 사람이어라.'

기다는 자신의 열렬한 팬 앞에 가만히 앉아 그가 내뱉는 단어들을 흠뻑 마셨다. 몇 년 동안 남자들이 치근대는 소리에 귀를 닫고 살았지만, 오랜만에 다시 들으니 좋았다.

그녀는 "순결한 동백꽃"이었고 "공기 같은 요정"이었으며 "비너스처럼 아름다운 뮤즈"였다. 그런 달콤한 말들을 가만히 듣던 기다는 이내 자신의 "순백의 가슴"과 "꿀처럼 달콤한 입"을 내주고, 둘만의 삶, 약속, 계획 따위의 새로운 단어들을 이끌어냈다. 그녀는 안토니우 씨의 얼굴에서 자신의 여생을 그려볼 수 있었다. 두 사람이 그 노총각의 집에서 함께 살기 시작하면, 프란시스쿠에게도 그토록 필요했던 아빠라는 존재를 선물할 수 있을 것이었다. 기다는 텔레비전 앞에서 다림질을 할 것이었다. 장식장의 잡동사니 위에는 뜨개질한 덮개를 씌워놓고, 다시는 병아리콩 수프 따위는 먹지 않아도 될 것이었다. 그녀가 안토니우를 사랑한다고는 할 수 없었다. 호감으로 시작된 그 감정은 유혹의 말들이 이어지는 동안에 사랑으로 승격되었다. 그렇게 텔레비전 앞에서 다림질을 하고 프란시스쿠의 방을 파란색으로 꾸며주는 꿈을 합리화했다. 사실 그 토요일 오후의 일도, 콜롬부 과자점에서 파이와 산딸기 주스를 주문한 뒤 프란시스쿠에 대한 이야기를 하고 싶었던 게 발단이었다.

"안토니우 씨, 당신이 저에게 갖고 있는 감정이 깊다는 걸 알아요. 제가 안토니우 씨의 배우자가 된다면 더없이 영광일 거예요. 하지만 아시다시피, 전 아들이 있잖아요. 무슨 일이 있어도 저는 아들과 헤어질 수 없어요."

안토니우 씨는 몇 초간 아무 말도 하지 않았다. 주머니에서 손수건을 꺼내 이마의 땀을 닦더니, 목에 튀어나온 붉은 두드러기들을 조금 긁었다.

"기다 씨, 당신이 저에게 갖고 있는 감정이 깊다는 걸 압니다. 하지만 아시다시피, 전 어머니를 돌보고 있어요. 무슨 일이 있어도 저는 어머니와 헤어질 수 없습니다."

이 말에 기다는 앞으로 기울이고 있던 몸을 일으켜 의자에 등을 기댔다.

에울랄리아 여사는 네 아들의 어머니로, 안토니우 씨는 그중 막내였다. 에울랄리아의 아버지 루이스 씨는 브라질 최초의 맥주 공장인 투팡 양조장의 주인이었다. 처음에는 집에서 맥주를 만들었는데, 아내 오르텐시아는 그게 항상 불만이었다. 임신했을 때는 입덧 때문에, 애를 낳고 나서는 육아에 지쳤었기 때문에 늘 속이 메슥거렸고, 발효된 곰팡이 냄새를 못 견뎌 했다. 그는 병을 채운 뒤 인쇄소에서 웃는 인디오 얼굴이 찍힌 라벨을 받으면서 "여보, 다 잘될 거야"라고 말하곤 했다. 루이스 씨는 선견지명이 있는 사람이었다. 꼬리 없는 당나귀에 자신이 생산한 맥주가 실려 도심에 퍼질 것이고, 곧 막대한 수익을 얻게 될 거라 자신했다. 히우브랑쿠의 술집마다 포르투갈 와인을 더 선호했기에 번번이 퇴짜를 맞았고, 또 카리오카의 선술집마다 독일 맥주를 선호했기에 또 퇴짜를 맞았어도 "다 잘될 거야"라는 말을 반복하고 또 반복했다.

그 당시는 리우라는 도시의 정수(精髓)가 만들어지고 있던 시기이기도 했다. 리우 주민들의 구성도 더는 포르투갈 이민자가 아닌, 터키에서 태어난 진짜 터키인, 토종 브라질인, 이민 온 중국인, 반백인, 반물라투, 반인디오 등으로 채워졌다. 그리고 리우 사람이 된다는 건, 소름 끼치도록 차가운 맥주 한 잔을 손에 쥐고 싶다는 욕망을 갖는 것과 같다는 걸 모두가 알게 되었다.

"투팡 한 잔 주시오." 늦은 오후 땅거미가 지자마자, 모든 술집 주인들이 앞다퉈 맥주를 주문하기 시작했다. 생맥주 한 잔으로 일과를 마치는 습관이 그때 생겨났고, 루이스 씨는 노바헤푸블리카의 첫 백만장자가 되었다.

맥주 공장은 부엌을 벗어나 상크리스토방의 새 시설로 옮겨졌다. 가족의 부엌 역시 산투크리스투의 흙집을 벗어나 라란제이라스의 고급 저택으로 옮겨졌다. 예전에는 통닭 한 마리를 세 끼에 나눠 먹으며 뼈까지 쪽쪽 빨아 먹었지만, 이제는 절반만 먹고도 버릴 수 있었다. 루이스 씨는 두툼한 뱃살과 회중시계를 갖게 되었다. 시간을 확인하기보다는 금이란 걸 내보이는 용도로 더 많이 썼다. 세 딸은 독일인 유모의 손에 맡겼는데, 그것도 남들에게 자랑하는 걸 좋아했다. 틈이 날 때마다 동네 빵집에 보내 "프랑스 빵 다섯 개 쭈세요"라고 하고 "캄솨합니다"로 마무리 짓게 만들곤 했다.

에울랄리아는 산투크리스투의 작은 집에서 태어났지만, 세상에 눈을 뜨기 시작한 건 라란제이라스의 저택으로 옮긴 후였다. 그녀의 기억 가장 깊숙한 곳에는 여덟 개의 방 사이에 놓인 메인 홀을 가로지르는 긴 복도와, 하루 종일 부엌에서 바삐 움직였던 흑인 식모들의 엉덩이와, 사시사철 활짝 핀 꽃으로 둘러놓은 넓은 잔디 마당이 자리 잡고 있었다.

잠에서 깬 그녀를 침대 베일 너머로 맞이하는 건, 그리고 그녀를 씻기고, 입히고, 빗기고, 먹이는 건 모두 엄마가 아닌 유모였다. 오르텐시아에게는 딸을 돌보는 것보다 더 중요한 볼일이 있었다. 부자가 되는 법을 배우는 게 그것이었다. 집에서 만든 수제 맥주를 팔 때만 해도 단순한 일상의 반복이었다. 하지만 그 많은 돈이 굴러 들어오고 난 뒤에는 어찌할 줄을 몰랐다. 새 마차를 타고 오비도르 도로로 나가, 길거리 여자들의 우아한 모습을 감상했다. 그러고는 프랑스 상점에 들어가 챙 넓은 모자와 양산, 부채 따위를 사들였다. 문제는 드레스와 장식품을 유행에 맞게 갖춰 입는 일이었다. 벼락부자가 된 초창기에는 과욕을 범하기도 했다. 미사 날 금실로 수놓은 보디스와 층층이 레이스가 달린 풍성한 드레스를 입고 성당에 나타나기도 했다. 모자에는 어찌나 많은 깃털과 꽃, 과일이 올라가 있었는지 아마존의 축소판이라 할 만했다. 오르텐시아는 여자들에게는 무시당했고, 호사가들의 입방아에는 단골 소재로 오르내렸다.

어느 수요일 밤, 그녀는 인근 저택에서 열린 파티 소리를 듣게 되었다. 리우의 부유층을 맞이하기 위해 문을 활짝 연 에이토르 코르데이루의 저택이었다. 그렇게 가까이에 살면서도, 그들은 오르텐시아와 루이스를 한 번도 초대하지 않았었다! 그 당시는 공화국 초창기로, 그동안 굳게 닫혀 있던 왕정의 계급사회가 부르주아 실력주의로 대체되고 있던 시절이었다. 한데 무엇 때문에, 에이토르 코르데이루는 물론이고 베베 시우베이라 또는 하울 헤지스같이 리우의 최고급 살롱을 가진 이들은 오르텐시아와 루이스가 가진 막대한 부를 실력으로 생각하지 않고, 그들과 함께 마시고 시를 읊자고 초청하지 않는 것일까?

속물 덩어리 녀석들. 오르텐시아는 이제 그들만큼 속물이 되어야 했다. 코르셋을 한층 더 꽉 조였고, 모자에 꽂힌 동물원과 식물원을 더 확장시켰다. 이제 루이스 씨는 집을 나서려면 아내의 명령에 따라 반드시 연미복과 비단 모자, 수입 비단 조끼, 플래스트런(상의의 가슴받이에 변화를 주기 위해 고안된 가슴 장식)을 입어야만 했다. 딸들은 반짝반짝 광나는 반장화를 신다 발을 다치는 일이 허다해, 리넨 옷에 깁스한 다리를 끌고 다니는 일이 다반사였다.

저택도 변화를 겪었다. 시골집을 탈피하고 고딕 양식의 탑과 아랍풍 대문을 세운 성이 되었다. 정원에는 분수가 생겼고, 분수에는 큐피드상이 놓였다. 오르텐시아는 도자기로 된 사자 두 마리를 사서 집을 지키게 했다. 베란다에는 아폴론과 제우스 신상을 두었다. 비단 천을 씌운 푹신한 안락의자부터 태피스트리를 등판에 덧댄 의자에 동세공한 식탁, 서재를 꾸밀 책까지 구입했다. 골동품을 얼마나 많이 사들였던지 그것들을 올려둘 탁자와 장식장을 더 사야만 했다. 그러다 보면 또 탁자와 장식장에 자리가 남기 마련이라 오르텐시아는 골동품을 더 사 모아야만 했다. 그러다 보면 자리가 모자라게 되고, 탁자와 장식장이 더 필요하게 됐다. 오르텐시아의 끝없는 쇼핑의 굴레는 이렇게 계속 이어졌다.

몇 년이 지나자, 투팡 양조장 사장님의 성 같은 저택은 리우데자네이루에서 가장 이국적인 공간이 되어 있었다. 리우 사교계 여자들은 반장화 신은 자신의 발을 그 집에 들여놓고 싶어 안달했다. 오르텐시아는 초대장을 만들고 살롱의 문을 활짝 여는 것 외에는 아무것도 할 필요가 없었다. 그 집은 곧 '위대한 투피니킹 무도회'라는 이름으로 널리 알려졌다.

그 집의 모퉁이를 돌기만 해도, 위대한 살롱의 벽을 가득 뒤덮은 재스민꽃 향기를 맡을 수 있었다. 도자기 사자 두 마리를 지나 들어가면 어릿광대 분장을 한 알비노 흑인이 손님을 맞았다. 그날 아침 공원에서 사라졌던 회전목마가 그 집 정원에 등장하기도 했다. 칼을 삼키는 사람, 그리고 인간 대포 같은 서커스가 끊임없이 이어졌다. 살롱 안에는 인공 호수도 있었는데, 투팡 맥주로 만든 바닷물과 그 위를 떠다니는 페트로폴리스산(產) 백조를 볼 수 있었다. 인디오도 등장했지만 그는 자신의 공연을 뒤로 미뤘다. 재주 부리는 법을 제때 배우지 못해 늘 게으르다는 꾸중을 듣는 사람이었다.

메추라기, 자고새, 야생 비둘기, 실 계란(실처럼 뽑아낸 계란 노른자를 설탕 시럽에 끓여 만든 포르투갈 전통 후식), 푸아그라, 과일 셔벗, 정향을 넣은 햄, 돼지 옆구리 살, 대구구이, 캐러멜 입힌 견과류, 그리고 리큐어를 넣은 초콜릿이 동 주앙 시대에 유행했던 하얀색 가발을 쓴 스물다섯 명의 일꾼들에 의해 제공되었다. 컵에는 루이스 씨가 만든 맥주만이 담길 수 있었고, 손님들은 맥주를 마심으로써 이 집의 주인들 역시 받아들이겠다는 음약(陰約)을 했다.

에르네스투 나자레치는 작곡을 하거나 피아노 연습을 하러 오곤 했다. 맥주 한 잔과, 여섯 잔의 '막잔'을 마실 때가 아니면 건반에서 시선을 떼지 않았다. 올라부 빌락은 쑥스러워하며 시를 읊었고, 자신의 데뷔작 여섯 권을 오르텐시아에게 선물하기도 했다. 오르텐시아는 그 책이 마음에 들지 않았는지 코카투 앵무새 새장의 바닥을 덮는 용도로 썼다. 안젤루 아고스치니가 살롱의 한구석에 자리 잡고 초대 손님들의 캐리커처를 그려주는 동안, 오르텐시아는 오달리스크 분장을 하고 손님들 사이를 오가며 모로코에서 갓 도착한 물 담배를 권했다. 대마를 첨가하고 사과 향이 나는 것이라며, 한 친구의 적극적인 추천을 받아 준비했다는 설명도 곁들였다. 브라질 최고의 작가 마샤두 지 아시스도 이따금씩 모습을 드러냈다. 슬리퍼 차림으로 소음에 항의하기 위해서였기는 하지만.

에울랄리아는 막대한 부가 자신의 권리라고 생각하며 자랐다. 수십 벌이나 되는 옷도 당연하다고 생각했다. 그러나 몸매는 점점 그 모든 옷을 입어볼 수 없는 방향으로 변했다. 보모가 신발 끈을 묶어주는 것도, 하녀들에게는 허락되지 않는 닭 가슴살을 폭스테리어 애완견에게는 먹이는 일도 당연했다. 가난뱅이들이란 그녀가 새 장갑을 끼우는 것을 잊지 않게 만드는 존재일 뿐이었다. 미사가 끝난 후 구걸이 시작되면 손을 더럽히지 않고 적선을 베풀어야 했기 때문이다. 학교는 프랑스 과자점인 '불랑제리'에 가서 크루아상을 주문하거나 파리에서 방학을 보내기 위해 프랑스어를 배우는 곳 그 이상도 이하도 아니었다. 저택의 살롱은 그녀만큼이나 유력한 가문의 구혼자를 만나 결혼하고, 네 명의 아이를 낳는 용도였다. 아이들은 모두 유모의 손에 길러졌다. 아이들을 돌보는 것보다 더 중요한 볼일이 있었으니, 그것은 부를 언제까지고 누리는 것이었다.

강렬하고 영원할 것만 같던, 좋은 시절이었다. 모든 게 끝나기 전까지는.

루이스 씨는 육십대에 들어서자 거동에 불편함을 호소했다. 그는 리우 최대의 맥주 양조장 사장이었으나, 배곯던 시절을 잊어버리는 법이 없었다. 특히 등심스테이크 덩어리가 자기 앞에 놓일 때면 더 그러했다.

그는 줄줄 흐르는 침을 냅킨으로 닦아가며, 기름에서 갓 건져 올린 감자튀김을 곁들여 스테이크를 먹어치우곤 했다. 더는 발이 보이지 않을 정도로 배불뚝이가 되었으나 그는 그런 자신의 몸매를 자랑스러워했다. 그것이 가난한 시절의 대척점이라 생각했기 때문이다.

그의 운명에는 언젠가 등심스테이크 때문에 죽을 것임이 예견되어 있었다. 하지만 동맥경화 때문은 아니었다. 어느 날 오후, 공장에서 퇴근하여 길을 건너던 그는 맞은편 인도에 도달할 시간을 잘못 계산했다. 한편에서 전차 하나가 오고 있었고, 다른 편에서도 또 다른 전차 하나가 다가오고 있었다. 루이스 씨는 배에 힘을 줘도 봤지만 그 사이에 끼이는 신세를 면할 수 없었다. 뱃살 속에 갇혀 있던 창자가 압력에 의해 풀려나면서 몇몇 승객의 다리를 더럽혔다. 장례식에서도 관은 닫혀 있어야만 했다. 그의 골수가 다른 이들의 팔에 튀었기 때문이었다.

오르텐시아는 좌절했다. 루이스야말로 그녀가 알고 지내던 브라질인 중에 가장 나은 사람이기 때문이기도 했지만, 무엇보다도 사위들이 10년 못 가 사업을 말아먹을 거라는 불안감이 더 컸다. 하지만 이는 오판이었다. 사업은 2년도 채 안 되어 나락으로 떨어졌다.

라란제이라스 저택을 팔아 빚을 갚았다. 오르텐시아는 싱글 침대 하나와 금빛 원피스가 든 트렁크, 그리고 장식장과 골동품을 판 돈이 들어 있는 진주층 상자와 함께 하숙집 가장 꼭대기 층의 안쪽 방으로 들어갔다. 그녀는 식사 시간이나 용변을 볼 때, 그리고 빨랫줄 곁에 앉아 있는 매일 오후 한 시간 정도의 시간 외에는 두문불출했다. 동네에는 긴 드레스를 입은 부자 아줌마, 혹은 미소를 지으며 호화로운 무도회 이야기를 하는 아줌마로 알려졌다. 그 무도회에는 어릿광대 분장을 한 알비노 검둥이와 맥주 호수를 떠다니는 백조가 있다고 했다. 그러다가 알비노 검둥이가 맥주 호수를 헤엄치고 다니고, 백조는 어릿광대 분장을 했다고 하기도 했다. 에르네스투 나자레치가 자기 집 피아노를 써서 브라질 탱고를 작곡했고, 산투스두몽은 말할 때면 침을 뱉는 버릇이 있었으며, 올라부 빌락은 말더듬이 기질이 있었고, 안젤루 아고스치니는 그림을 그려줄 때마다 코 모양을 틀리게 그렸다고 했다. 아무도 그 불쌍한 여자가 하는 말을 믿어주지는 않았지만, 그래도 좋아는 했다. 그러던 어느 날, 화폐단위가 미우헤이스에서 1940년대 새로 생긴 크루제이루로 바뀌는 일이 생겼다. 돈을 환산할 줄 모르던 오르텐시아는 진주층 상자에 있던 돈을 모두 다 잃고 말았다. 그러자 하숙집 주민들이 십시일반 월세를 내주었고, 오르텐시아는 그 덕택에 102세를 일기로 세상을 떠날 때까지 매일매일 일광욕을 하고 환상적인 이야기보따리를 푸는 일상을 계속할 수 있었다.

불행히도 에울랄리아는 엄마처럼 가난을 자연스럽게 받아들일 수 없었다. 가난이 무엇인지 알지도 못했고, 알고 싶지도 않았다. 이태리제 신발부터 자카란다 나무 가구들까지, 카펫 위에 놓여 있던 그녀의 모든 것을 빼앗겼다. 라란제이라스 저택에서 방 두 칸 딸린 키치누의 작은 아파트로 이사한 일은 그녀에게는 여러모로 큰 충격이었다. 그 충격으로 그녀는 태생적으로 갖고 있던 모든 종류의 친절함과 착함을 다 잃어버리게 되었다. 작은 방의 네 벽은 폐소공포증을 유발하기에 충분했고, 이사 온 초반에는 그 작은 방에서 어떻게 여섯 식구가 살 수 있단 것인지 전혀 이해할 수 없었다. 하지만 그녀는 며칠 못 가 깨달았다. 특별한 일이 일어난 건 아니었다. 다만 살아야 했기 때문에 살아지는 것이었다.

에울랄리아의 기분은 날이 갈수록 언짢아졌고, 주변 모든 사람들의 인생도 지옥으로 끌어내리는 능력을 갖게 되었다.

에울랄리아의 남편의 원래 이름은 오노프리 프란시스쿠 지 파두아 카바우칸치 지 알부케르키 라세르다였지만, 쓸모없는 오노프리란 애칭으로 불리게 되었다. 그에게 있어 부(富)란 전염병 같은 것이었다. 권리와도 같은 것으로, 단순한 삼투작용에 의해 그의 집안에 전달되었다. 부를 누릴 수 있게 해주는 각종 혜택을 받기 위해 그들이 한 일은 권력에 가까이 있는 것뿐이었다. 오노프리의 증조할아버지인 오리살 후작은 포르투갈 왕가와 함께 배에서 내린 덕택에 좋은 집을 차지할 수 있었다. 오노프리의 할아버지는 세관에 직장을 얻어 일하지 않고도 월급을 받았다. 오노프리의 아버지는 노예 무역상의 딸과 결혼하며 유력 가문의 성씨를 선물받았다. 그리고 오노프리는 그 성씨의 마지막 영광을 물려받아, 사업가의 딸과 결혼하는 것으로 맞바꿨다.

자신의 미래를 위한 투자가 두 전차에 의해 짓이겨지자, 오노프리는 어떻게 할 줄을 몰랐다. 원체 할 줄 아는 게 하나도 없긴 했지만, 이번이야말로 그 결과가 참혹했다. 먹여야 할 입이 여섯 개나 됐다. 몇 날 며칠을 해결책을 찾아 골몰했지만, 자신이 움직이는 것 외에는 달리 방법이 없었다. 한 복덕방에 취직했지만, 그가 열심히 일하는 날은 윤년이 돌아오길 기다리는 것만큼 희박했다. 그가 중개료를 받는 날은 윤년보다 더 희박했고 그가 벌어오는 쥐꼬리만 한 돈으로는 생활비를 감당하기 역부족이었다. 현실이라는 이 흉포한 괴물로부터 도망치기 위해 오노프리는 술에 기대었다. 처음에는 포르투 와인으로 시작했다. 나중에는 '천사의 소변'으로 불리는 사탕수수 술을 마셨는데, 어찌나 독한지 위를 녹이고 간을 희석시킬 정도였다.

쓸모없는 오노프리는 간경화로 죽었다. 에울랄리아는 혹독하게도 아이들을 학교에서 끌고 나와 돈을 벌어 오게 했다. 매월 말이면 아이들이 가져오는 월급을 빼앗았고, 기분이 좋을 때면 담배 한 개비를 살 잔돈 정도만 주었다. 정말 딱 한 개비 말이다. 하지만 머지않아 자신이 얼마나 로맨틱한 아이들을 낳았는지 깨닫게 되었다. 하나같이 열여덟 살이 되기가 바쁘게 엄마가 절대 허락하지 않을 여자와 결혼을 선언했다. 떠나기 전 새 주소를 공책에 적어두고 갔지만, 의사 선생님이 쓰는 것처럼 글씨를 휘갈겨놓은 바람에 점쟁이도 알아맞히지 못했다.

매년 한 명씩 집을 나갔다. 에울랄리아가 정신을 차렸을 땐 막내인 안토니우만이 집에 남아 있었다. 그를 문어발처럼 휘감았다. 아파트를 자기만의 왕국으로 만들고, 아들을 종처럼 부렸다. 그러곤 "넌 절대 날 떠날 수 없어, 절대로"라고 선언했다.

그녀의 건강에 문제가 생긴 것도 이쯤에서였다. 심장이 두근대거나, 저리거나, 의욕이 없거나 하는 증상들은 의사들마저도 원인을 모르는 불가사의였다. 에울랄리아는 기침 한 번에 폐렴을 떠올렸다. 두통은 뇌종양일 수도 있었다. 그녀의 병은 예고와 함께 찾아오곤 했다. 잠에 들기 전에 위염을 떠올리면 6시 전에 속이 쓰리기 시작하는 식이었다. 혈액순환을 떠올리며 잠들면, 다음 날 아침엔 발이 부어 신발을 신지 못할 지경이 되었다. 감기는 폐렴이 되었고, 땀띠는 건선으로 이어졌다. 그 누구에게도 뛰지 않았던 심장은 쉬지 않고 두근거렸다.

에울랄리아의 병은 아들의 청소년기에 더 심각해졌다. 그 당시 아들은 카사 크루스 문구점의 포르투갈인 주인의 오른팔로 일하고 있었다.

아들이 그 직장을 그만두고 치주카에 자기 가게를 열자, 병세는 더 악화되었다. 아들의 가게에는 향수를 뿌린 아가씨들이, 하나같이 집에 제대로 된 볼펜 한 자루 없는 듯 줄지어 문구점을 찾아왔다. 하지만 그 후 10년이 지나 안토니우에게 흰머리가 생기고 우표 수집 외에는 취미가 없게 되자, 에울랄리아의 병세도 나아졌다.

에울랄리아를 아프게 하는 것은 유전이었다. 자신의 DNA가 아닌, 아들의 DNA에 새겨진 유전자 때문이었다. 안토니우는 1미터 80센티의 훤칠한 키에 단단한 가슴을 갖고 있는 건장한 남성이었다. 눈 위로 흘러내리는 앞머리는 어떤 여자든 그 머리를 빗어주고 싶게 만드는 마력을 갖고 있었다. 흠잡을 데 없이 가지런한 치아는, 아가씨들이 그것의 식사 외의 용도를 상상하며 녹아내리게 만들었다. 하루는 원고지 상자를 번쩍 들어 올리는 안토니우의 셔츠 밑, 터질 듯한 이두박근을 본 한 아가씨가 문구점에서 쓰러지는 일도 있었다. 그 아가씨는 몇 분 후 전혀 원하지 않았던 상황을 맞이하고 말았다. 골반으로 아가씨를 누르며 뺨을 때리고 있던 건, 그리고 그 코에 양파 냄새 가득한 입 냄새를 풍기고 있던 건 에울랄리아였다.

11

안토니우의 문구점에 압지 외의 다른 것을 찾아 방문했던 백여든아홉 명의 여인들 중 에울랄리아의 드센 기운을 견뎌낼 수 있었던 건 두 명뿐이었다. 첫 번째 여인의 이름은 이자벨 부키에였다. 이자벨은 리우데자네이루에서 가장 큰 서점의 주인, 프랑스 사람 장 부키에의 딸이었다. 그녀는 피아노를 쳤고, 4개 국어를 구사하였으며, 못생기지도 않았을 뿐 아니라 휴가를 파리에서 보내기도 했다. 이자벨은 오비도르 도로나 생제르맹 거리를 지나는 어떤 남자라도 차지할 수 있는 사람이었다. 자신이 어떤 남자든 차지할 수 있다는 사실을 증명해 보이고 싶어 했던 그녀는 오비도르를 걷지도, 파리에 있지도 않은 남자를 원했다. 어느 지루한 일요일, 이자벨은 가족과 함께 사에스페냐 광장의 음악당에서 열린 군악대 공연을 보러 갔다가 그곳에서 안토니우를 만나게 되었다. 그 청년의 머리는 다른 청중들보다 한 뼘 더 위로 솟아 있었다. 그는 팝콘을 하나씩 먹는 것을 좋아했고, 군악대의 공연을 마치 시립 극장의 오페라 공연이라도 된 듯 흥미 가득한 눈빛으로 감상하고 있었다. 공연이 끝나고 청중이 흩어지자, 이자벨은 안토니우의 나머지를 분석해볼 수 있었다. 알파카 양복, 평범한 구두, 그리고 팔짱을 낀 한 아주머니의 존재.

이자벨이 처음으로 문구점에 모습을 드러냈을 때, 그녀는 에울랄리아의 뾰족한 입을 상대해야 했다. 당시 에울랄리아는 하루에 한 번 소변 볼 때를 제외하고는 하루 종일 금전출납기 앞에 앉아 있었다. 하지만 안토니우의 어머니가 이자벨의 가족 이야기를 듣고 난 후에는 그 뾰족한 입이 미소로 바뀌었다가, 또 이내 봉주르(안녕하세요), 코망 탈레부(어떻게 지내세요)? 아 비앙토, 아 비앙토(또 봅시다)! 같은 프랑스어 단어를 말하느라 다시 뾰족한 입으로 되돌아오곤 했다.

장 부키에는 돈방석에 앉은 사람이었다. 영업에 소질이 있어서기도 했지만, 무엇보다도 돈을 쓸 줄 모르는 것이 더 컸다. 그의 집은 겉으로 보기에는 콘지지본핑 도로에서 가장 호화로운 주택 중 하나였다. 하지만 그 안은 그렇게 검소할 수 없었다. 집으로 오는 편지들을 하나하나 꼼꼼히 살펴보다가, 도장이 제대로 찍혀 있지 않은 우표를 발견하면 따로 떼어두고는 자신이 편지를 부칠 때 활용하곤 했다. 그의 구두는 그만의 독특한 변신 과정을 겪었다. 장은 열여덟 살 때부터 같은 구두를 신어왔다. 때때로 밑창을 갈아 끼우곤 했는데, 밑창은 멀쩡한데 구두 표면이 뜯어지기라도 하면 그 밑창을 보관했다가 새 신발을 만드는 데 활용했다. 커피를 내린 후 남는 찌꺼기는 다음 날 재활용했고, 흔치 않은 기회에 식당에서 외식이라도 할 때면 접시를 싹싹 비워 음식을 담기 전의 상태로 되돌려주곤 했다. 자기 돈을 주고 산 것이라면 쌀 한 톨이라도 낭비해선 안 됐기 때문이다.

그가 하는 유일한 사치는, 투자라는 미명하에 가곤 했던 프랑스 여행이었다. 장에게는 딸 셋이 있었는데, 두 대륙을 오가다 보면 좋은 결혼을 하게 될 확률이 높아지기 때문이었다. 그뿐 아니라, 파리에서는 늘 공짜로 지낼 수 있기 때문에 더 달콤했다. 가족은 장의 동생이자 마찬가지로 서점을 운영하는 자크 부키에의 집에서 머물렀다. 장은 이런 호의에 보답할 기회가 한 번도 없었다. 그는 "동생아, 안 된다. 너와 네 가족을 브라질같이 위험한 곳에 오게 할 수 없어. 리우는 아주 지독한 곳이야. 골목골목마다 바람이 들지 않아 퀴퀴한 냄새가 가득해. 그나마 조금 부는 바람도 외국인들이 퍼뜨리는 각종 불가사의한 질병을 전파하는 것 외에는 쓸모가 없어. 끔찍해, 끔찍하다고!"라고 말하곤 했다.

이자벨과 안토니우 사이에 일어난 건 정확히 말하자면 장편소설은 아니었다. 어느 목요일 오후, 에울랄리아가 이자벨에게 문구점 창고에서 공책 찾는 일을 도와주라고 주문한 그때 일어난 한 줄기 불꽃에 더 가까웠다. 에울랄리아는 "진열대에 있는 것들이 햇빛에 색이 바랬어. 지난주에 들어온 물건을 여기 이 손님께 보여드려라. 치노쿠가 저 안쪽 선반에 놓아두었을 게다"라고 말했다.

창고에 있던 전구 하나만으로는 그 공간을 밝히기에 역부족이었다. 지붕에 떨어지는 빗소리는 고립감을 더 강화시켰다. 안토니우가 공책 더미를 고객에게 보여주던 그 순간, 이자벨의 팔이 그의 팔뚝에 닿았다. 닿은 후에도 계속해서 닿았고, 닿았지만 떨어지지 않았다. 안토니우는 배 속에서 장기들이 꿀렁이며 움직이는 것, 그리고 뜨거운 무언가가 목덜미를 타고 올라오는 걸 느꼈다. 몇 초가 지나자 그 뜨거운 것은 극심한 간지럼증으로 바뀌었다. 아무리 긁어도 낫지 않았다. 이자벨이 느낀 것은 지금까지 미스터리로 남았다. 팔이 닿아 있던 그 영원 같던 순간, 이자벨은 그저 공책을 살펴볼 뿐이었다. 그것이 사에스페냐의 군악대 공연이나 시립 극장의 오페라 공연이라도 된 것처럼 아주 특별한 관심을 기울이고 있었다.

안토니우는 자신의 배 속에서 왜 장기들이 꿀렁였는지, 왜 자신의 목이 그토록 간지러웠는지를 물어볼 새도 없었다. 이자벨 역시 아버지의 불평을 들을 틈이 없었다. 분명히 집에 메모를 할 만한 빵 포장지 따위가 쌓여 있는데 뭐 하러 그런 걸 사 왔느냐고 투덜거렸을 것이 뻔했는데도.

두 사람의 팔이 맞닿았던 그다음 날, 장 부키에는 중풍 발작을 겪었고, 허리 아래가 마비되고 말았다. 이제 서점에 관리자를 두어야 했고, 병원에 다니며 의사에게 돈을 지불해야 했으며, 약병과 간병인에도 돈이 나가야 했다. 계산기를 두드려본 그는 죽는 게 남는 장사라고 생각했다.

과부와 딸들은 장례식 내내 서럽게 울었다. 분노였다. 장 부키에는 동생에게 막대한 재산을, 아내에게는 돈 몇 푼만을 남겼다. 그녀는 이제 스스로 결정해야만 했다. 그동안 부자였으면서도 제대로 누리지 못했던 부를 향후 5년간만이라도 누리기 위해 유산을 다 써버릴 것이냐, 아니면 그동안 남편과 살아오면서도 그랬듯 여생을 검소하게 살아갈 것이냐.

이자벨이 충혈된 눈으로 문구점에 왔을 때는 이미 장 부키에의 죽음과 유언에 대한 소문이 온 동네에 퍼진 뒤였다. 에울랄리아의 뾰족한 입은 이제 프랑스어를 말하지 않았고, 이자벨은 이제 다시는 창고에서 공책을 찾을 일이 없을 거란 걸 눈치챘다.

시간은 흘렀고, 간지럼증이 안토니우의 목에 남긴 상처도 깨끗이 나았다. 그의 치아는 노랗게 변색됐고, 가슴의 근육도 사라져갔다. 치주카의 집 몇 채는 3층짜리 작은 건물로 변했다. 에울랄리아도 금전출납기를 떠나 라디오 옆자리를 지키게 되었다.

어느 금요일 오후 에울랄리아가 빨간 머리의 아가씨를 데리고 문구점을 찾았다. 그 아가씨는 아이보리 실크 원피스를 입고 큼직한 진주 귀걸이를 하고 있었다.

"안토니우, 여기 누가 왔나 좀 보거라. 엔히케타잖니!"

엔히케타는 안토니우 아버지 쪽의 먼 사촌이었다. 어찌나 먼 친척이었는지, 그 집안에는 아직도 돈이 남아 있었다. 짧은 머리에 가는 눈을 가진 그녀는 수줍은 웃음을 짓고 있었다. 감정을 드러내도 될지 허락을 구하는 것처럼.

"얘야, 너도 엔히케타 기억나지, 그렇지 않니? 글로리아에 있던 집 말이야, 함께 크리스마스를 보내곤 했잖아, 그렇지 않니? 네 형 생일을 축하한다고 우리 모두 함께 파이네이라스에 소풍 갔었던 것도 기억나지, 그렇지 않니?"

안토니우는 소풍을 기억하지 못했다. 하지만 큰 살롱 한가운데 지붕을 찌를 듯 솟아 있던 크리스마스트리와, 샴페인을 서빙하는 웨이터들 사이에 끼어들던 아버지와, 목발로 정강이를 걷어차던 키 큰 여자아이는 기억이 났다.

그 후로 몇십 년 동안 엔히케타는 자신의 평발을 고쳤고, 어느 정도 매력도 갖게 됐다. 사실 그 매력이란 진작 사라져야 할 것이었다. 당시 매력이란 서른 넘은 여성들에게는 허락되지 않은 것이었기 때문이다. 하지만 엔히케타는 늙기를 거부하는 몇 안 되는 여자 중 하나였고, 많은 나이에도 불구하고 얼굴에 싱그러움이 있었다. 행복할 수 있는 모든 조건을 갖추고 있었지만 마음이 조급했다. 여자들이 덜 깐깐했던 그 시대에 너무 깐깐하게 굴었던 걸 후회했다. 젊을 때는 자신의 마음에 차지 않는 신랑감을 다 거절했었다. 이 사람은 키가 너무 커서, 저 사람은 너무 작아서, 그 사람은 너무 못생겨서, 또 다른 누군가는 그보다 더 못생겨서, 그리고 대부분은 다 좀 재미가 없어서 거절했다. 남자들을 계속 차다 보니 머리에 흰머리가 하나둘 올라오기 시작했고, 그 후부터는 남자들에게 차이기 시작했다.

자기 존재를 비아냥거림과 슈크림 빵으로밖에 채울 줄 모르는 두 노처녀 이모처럼 여생을 보낼 수도 있을 거란 위기감에 엔히케타의 독립심도 무너져 내렸다. 머릿속에는 결혼해야겠다는 생각과, 더는 엔히케타 지 파두아 지 알부케르키 라세르다라는 이름으로 불려서는 안 되겠다는 결심을 채웠다. 그리고 자신의 이름이 엔히케타 지 파두아 지 알부케르키 라세르다였기 때문에 남편을 구하는 것이 그리 어렵지 않을 거라고도 판단했다. 서랍 안에는 가문의 문장이, 은행 금고에는 유산이 있었고, 마음에는 정말이지 행복해지고 싶다는 바람이 가득했다. 돈으로 환심을 살 수 있을 거라 생각했고, 그렇게 만난 남자에게 사랑에 빠지고 자신의 배우자로도 만들 수 있을 거란 자신도 있었다.

진정한 사랑은 에울랄리아와 엔히케타 사이에 먼저 피어났다. 엔히케타가 보기에 사촌 아주머니에게는 좀 더 아늑한 공간이 필요했다. 글로리아 저택의 큰 살롱에서 지내던 사람이, 이제는 안토니우의 아파트에 딸린 작은 방에서 오후를 보내야만 했기 때문이다. 두 사람이 키득거리는 소리가 현관문 밖에서도 들렸다. 집에 들어오면 늘 식탁 위에는 비어 있는 커피 잔과 다 먹고 남은 케이크 부스러기만이 남아 있었다.

엔히케타와 에울랄리아가 데이트할 때마다 많은 조상들이 새 삶을 획득했다. 쓸모없는 오노프리로 시작해보자면, 알코올의 죄를 탕감받고 운명에 순교당한 사람으로 지위가 격상됐다. 인성의 문제가 아니라, 불운이 겹치고 겹치는 바람에 어쩔 수 없이 독주와 함께 생을 마감한 것이었다. 두 여자는 몇 시간이고 앉아 수다로 길고 긴 오후 시간을 보냈고, 서로의 연결 고리를 찾아가며 그 시간을 합리화했다. 하지만 그들 사이에 있던 단 하나의 연결 고리는, 오후 6시 15분경 푹 숙인 얼굴로 문을 열고는, 겨우 저녁 인사를 건넨 뒤 조용히 자기 방으로 직행해버리곤 했다.

"안토니우, 내 아들아. 이리 와서 우리 함께 얘기하자꾸나!"

그는 초대에 감사를 표하며 바쁘다는 핑계를 댔다. 바다 건너에서 막 도착한 새 우표가 몇 개 있어 그것들을 우표책에 정리해야 한다는 것이었다. 거실이 조용해졌을 때에야 방 밖으로 나온 그는 저녁 식사를 하려고 자리에 앉자마자 사촌 엔히케타에 대한 칭찬을 들어야만 했다. 그녀는 전 세계를 돌아다녔으며, 페트로폴리스에 집도 한 채 갖고 있었다. 포르투에서 공부를 했고 포드 1934를 몰고 다녔다.

안토니우의 불쾌감은 커져만 갔다. 허리춤에서 시작되어 가슴을 타고 올라와 목에 자리를 잡는 그 간지럼증을 피하기 위해, 식사 도중 숟가락을 내려놓는 일이 다반사였다.

그 몇 주간 안토니우는 심하게 야위었다. 저녁을 절반만 먹고, 목에 일어난 피부 껍질을 벗기는 일상에 익숙해져갔다. 에울랄리아 여사는 하늘을 보며 치유를 기원하는 기도를 성모마리아에게 올린 뒤, 눈을 내리깔고 아들의 상처에 발라줄 미난코라(여드름, 벌레 물린 데, 두드러기 등 피부질환에 사용하는 연고)와 전분을 섞은 특제 연고를 제조했다. 약효가 잘 듣지 않자, 전분은 보리로 대체되었다. 그러다가 보리는 카사바 가루로 바뀌었고, 카사바 가루 다음은 밀가루였다. 밀가루는 후골 영양 크림에서 레이치지호자스 로션으로, 레이치지호자스 로션은 옥수수를 섞은 장뇌 에멀션으로 바뀌었다.

어느 3월의 오후, 치주카의 하늘이 검게 물든 그날 에울랄리아는 엔히케타와 함께 거실에 머물고 있었다. 모두가 한 달 내내 기다렸던 비가 언제라도 쏟아부을 기세였다. 엔히케타는 걱정하며 자리에서 일어섰지만, 에울랄리아는 앉아 있으라며 말렸다. 길거리에 빗물이 강물처럼 넘치게 될 텐데, 여자 혼자 길거리에 내보낼 수는 없는 노릇 아닌가. 엔히케타는 그래도 가겠다고 고집했고, 에울랄리아는 가지 말라고 강권했다. 줄다리기는 몇 분간 이어졌지만 사실 두 사람 모두 알고 있었다. 엔히케타가 결국 남게 될 거란 사실을.

"오늘은 우리와 함께 저녁도 먹자."

둘만의 밀회가 이제 삼각관계로 발전할 수 있는 절호의 타이밍이었다. 하지만 식탁 위에 촛불이 켜진 건, 단지 전기가 끊어졌기 때문이었다. 두 사람만의 저녁 식사가 된 건, 에울랄리아가 갑자기 메스꺼움을 호소했기 때문이었다. 그리고 식탁 맞은편의 남자는 단지 있어야 했기 때문에 거기 앉아 있을 뿐이었다. 엔히케타는 이 모든 것을 너무도 빨리 알아챘다. 거실을 밝히는 섬광과, 고개를 푹 숙인 채 손을 목에 대고 긁기를 쉬지 않는 사촌만큼이나 빠른 속도였다. 엔히케타는 식탁에서 몸을 일으키고, 안토니우에게 다가가 그 볼에 입을 맞췄다. 그 입맞춤은 안토니우를 불안하게 하지 않았다. 마치 여자 형제와 입을 맞추는 듯한 느낌이었다.

다음 날, 안토니우의 목에 난 상처가 낫기 시작했다. 그로부터 몇 주 후 엔히케타는 뉴욕으로 향하는 배에 몸을 싣고, 몇 달 동안 그곳에서 지내다 오겠다고 했다. 그곳에서는 서른 살 넘은 여자들도 스물인 것처럼 살 수 있다 들었다고 했다. 그러고는 다시는 브라질로 돌아오지 않았다.

그 후로 몇 년간 두 모자는 평온한 나날들을 보냈다. 에울랄리아는 라디오와 약을 끼고 살았고, 안토니우는 종이들과 에우리지시로 일상을 채웠다. 그가 멀리서 지켜보며 흠모해 마지않는 에우리지시가 절대 자신의 것이 될 수 없으리라는 걸 그는 너무나 잘 알고 있었다.

그해 겨울 모든 것이 바뀌었다. 안토니우는 기다 앞에서 말을 더듬었고, 에울랄리아의 병세도 악화됐다. 혈압이 떨어졌다가 당수치가 높아졌다가 했다. 게다가 장 속에서 그토록 희한한 소리가 나는데, 어떻게 살 수 있었겠는가? 분명 살날이 얼마 안 남은 것이 틀림없었다.

그녀는 이불 속에 파묻힌 채, "남은 날이 얼마 안 남았으니 알아서 잘 해"라고 안토니우에게 말하곤 했다.

그건 절반의 사실이었다. 그 누구도 달력에 자기 죽을 날을 미리 써 넣을 순 없는 법이었다. 어쩌면 절반의 거짓말이라 하는 것이 더 정확했을 수 있다. 에울랄리아가 결단코 하고 싶지 않았던 일이 딱 두 가지 있었다. 첫 번째는 죽는 것, 두 번째는 아들이 결혼하게 두는 것이었다.

하지만 안토니우는 엄살쟁이 엄마에게 지칠 대로 지쳐서인지, 혹은 우표와 종이 외의 것에 갈증을 느껴서였는지는 몰라도 에울랄리아의 말을 두 귀와 가슴으로 듣기를 그만두었다. 체온과 혈압을 측정하고 약을 챙겨준 뒤, 소금기와 양념은 물론 기름기와 쌀까지도 뺀 소박한 밥상을 차려주었다. 그러고는 손을 씻고 옷을 갈아입은 뒤, 멋을 한껏 부린 상태로 기다를 만나러 집을 나섰다.

기다 구스망. 그 여자는 대체 누구란 말인가? 바로 에울랄리아가 항상 마음에 들지 않아 했던 그 에우리지시라는 여자의 언니였다. 하지만 그 여자는 나쁜 냄새도 좋은 향기도 나지 않았다. 결혼한 여자들은 에울랄리아의 레이더망을 가동시킬 만큼 진한 냄새를 풍기지 않았기 때문이었다. 에울랄리아는 그 여자를 한 번도 본 적은 없었지만, 이웃집 젤리아의 이야기로 익히 들어 알고 있었다. 기다는 손톱을 빨간색으로 칠하는 데다가 청소년기에 접어든 아들도 있었다. 장 보러 갈 때도 얼굴에 화장을 했으며, 성당에는 발끝도 들이지 않았다. 크리스마스 칠면조보다 더 부풀어 오른 것 같은 가슴을 내밀고 돌아다녔다. 그 가슴은 자기 자신보다 더 큰 것 같기도 했지만, 분명한 건 그 동네의 어떤 여자들보다 더 크다는 사실이었다. 또 이 기다라는 여자는 건방졌다. 그 동생만큼 건방졌다. 다만 방식은 조금 달랐다. 에우리지시는 자신만의 세계에 갇혀 있어 건방졌지만 기다는 우리가 함께 사는 이 세상에서 자기가 가장 아름답다고 생각하는 오만함이 건방졌다.

에울랄리아의 불쾌감이 극에 달했고, 기다는 적으로 간주되었다. 이

기다라는 여자가 우리 안토니우와 손 잡고 산책하는 것 그 이상을 바란다면 뭔가 단단히 잘못 알고 있는 거야, 라고 하루 종일 생각했다. 안토니우는 절대 나를 두고 떠나지 않을 거야, 그 아이는 절대 이 집을 떠날 수 없어. 에울랄리아는 스스로에게 되뇌었다.

에울랄리아의 주문은 몇 집 건너에서 울리던 주문과 비슷했다. 기다는 아들을 지배하려는 에울랄리아의 계획을 일찌감치 눈치챘지만, 언젠가는 안토니우가 자신의 것이 되리라고 확신했다. 그는 내 거야, 완전히, 라고 되뇌었다. 오로지 내 거야, 라고 반복했다.

에울랄리아의 병세가 악화되기까지 오랜 시간이 걸리지 않았다. 그리고 기다는 날이 갈수록 매력을 한층 더 발산했다. 콜롬부 과자점에서 미래 지향적인 대화를 나누던 그날 밤, 기다와 안토니우는 스위스 음식점의 촛불 아래에서 퐁뒤로 식사를 하고 있었다. 웨이터가 두 사람 사이에 끼어들었다.

"안토니우 라세르다 씨 되십니까?"

"네, 접니다."

"선생님의 모친께서 전화를 걸어오셨습니다."

"때가 왔어, 때가 왔어." 에울랄리아가 전화선 너머에서 소리쳤다. "발작이 일어나서 가슴이 꽉 막혔어. 숨이라도 쉴 수 있을까 모르겠다. 몇 시간도 안 남았어. 몇 분밖에 안 남았을지도 몰라! 마지막으로 날 보러 와주려무나. 그리고 병자성사를 할 수 있게 신부님도 불러주고."

안토니우는 신호등을 무시하고 달려 성당으로 난입해 신부를 깨웠다. 계단을 몇 개씩 뛰어넘어가며 급하게 올라갔더니 어머니는 침대에 앉아 뜨개질을 하고 있었다.

그녀는 "나, 폐기종으로 죽을 수도 있었어"라며 고개도 들지 않고 덤덤하게 말했다.

에울랄리아가 한 달에 한 번씩 죽을 뻔할 고비를 넘기는 동안, 기다는 더더욱 젊고 아름다워졌다. 그녀의 가슴은 원피스 안에 다 들어가지도 못할 것 같았다. 다리는 더 길어졌고, 미소도 점점 더 환해져갔다. 얼마나 환하게 빛났는지, 안토니우는 그 가지런한 치아를 보고 있자면 에우리지시를 잊기도 했다. 기다가 안토니우에게 인생의 진정한 의미를 보여주면 보여줄수록 그 망각의 순간은 더 깊어져만 갔다. 그건 브래지어의 고리를 푸는 것과 아주 밀접하게 관련되어 있었다.

그 가슴과 더불어—그 다리와 그 엉덩이까지—안토니우 씨는 에우리지시를 잊었고 모친도 잊었으며 간지럼증도 잊었다. 하지만 기다가 미래 지향적인 이야기, 예를 들어 언약이라는 말이라도 할라치면 안토니우는 말을 아끼기 시작했다. 그러면 기다는 그때까지만 해도 허락했던 자기 몸을 더 이상 내어주지 않았다. 남자는 미치기 일보 직전까지 갔고, 급기야는 사랑하는 여자에게 청혼하는 일이 가져올 끔찍한 결과 같은 중요한 일까지 잊어버리기 시작했다. 그는 일순간 거품을 쏟아내듯 청혼의 말을 내뱉었고, 후회와 안도를 동시에 느꼈다.

"그럼요, 그럼요, 그럼요!" 기다는 그 불쌍한 남자의 말을 끊으며 두 팔로 꽉 껴안았다.

그녀가 승자였다.

기다는 그럼요, 그럼요, 그럼요를 연발한 이후 이마를 찌푸려야 했다. 그때까지도 마르쿠스와의 혼인 상태가 유지되고 있었고, 다른 남자와 언약을 맺기 위해서는 이혼이 선행되어야만 했다.

버림받은 후 몇 년간 기다는 결혼 생활을 곱씹어보았다. 자신이 무언가 잘못한 일이 있는지, 많은 것을 잘못한 것인지, 그래서 남편이 떠날 수밖에 없었던 것인지를 생각하고 또 생각했다. 하지만 이유는 찾을 수 없었고, 결론은 늘 같았다. 그는 파렴치한이자 몹쓸 놈, 불량배, 비열한 인간이었다. 마르쿠스는 나약하고 준비되어 있지 않은 인간이었기 때문에, 마리카스(사내답지 못한 남자)라는 별칭으로 불러 마땅했다.

마르쿠스 마리카스. 그가 홀로서기를 할 수 없는 사람이었다는 걸 뒤늦게야 깨달았다. 보타포구로 돌아갔을 것이었다. 그리고 내가 그 집에 그를 찾아갔던 날, 벨벳 커튼 뒤에서 날 지켜보고 있었을 거야, 라고 생각했다. 그건 사실이었다. 마르쿠스는 커튼 뒤에 서서 문지기가 기다에게 그가 아직 부모님 집에 돌아오지 않았다는 말을 전하는 걸 지켜보고 있었다. 그녀가 뒤돌아서서 전차 정류장으로 걸어가자, 마르쿠스는 커튼에서 멀어졌다. 그 순간 기다가 몸을 굽힌 것 같은 느낌이 들었고, 당장 뛰어 내려가서 그녀를 지켜주고 싶다는 생각을 몇 초간 했었다. 몇 초의 시간이 더 흐르고 난 뒤, 마르쿠스는 커피를 마시러 내려갔다.

그가 보타포구의 저택으로 돌아간 것이 사실이라면, 기다는 이혼 서류와 함께 보타포구의 저택으로 편지를 보내야 했다. 무엇을 쓸지 한참을 고민했지만, 좋은 생각이 떠올라도 막상 종이에 쓰려고 하면 아무 의미도 없는 것처럼 느껴졌다. 필요한 것만 쓰기로 결심했다. “이혼 서류에 사인해야 해.” 그녀가 쓸 줄 아는 말도, 써야 할 말도 그뿐이었다.

그러나 막상 펜을 잡고 나니, 기다는 하고 싶은 말을 술술 조리 있게 써 내려갔다. 그녀는 마치 영매라도 되는 듯이 엄청나게 빠른 속도로 종이 네 장을 채워냈다. 그동안 겪어야만 했던 상실감, 남편의 남자답지 못한 처신, 에스타시우에서의 힘들었던 나날들 등 모든 것을 다 토해냈다. 마르쿠스에게 바라는 건 자유밖에 없었다. 클라이맥스는 두 사람 사이에 태어난 아들 이야기였다. 자신이 혼자 키울 수 있다고 말했다. "그 아이의 이름은 프란시스쿠 구스망이야. 당신을 닮은 건 두 눈 외엔 아무것도 없어."

기다의 편지는 적절한 때에 도착했다. 마르쿠스도 같은 이유로 기다를 찾아다니고 있었다. 마리아 에스테르라는 이름의 팔촌 친척과 공식적으로 결혼을 하려 하고 있었다.

몇 주 후 마르쿠스와 기다는 판사 앞에서 서명을 하기 위해 만났다. 사실 그 만남은 만남이 아니었다. 마르쿠스는 전 부인의 뒷모습을 보고 장소를 찾아갔고, 기다가 아닌 모든 것에 눈길을 두었다. 기다는 서류에 서명할 때를 빼놓고는 판사를 계속 쳐다보았다. 마르쿠스가 펜을 건네받았을 땐 아직 기다의 온기가 남아 있었다. 서명하는 손이 떨렸다.

이혼 이후 마르쿠스는 사촌의 아파트로 들어갔다. 코파카바나의 펜트하우스로, 아르누보 양식의 창살은 그에게 감옥 같은 느낌을 주었다. 호르몬이었을까, 신경계의 문제였을까, 혹은 둘만의 삶이란 책임감 때문에 그랬을까. 마리아 에스테르가 결혼 이후 완전히 바뀌었다는 것만은 사실이었다. 수염이 자라도 신경 쓰지 않았고, 큰 소리로 트림을 했으며, 쿠션 사이에 부처처럼 가부좌를 틀고 앉아 가정부들과 남편에게 명령을 내렸다. 마르쿠스의 유일한 위안은 조건부 자유를 누린다는 것이었다. 그의 부친은 아무 일도 일어나지 않는 공공기관의 한직에 그를 앉혀주었다. 헤푸블리카 광장의 사무실에서 몇 시간이고 자유를 누리며, 공책에 틱택토 놀이를 하기 위한 줄을 힘주어 그었다. 가끔은 다시는 보지 못할 아들을 생각하기도 했다. 지금 몇 살쯤 됐을지 계산하다가 보면 자신이 청소년이 됐을 아들의 나이를 짐작하는 건지, 기다와 떨어져 보낸 나날들을 세어보는 건지 헷갈리곤 했다.

한편 기다는 안토니우에게 마르쿠스에 대한 이야기를 해야만 했다. 몇 날 며칠을 두 손을 꽉 맞잡고 방 안 이쪽저쪽을 왔다 갔다 했다. 사실을 밝힐 수 있는 가장 최적의 방법을 고민했지만, 방의 벽에 머리를 거의 박을 만큼 골몰해보아도 답을 찾지 못했다. 에우리지시에게 조언을 구했고, 동생은 한마디로 그녀의 고민을 잠재워주었다. "진실을 말하는 가장 좋은 방법은, 사실대로 말하는 거야."

목요일 아침 기다는 프란시스쿠를 학교 문 앞까지 바래다주었다. 그러고 나서 연인과 이야기를 나누기 위해 문구점으로 찾아갔다. 흔들리는 그녀의 눈빛을 본 안토니우는 점원 치노쿠를 조퇴시킨 뒤 가게 문을 닫고, '잠시 후 돌아오겠습니다'라고 쓰인 팻말을 내걸었다.

두 사람은 문구점 안쪽에 쭈그려 앉아 바닥을 바라보았다. 기다는 사실대로 안토니우에게 말하며 양손을 꽉 쥐었다. 그렇다. 그녀는 잠시 정신이 나갔던, 천지 분간 못 하는 어린 여자아이였다. 가장 빛날 나이에 집을 떠나, 스스로 대단한 자선가라도 되는 듯 행동한 사람에게 팔려 가듯 갔다. 그러나 알고 보니 그 자선가 같던 사람은 기회주의자에 지나지 않았고, 기다가 아기를 품고 있을 때 그녀를 떠나며 가슴속에 지워지지 않을 생채기를 남겨버렸다. 젊은 엄마와 불쌍한 아이는 그렇게 일상의 물질적 풍요를 빼앗긴 채 살아야만 했다. 그녀는 홀로 가족을 일으켜야만 했고, 히우콤프리두의 한 잡화점에서 아미라라는 이름의 터키인 사장님 밑에서 계산원으로 일하게 된 것도 다 그런 연유에서였다.

기다는 눈을 들어 연인을 바라보았다.

"내 사랑, 이것 때문에 나는 당신과 결혼할 수 없어요. 이미 한 번 결혼한 몸이니, 다시 언약을 할 수도 없어요. 다만 당신의 여생 동안 좋은 동반자가 되어줄 수는 있어요. 하지만 교회나 등기소에 발을 들이는 일은 절대 없을 거예요."

안토니우는 기다가 말을 이어갈수록 얼굴의 긴장이 풀리는 걸 느꼈다. 사랑하는 여인이 자신과 결혼할 수 없다고 말하고 있었다. 두 사람 사이에 그 어떤 공식적인 관계도 맺어지지 않을 것이었다. 서류에 서명하는 일도, 판사 앞에서 서약하는 일도 없을 것이었다. 하느님이 맺은 것을 인간이 풀 수 없다 하는, 우리 존재에 허락된 모든 남은 나날들을 은연중에 저주하는 신부의 주례사도 들을 필요가 없을 것이었다. 최근 몇 주간 처음으로 두려움에서 오는 간지럼이 사라졌다. 기다의 손을 잡고 지금까지 지었던 그 어떤 웃음보다도 환한 미소로, 그렇게 하겠다고, 그녀와 절대 결혼할 수 없다는 사실을 받아들이겠다고 말했다. 두 사람은 얼싸안았고, 기다는 안토니우의 목에 붙어 있던 옥수수 파스로 얼굴이 범벅이 돼도 신경 쓰지 않았다. 이제 그 파스도 더는 필요가 없을 것이었다.

그해 5월, 안토니우와 기다는 치주카 동네에 결혼 소식을 알렸다. 기다 할머니의 소원대로 식은 포르투갈에서 올리기로 했다고 했다. 이 할머니는 매우 신실한 신자였던 것 같았다. 몇 달 동안 무릎이 다 까지도록 무릎을 꿇고 성모에게 기도를 올리며 손녀에게 첫 번째 남편만큼이나 훌륭한 두 번째 남편감이 나타나기를 빌고 또 빌었다고 했다. 이제 그 소원이 성취된 만큼, 두 사람의 결혼식도 할머니가 오래전부터 기도를 올렸던 성당의 파티마 성모 앞에서 올리는 게 당연했다.

포르투갈로의 여행 일정에는 많은 변경 사항이 있었지만, 안토니우와 기다는 굳이 알리지 않았다. 유럽은 캄푸스두조르당으로 바뀌었고, 교회에서의 식도 빌라잉글레자 호텔에서의 2주로 대체됐다. 방을 나서도 두 사람을 알아보는 사람이 없는 곳이었다.

동네의 모든 이웃들이 그 이야기를 믿는 건 아니었다. 몇몇 여자들은 파티마 성모야말로 인류의 중요한 문제, 가령 전쟁의 종결이나 최후의 심판 같은 것에 신경을 쓰는 것으로 알고 있었는데, 그렇게 훌륭한 중매쟁이 역할도 하는 분이었는지 몰랐다며 놀라워했다. 또 다른 몇몇은 초대 손님이 없는 결혼에 의문을 제기했다. 안토니우의 어머니조차 초대받지 못한 결혼식이라니. 많은 이들이 신랑의 잔인함에 치를 떨었다. 어떻게 마흔아홉씩이나 먹은 사람이 어머니를 두 명의 간병인의 손에 맡기고 며칠 동안이나 자리를 비울 수 있단 말인가? 그 간병인들은 번갈아가며 한시도 어머니를 가만두지 않았다.

그날은 많은 의문을 남겼지만, 동네 사람 그 누구도 안토니우와 기다의 결혼 스토리가 거짓이라는 걸 밝혀내지 못했다. 하지만 단 하나의 합의점은 있었다. 기다가 왼손에 끼고 있던 반지가 바로 순금이라는 사실이었다.

12

무슨 일이 먼저 일어난 건지 말할 수 있는 사람은 아무도 없었다. 여러 사실들이 시간과 공간 속에서 서로 얼기설기 섞인 채 당사자들의 기억 속에 희석되었다. 누군가 나서서 이러쿵 하면, 다른 누군가는 저러쿵 했다. 모두가 동의하는 단 하나의 사실이 있다면, 그것은 과거의 그 일이 실제로 일어났다는 사실뿐이었다.

그 흐리터분한 시절에 일어난 일은 이렇다. 마멜루쿠(브라질 토인 여자와 백인 남자 사이에 태어난 혼혈아)의 몸에 깃든 영국인의 영혼이었던 안테노르는 브라질 중앙은행의 거대한 돔 아래서 자신의 저항력과 의지, 정치 능력을 시험받았다. 그의 자리에 일어난 미세한 변화는 육안으로는 확인하기 어렵지만, 세월이 지나면 확연히 드러나는 종류의 것이었다. 책상이 크기를 키워가는 한편, 큼직한 창문 곁 통풍이 잘되는 곳에 점점 가까워져갔다.

수십 년간 꾸준히 발전을 거듭한 책상은 마침내 프리메이루지마르수 도로에 위치한 브라질 중앙은행의 신고전주의 양식 창문 다섯 개로부터 아침 햇살을 받는 독방에 자리를 잡았다. 검은색 하이힐을 신은 비서가 늘 상주하는 작은 방이 안테노르와 나머지 공무원들 사이를 나누고 있었다. 이쯤 되니 다른 공무원들이 안테노르보다 더 공공재 같았다.

안테노르가 브라질 중앙은행의 부총재가 된 것 자체는 그렇게 새로운 일은 아니었다. 그는 언젠가 페르시아 카펫이 깔린 방에 놓인 가죽 의자를 차지하게 될 운명을 타고난 듯했고, 그것이야말로 자연의 순리 같았다. 그는 강의 흐름을 타고 가고 있었을 뿐이었다. 그 강은 그가 구구단을 외우기 시작한 때부터 한 번도 반대 방향으로 흐르지 않았다.

자신이 모든 걸 다 안다고 생각하는 진리에 세 들어 살던 안테노르가 그것을 아예 소유하게 된 때도 이즈음이었다. 최고의 구두는 '카사 아기아르'에서 만들었고, 라디오는 에머슨 일렉트릭보다 제너럴 일렉트릭이 더 괜찮았다. 미난코라 연고는 만병통치약에 버금갔지만 레이치지호자스는 아무짝에도 쓸모없었다. 남들이 뭐라고 하든 안테노르에게는 윙윙거리는 모깃소리나 다름없었기에, "토 달지 마, 토 달지 말라고! 제너럴 일렉트릭 라디오가 제일 낫다면 그런 줄 알아!"라며 상대방의 말을 끊기 일쑤였다. 아폰수는 훌륭한 학생이었고, 안테노르도 그걸 모르는 바 아니었다. 단지 성적표의 숫자들이 잘못 쓰여 있을 뿐이었다. 세실리아는 모범적인 아가씨였다. 입술의 립스틱이 번져 있는 것도 친구와 장난치다 부딪혔기 때문이었다. 그리고 에우리지시는 자신 덕분에 걱정 없이 편하게 사는, 성공한 여자였다. 안테노르는 단 한 번도 식료품 항아리의 바닥에 주걱이 닿게 한 적이 없었다. 항상 풍족했던 것처럼 앞으로도 안정적일 것이며, 그렇기에 자신의 아내도 행복할 것이었다.

에우리지시는 공허한 눈으로 남편을 바라보다, 거실로 눈을 돌려 책장 앞 장식장에 시선을 고정하곤 했다. 그녀의 우울은 언니의 방문으로 조금 나아지는 듯했으나, 기다가 안토니우와 새살림을 차리게 되면서 더 심해지고 말았다. 집은 다시 조용해졌고, 하루가 평소보다 더 길어졌다. 안테노르는 직장이 있었고, 다스 도리스는 청소 일이 있었고, 아이들은 인생을 온전하게 가졌다. 하지만 에우리지시에게는 무엇이 남았단 말인가?

거실에서 우두커니 책장을 바라보는 오후들. 슬리퍼를 비뚤게 신은 다스 도리스는 가끔 부엌에서 나와 한 팔은 배에 올려놓고 한 팔은 나무 주걱을 든 채로 여주인을 바라보았다. 에우리지시는 알아차리지 못했다. 혹은 못 본 척했다. 가정부는 이내 우울한 기분으로 부엌에 돌아가 부정의 의미로 고개를 내저었다. 세실리아와 아폰수가 도착하면 에우리지시는 자기 감정을 숨기고 다른 곳을 쳐다봤다. 안테노르가 도착하면 감정을 더 숨겼는데, 남편에게 만족감을 주고 싶지 않아서였다.

어쩌면 반항심이었을지 모른다. 여러 해, 여러 날을 같은 자리에 앉아 책장의 모습을 빌린 공허를 바라보았다. 혹은 그저 그래야만 했기에 그랬는지도 모른다. 확실한 한 가지는, 다시 한번 갈 곳 잃은 공허한 눈빛을 하기 시작한 에우리지시의 안에서 무언가 지금까지와는 다른 감정이 싹트기 시작한 것이었다.

에우리지시는 이제 무(無)를 바라본다기보다는, 어떤 느낌을 다시 느끼기 위해 앉은 자리를 지켰다. 그 느낌은 서서히 다가와, 고요 속에 터를 잡고 점점 자라나기 시작했다. 커질 대로 커진 느낌은 마침내 에우리지시의 눈에 들어왔고, 에우리지시는 그것을 알아보았다. 그 느낌은 바로 볼 줄 아는 능력이었다.

에우리지시는 책장에 꽂힌 책들을 보았다.

그녀는 책장을 보았다.

몸을 일으켜 오른손으로 책등을 쓰다듬었다. 도스토옙스키, 톨스토이, 플로베르. 지우베르투 프레이리, 카이우 프라두 주니오르, 안토니우 칸지두. 버지니아 울프와 조지 엘리엇, 시몬 드 보부아르와 제인 오스틴. 마샤두 지 아시스와 리마 바헤투. 헤밍웨이와 스타인벡. 어떤 책은 읽었지만 기억이 나지 않았고, 또 어떤 책은 사놓았지만 읽는 것을 잊어버렸다. 몇몇 책은 안테노르가 구입한 것이었다. 그가 책을 사는 이유는 손전등을 사는 이유와 비슷했다. 세계적인 사상가의 책을 집에 구비해놓으면, 언젠가 써먹을 일이 있을 것이라고 주장했다.

내실 있는 도서관이었다. 책을 하나 겉에 끼고 소파로 돌아와서는, 꽤나 오랜만에 펼쳐진 책장에 오롯이 집중하기 시작했다. 그다음 책, 그다음의 다음 책을 내리읽으며 그 모든 글을 한 덩어리로 만드는 상상의 점들을 이어나갔다.

이번에는 타자기를 사러 외출용 원피스를 입고 센트루로 향했다. 집에 돌아와서는 이제껏 안테노르의 것이었던 서재 책상에 자신만의 공간을 만들었다. 다스 도리스에게 회계학 교과서를 치우게 시켰다. 안테노르가 열여덟 때부터 책상 위에서 치우지 못했던 책이었다. 책상 위에 올리베티 타자기를 올려놓고는 오후 내내 글자들을 찾아 헤맸다. 다스 도리스는 탁탁거리는 소리가 듣기 좋네, 라고 생각했다. 적어도 그 소리가 나는 동안에는 집 안의 책장을 하염없이 바라보기만 하는 사람이 없을 것이기 때문이었다.

'탁탁탁'은 그즈음에 나던 소리였다. 처음에는 리듬이 많이 느렸다. '탁' 소리가 났다가 한참 뒤에 또 '탁'이 하나 더 이어지는 식이었다. 하지만 나중에는 일정하고 균일하게 '탁탁탁탁탁탁' 하는 소리가 한 덩어리로 났다. 오후 내내 이어지곤 하던 그 소리는 어찌나 강렬했는지 소음이라고 할 수도 없었다.

그녀는 글 쓰는 일 외에도 손에 새로운 기능을 부여했다. 2층 화장실에 숨어 담배에 불을 붙이고 피우는 일이 그것이었다. 그 나이대에 흡연을 시작한 일은 그녀에게 대단히 기분 좋은 일이었다. 담배 한 개비 한 개비가 그녀에게는 그동안 증거를 남기지 않고 속으로 삭이던 자유의 외침과도 같았다. 이가 노래졌고, 안테노르가 딱히 무어라 설명하지 못한 어떤 것과 민트 향이 섞인 냄새가 입에서 났다. 그녀가 읽던 책들과 내뿜던 담배 연기가 섞여, 눈빛에 자신감을 불어넣어주기도 했다.

흡연 사실을 아는 건 다스 도리스뿐이었다. 그것도 눈으로 목격한 게 아니라 냄새만으로 감지한 것이었다. 그녀는 여주인이 화장실에 틀어박히는 장면을 종종 목격했다. 미들창으로 담배 연기가 새어 나왔고, 에우리지시가 허공에 향수를 뿌리는 소리를 들었다. 그녀는 다스 도리스를 속인다고 생각했지만, 사실은 스스로를 속이는 것에 지나지 않았다. 다스 도리스는 별 신경을 쓰지 않았다. 사실 에우리지시 사모님이 진작이 같은 도피처를 찾아냈어야 했다고 생각했다. 그녀 자신도 무슨 이유로든 기분이 가라앉으면—가령 남편이 갑자기 나타나 돈을 빼앗아 가는 것도 모자라 아이들에게 빗자루 매를 들었던 다음 날—안테노르의 바에서 자신의 위안을 찾곤 했다. 발렌타인은 가급적이면 피했고—사장님이 그 술만큼은 '통곡과 위스키의 밤'에 마시는 걸 알았기 때문이다—주로 그곳에 토템처럼 놓여 있는 독주를 노렸다. 술병의 술이 너무 줄어들었다 싶을 때면 설탕물을 섞었다. 그러고 나면 인생이 조금은 살 만해지는 것 같았다.

아이들이 학교에서 돌아와 현관문을 여는 소리가 들리면, 에우리지시는 타자기에서 종이를 뽑아 지금까지 써온 다른 글들과 함께 서랍장에 넣어두었다. 열쇠로 서랍을 잠근 뒤에는 거실로 나가 아이들에게 오늘 하루가 어땠는지 물었다.

"괜찮았어요." 아폰수가 말했다.

"수학 시험에서 8점을 맞았어요. 선생님께서는 계속 이렇게만 하면 대학입시도 문제없을 거라고 하셨어요. 루이자가 오늘 프렌치네일을 하고 왔는데, 마리스이바후스에 있는 한 살롱에서 했다고 해요. 엄마, 저 도리바우 카이미의 새 앨범이 너무 갖고 싶어요. 사주시면 안 될까요?" 세실리아가 말했다.

안테노르가 다음 순서로 도착했다. 아내의 이마에 입을 맞춘 뒤 방에 가 옷을 갈아입고, 슬리퍼를 신은 모습으로 거실에 나타났다. 온 가족이 함께 모여 밥을 먹었다. 누군가는 밥그릇을 전달해달라고 말했고, 다른 누군가는 너무 더운 하루였다고 말했다.

모두가 에우리지시의 새로운 일상을 알고는 있었지만, 뭐가 그리 쓸게 많은 건지 감히 물어보는 사람은 없었다. 어느 가을 밤, 에우리지시의 글이 어느 정도 쌓였다 싶을 때쯤, 가족들의 궁금증을 충족시킬 만한 정보가 여러 번의 포크질을 가로질러 에우리지시의 입에서 새어 나왔다.

"책을 쓰고 있어. 보이지 않음에 대한 이야기야."

침묵 속에서 저녁 식사가 계속되었다. 아무도 책에 대해 더 알려 하지 않았다. 그 책을 출판하고 싶은 건지, 장르가 로맨스인지 모험인지, 그리고 그렇게 글을 쓸 자격이 그녀에게 있는지 아무도 물어보지 않았다. 식탁에 저녁 식사가 차려져 있는지, 혹은 아이들이 학교에 가려면 몇 시에 일어나야 하는지에 대해서 이야기하는 것 정도만이 그녀가 할 만한 이야기라는 믿음이 팽배했다. 그녀의 프로젝트는 집 안의 세계에만 한정되어 있었다. 생일 파티로 이웃들에게 치즈 샌드위치를 만들어 주는 프로젝트 정도는 되어야 동네로까지 확장되는 게 허락됐다.

에우리지시는 신경 쓰지 않았다. 신경 쓰지 않음이 에우리지시가 맞이한 새로운 단계의 일부였다. 몇 날 며칠을 서재에 틀어박혀 지냈다. 탁탁탁, 소리가 들리지 않을 때면 어김없이 책 속에 얼굴을 파묻은 에우리지시가 있었다. 이따금 말소리가 들려서, 다스 도리스는 방문객에게 커피를 마실 건지 물어보러 부엌을 나오기도 했다. 하지만 거실에 가보면, 언제나 서재 문 뒤에서 에우리지시가 혼잣말을 하는 것이었다. 다스 도리스는 한숨을 쉬고는 힘없이 터덜터덜 부엌으로 돌아갔다.

에우리지시와 대화를 나누는 건 책이었다. "이건 정말 대단한 것 같아. 이 주장에는 동의할 수 없어. 이 문단은 다른 책의 저 문단과 연결되는걸?"이라며 책장과 대화를 나눴다. 구절에는 밑줄을 쳤고, 빈칸에는 메모를 했으며 이따금은 느낌표에 힘을 주었다.

에우리지시는 때때로 버스를 타고 국립도서관으로 향했다. 카탈로그 파일을 열어 숫자들을 기록한 뒤 하루를 책과 사다리 사이에서 보냈다. 안토니우가 흔쾌히 판매한 새 공책에 이런저런 메모도 했다. 집에는 오후 늦게 돌아왔다. 도서관 앞 광장에 굶주린 채 모여 있는 비둘기 떼를 헤치고 버스 정류장까지 걸어갔다. 하지만 그녀의 눈에는 비둘기 떼도, 긴 줄도, 버스도 들어오지 않았다. 버스 창밖에 비친 초점 없는 에우리지시의 눈에는 책에서 본 것만이 떠오를 뿐이었다.

에우리지시의 이런 광증을 조금이나마 이해하는 사람은 프란시스쿠였다. 일요일 점심이면 기다와 안토니우, 프란시스쿠, 그리고 에울랄리아(이 사람은 몸이 아프지 않을 때에만 에우리지시의 집에 왔었는데, 에우리지시가 대구 요리를 할 때는 한 번도 아픈 적이 없었다)가 구스망 캄펠루가를 방문했는데, 프란시스쿠는 도착하자마자 자기 이모와 함께 서재로 사라지곤 했다. 아무도 그들의 대화를 듣지 못했다. 문이 닫혀 있어서였기도 했지만, 사실 아무도 큰 관심을 두지 않는 게 더 컸다.

새로운 단계를 맞이한 에우리지시에게서 가장 거슬리는 게 있었다면 눈빛이었을 것이다. 이제 그녀는 상대방을 바라볼 때, 마치 마음속에 있는 것을 끄집어내겠다는 듯이 뚫어져라 쳐다보기 시작했다. 하지만 집안이 제대로 굴러가는 이상, 아폰수가 머리 자르는 것을 잊지 않고 세실리아는 아무 데서나 헤프게 웃어대지 않으며 항상 적당한 길이의 치마를 입는 이상, 안테노르의 슬리퍼와 소파의 쿠션이 늘 같은 자리에 놓여 있는 이상, 에우리지시는 자신이 하고 싶은 눈빛을 마음껏 할 수 있었다.

구스망 캄펠루가의 사람들은 드디어 정상에 가까운 일상을 보낼 수 있게 되었다.

그렇다.

이것은 온전한 진실이 아니다.

이것은 반쪽짜리 진실이다.

안테노르는 바람피운 아내를 둔 불쌍한 남편이기를 그만두지 않았다. '통곡과 위스키의 밤'에 과음하기를 멈추지 않았고, 결혼 전에 누군가와 놀아난 아내를 계속해서 책망했다. "그놈이 대체 누구야?" 하고 안테노르가 질문하면, 에우리지시는 그 사람은 한 번도 존재한 적이 없었다고 되받아치기를 반복했다. 하지만 이제 에우리지시는 정말 자신이 놀아난 게 사실이었더라면, 그랬다면 그것이 안테노르와 자기 자신 두 사람 모두에게 좋았을 거라고 생각했다.

기다도 '통곡과 위스키의 밤'을 목격한 적이 있었다. 첫 고함을 듣자마자 다스 도리스를 집에 보내고 저녁 식사 설거지를 자청했다. 에우리지시가 부엌문 앞에 고개를 숙이고 서 있을 때는 그릇의 물기를 닦는 중이었다.

"안테노르가 이럴 때가 있어. 첫날밤 피가 안 나왔더니, 자기가 내 첫 남자가 아니라고 생각해."

기다는 그릇을 닦으며 말했다.

"나도 그랬어."

"뭐라고?"

"나도 그랬다고. 침대보에 얼룩이 지지 않았는데, 마르쿠스는 별 신경 쓰지 않았어." 기다는 잠시 말을 끊고, 앞을 바라보았다. "그때 우리는 완전히 사랑에 빠져 있었거든."

에우리지시는 마치 흥미로운 책이라도 되는 듯 언니를 빤히 쳐다보다가, 포크와 칼을 가져다 서랍에 넣었다.

에우리지시가 쓴 글들은 서랍 깊이 어둠 속에 평온히 잠들어 있었다. 햇빛은 하루에 한 번, 새로운 글과 함께 잠깐 쏟아져 들어왔다. 타자기 소리 외의 다른 소음은 거의 들려오지 않았다. 무기력에도 불구하고 종이에 옮겨 담은 그녀의 글은 마력이 있었다. 그 마력이란, 많은 사람들을 불편하게 만드는 것이었다.

에우리지시가 쓴 글에 불편함을 느끼는 많은 사람들이란 다름 아닌 동네의 여자들이었다. 젤리아와 그 추종자들은 에우리지시의 새로운 일상이 건방짐을 넘어서서 모욕적이라고까지 여겼다. 에우리지시 같은 여자가 어떻게 감히 그토록 어려운 책들을 읽고 케이크 굽는 법이 아닌 글을 쓸 수 있단 말인가?

분명 에우리지시는 이웃 헌장의 기본 원칙을 무시하고 있는 것이 분명했다. 공동체의 행복이란 모든 구성원이 비슷해야만—그것이 은행 잔고든, 욕망이든—가능하다는 것이 주요 골자였다.

젤리아를 통해 에우리지시의 타자기에서 나오는 '탁탁탁' 소리를 알게 될 때마다, 책 더미를 안고 길을 건너는 그 이웃 여자와 마주칠 때마다, 에우리지시 같은 치주카 여자에게는 동네 사람들의 수군거림도 큰 의미가 되지 못한다는 걸 알아차릴 때마다, 우루과이 도로 거주자 연합은 뒤통수를 맞았다고 생각하게 됐다. 에우리지시의 행동은 지적 능력 상실로밖에 설명이 되지 않는, 극도의 오만함의 발현이었다.

치매의 증거는 차고 넘쳤다. 에우리지시는 윤리와 관행이라는 규율을 무시하고 이혼녀 실비아와 계속 인사를 주고받았다. 이아이아 여사가 만든 치주카 반공 위원회에도 참여하지 않았다. 뿐만 아니라 에우리지시는 아메리카 축구 클럽의 자선 위원회에서 회계로 일해달라는 요청도 거절했다. 보렐의 헐벗은 물라투 아기들에게 뜨개질로 신을 만들어주는 것으로 전 세계의 가난을 뿌리 뽑겠다는 선한 의도였는데도 말이다.

하루는 에피제니아 여사가 다빈치 서점의 쇼핑백에 무엇을 넣고 다니냐고 에우리지시에게 물었다. 에우리지시는 그 질문에 겁 없게도 셰익스피어 전집과 옥스퍼드 사전이 들었다며, 셰익스피어는 원어로 읽어야 한다고 생각하기 때문이라고 덧붙였다.

불쌍한 에우리지시, 이웃 여자들이 말했다. 그녀는 이제 2개 국어로 망상을 하게 된 것이다. 모두가 진심으로 그녀를 위해 슬퍼했다. 그리고 어느 날 에우리지시가 청록색 두건을 두르고 나타나자, 그녀를 위해 더 슬퍼할 수 있겠다는 생각에 기뻐했다. 에우리지시는 이제 더 이상 외모에 신경 쓰지 않았다. 화장대 앞에서 한 시간을 보내거나, 미용실의 버섯 모양 헬멧 아래서 두 시간을 보내는 일에는 이제 관심이 없었다. 그렇게 해봤자 잠옷을 둘둘 말아 머리 위에 올린 뒤 머리카락으로 그 위를 뒤덮은 것 같은 벌집 머리가 될 뿐이었다.

그러다가 어느 순간, 이웃집 여사님들의 평가가 완전히 뒤바뀌는 때가 왔다. 가투프레투 운송회사의 대형 트럭이 구스망 캄펠루가 앞에 나타난 것이었다. 작업복을 입은 남자들이 바삐 움직이며 한 차례 상자들을 나른 뒤, 더 많은 작업복 차림의 남자들이 나타나 더 많은 상자들을 가지고 내려왔다. 그 장면을 보고 있자면 눈을 뗄 수도, 놀라지 않을 수도 없었다.

안테노르는 포장된 텔레비전을 안절부절못하며 따라다녔고 에우리지시는 그릇 포장에 온 신경을 집중하고 있었다. 짐꾼들은 에우리지시의 책 꾸러미를 수도 없이 나르느라 삐끗한 허리를 가다듬고 있었다. 이런 상황이었기 때문에 젤리아도 한 시간 반이 지나서야 이 소식을 알릴 수 있었다.

그렇다. 그들은 이사를 하고 있었던 것이라고 젤리아가 알렸다. 그런데 어디로 가는 것일까?

젤리아는 실망스러운 표정을 숨기려 애썼다.

"이파네마로 가요."

이파네마. 60년대 초 이파네마로 이사한다는 것은 세간살이를 몇 킬로미터 밖으로 이동시킨다는 것 이상의 의미였다. 그건 바로 리우의 다른 지역들을 과거의 것으로 만들어버리는 시간의 문을 통과한다는 것을 뜻했다. 이파네마는 작가와 시인, 음악가들이 사는 곳이었다. 배우나 화가, 조각가들. 혹은 언론인, 희곡작가, 영화감독들. 그런 사람들이 살았다. 또한 이파네마는 담장이 낮은 집들과, 층수가 적지만 한 세대가 한 층을 다 쓰는, 리우에서 가장 비싼 아파트들로 구성된 가족적인 분위기의 동네였다.

에우리지시와 안테노르는 이런 아파트 중의 하나로 이사 가는 것이었다. 거실의 여섯 개의 창이 대서양을 비추고 있었고, 긴 복도는 붙박이장이 들어선 방 네 개와 편도나무 이파리가 보이는 전망으로 이어졌다.

구스망 캄펠루가의 과도한 전자제품 사재기를 본 이들이 의심하고 있던 한 가지 사실이 그날로 명확해졌다. 그 가족은 부자가 된 것이었다. 그들은 더 이상 치주카 중산층의 규칙을 따르지 않아도 되었고, 에우리지시에 대해서도 새로운 평가가 이어졌다. 그녀는 실제로 미친 것이 아니었다. 에우리지시는 다만 이국적인 존재일 뿐이었다. 두건을 썼기 때문에, 그리고 글을 쓰기 때문에 이국적이었다. 또 비교 대상으로 삼을 만한 것이 없었기 때문에도 이국적이었다.

카를로타 조아키나가 브라질을 떠난 것처럼 에우리지시도 치주카를 떠났다. 뒤돌아보지도 않고, 자기 인생에 그토록 많은 기억을 남겨준 동네를 떠남에도 슬퍼하지 않고 그렇게 갔다. 에우리지시는 치주카의 먼지 한 톨도 가져가고 싶지 않았다. 모든 짐 상자들이 트럭에 실리자, 그녀는 가족 소유의 윌리스 에어로에 탑승하고 남부 지역을 향해 떠났다. 안테노르가 출발했고, 에우리지시는 팔을 교차해 주먹 감자를 내보였다. 본인은 먹던 사탕 껍질을 창밖으로 버리던 중이었다고 변명하겠지만.

그녀는 얼마 가지 않아 이파네마에서도 젤리아 같은 오리너구리를 맞닥뜨리게 될 것이었다. 그러나 새로운 동네에서 새로운 에우리지시의 인생이 펼쳐지는 것만으로도 충분하다는 사실 역시 알고 있었다.

13

결혼 이후 기다는 새로운 도전에 직면해야 했다. 그것은 바로 시어머니의 여가 시간이었다. 모든 시간과 분초를 오로지 기다의 불행을 위해 사용하는 시간이었다. 에울랄리아 여사는 지난 반세기 동안 정말 착한 아들이었던 안토니우, 자신의 안토니우가 저지른 오만한 시도에 적응하지 못했다. 기다와의 결혼은 그녀의 건강을 악화시킨 동시에 불멸의 존재로 만들어주었다. 에울랄리아는 안토니우와 기다가 영원히 함께하려면 자신의 시체를 밟고 지나가야 할 것이라고 스스로에게 다짐했다. 물론 그녀는 죽을 계획 따위는 없었다.

초반에는 기다도 에울랄리아를 기쁘게 하기 위해 노력했다. 목욕물이 좀 차갑나요? 욕조에 따뜻한 물을 부었다. 좀 뜨거운가요? 욕조에 찬물을 한 바가지 부었다. 이제 물이 좀 차나요? 뜨거운 물을 더 부어 넣었다. 이제 좀 뜨거운가요? 찬물을 채웠다. 기다의 근성은 에울랄리아를 언짢게 만들었다. 목욕이 축축하다고 불평할 수는 없는 노릇 아닌가. 페이장이 좀 묽은가요? 기다는 냄비를 다시 불에 올려 수분을 증발시켰다. 지금은 너무 되직한가요? 기다는 물을 더 넣었다. 간이 잘 안 맞는다고 하면, 기다는 에울랄리아의 곁에서 시어머니가 넣으란 대로 마늘과 식용유를 넣었다. 시어머니가 하라는 대로 완벽히 해내기 위해서라면 모래밭의 모래라도 헤아릴 마음을 먹고 있었다.

머지않아 기다는 에울랄리아가 무언가를 요구할 때마다 모래 세듯 세심하게 들어주는 게 불가능하단 걸 깨달았다. 목욕도, 페이장도, 옷을 다리고 개키는 방식도. 냉장고의 식료품을 정리하는 방식과 쌓인 먼지를 깨끗이 치우는 것도.

그쯤 되자 기다는 신을 찾기 시작했다. 일주일마다 아파트 화장실에 촛불을 켜놓고는 예수 그리스도부터 리우데자네이루의 성 세바스티아누스, 긴급한 기도를 들어준다는 성 안토니오, 절망적인 일을 해결해준다는 성 리타까지 용하다는 신과 성인들에게 기도를 올렸다. 그러는 동안 에울랄리아 여사는 화장실 문을 퍽퍽 쳐대며, 방광염이 있어 5분마다 화장실을 가야만 하니 당장 문을 열고 나오라고 소리치곤 했다.

촛불이 가져온 유일한 변화는 꺼멓게 그을린 천장뿐이었다. 기다를 위로하는 건 성자들이 아니라 프란시스쿠였다. 에울랄리아의 비난 수위가 평소보다 더 높은 날이면 프란시스쿠가 기다를 품에 안고 이렇게 말해주곤 했다. "괜찮아질 거예요, 엄마." 그냥 하는 말이었다.

그 후 몇 달간, 에울랄리아 여사의 방광염은 더 악화되었다. 복도에 소변을 지리지 않고서는 화장실까지 가질 못했다. 기다는 바닥을 닦고 시어머니의 옷을 갈아입혀 보송보송한 상태로 소파에 앉혔다. 팬티를 세탁기에 돌리고 거실로 나오면, 물을 왜 그렇게 헤프게 쓰냐는 핀잔이 돌아왔다.

주말 저녁이면 삶과 죽음을 오가는 순간이 종종 찾아왔다. 에울랄리아는 어두운 거실에서 노래 '베사메 무초'의 전주가 들려올 때마다 번민에 휩싸였다. "때가 되었어, 그때가 되었어!" 에울랄리아가 방에서 고함을 질렀고, 안토니우는 곧바로 방으로 뛰어 들어가 자기 엄마가 아직은 죽지 않으리란 사실을 다시금 확인해야 했다. 기다는 불을 켜고 팔짱을 꼈다. 볼레로의 리듬에 발을 구르며, 남편이 돌아오기를 기다렸다. 음악은 안토니우가 엄마의 방에 갈 때쯤 멈추었다.

시어머니가 대변을 지리기 시작하자 기다는 안토니우와 진지한 대화를 나눴다. 에울랄리아 여사의 병세가 너무도 위중한 듯하니 요양원에 입원시키는 게 어떻겠냐고 물었다. 자격을 갖춘 전문가들로부터 특화된 돌봄을 받는 것이 훨씬 낫지 않겠느냐는 것이었다.

안토니우는 기다의 머리에 뿔이라도 달린 양 빤히 쳐다보았다. 절대 엄마를 버리지 않을 사람이었다. 자신에게 생명을 선물해준 사람이 전혀 모르는 사람들 사이에 버려져 있다가 죽기라도 한다면, 그 죄는 오롯이 자신이 홀로 감당해야 할 터였다. 잠이 올 리가 만무했다.

기다는 근시에서 막 해방된 사람인 것처럼 남편을 쳐다보았다. 안토니우는 항상 어머니에 매여 사는 사람이었다. 시어머니가 살아남아야겠다는 잘못된 결심을 하는 동안, 남편의 탯줄은 출산과 동시에 잘려 나갔다. 하지만 남편의 머릿속 탯줄은 절대 잘리지 않을 것이 분명했다.

기다는 다음 날 아침 내내 새로운 생각에 골몰했고, 시어머니는 텔레비전을 보며 코코넛 사탕을 먹고 있었다. 두 사람 사이의 휴전은 죽음이 아니면 불가능할 것이었다. 만일 연식이 이 전투의 승패를 좌우하는 것이었다면 기다가 전적으로 유리했다. 하지만 양쪽의 완고함을 놓고 보자면, 에울랄리아를 당해낼 재간이 없었다.

그쯤에서 기다는 그렇게까지는 생각하고 싶지 않았지만, 어쩔 수 없이—마음을 비운 사람에게 으레 찾아오듯이 불현듯—머리에 떠오른 그것을 생각하기 시작했다. 그와 동시에 어떤 소명을 받았다손 치더라도, 기다는 자신이 할 수 있는 일이 절대 아니라고 손사래 칠 것이었다. 하지만 이것이 들어왔다가 나가지도, 쫓겨나지도 않았으므로 뿌리를 내리고 자라나기 시작했다. 기다는 이것에 대해 생각하는 게 썩 내키지 않았지만, 그렇다고 해서 생각하는 걸 그만두지도 않았다. 사실 하나의 가정이자 아이디어였으며, 언제든 일어날 수 있는 일이었지만, 누군가 그녀에게 그 일이 언젠가 일어날 것이냐고 물어온다면 그녀는 절대, 무슨 일이 있어도 그 일은 일어나지 않을 것이라고 할 것이었다. 그 생각이란 것은 대충 이런 내용이었다. "누가 알아, 내가 언젠가 우리 시어머니를 죽이게 될지."

이제 그녀는 에울랄리아 여사를 새로운 관점에서 관찰하기 시작했다. 그 늙은이는 아침이면 커피와 함께 알약 여섯 알을 삼켰다. 식탁 위의 빵 조각이나 창 사이로 스며 들어오는 아침 햇살에 불평했다. 그러고는 라디오를 켜거나 텔레비전 앞에 앉아 코코넛 사탕을 입에 물었다. "도대체 뭣 때문에 기다 얘는 창문을 닫은 거야?"라며 어두움을 불평했다. 프라이팬에 올라간 고깃덩어리가 내는 소리에도 투덜댔고, 자기가 좋아하는 쿠션이 소파 반대편에 멀찍이 있다는 것도 마음에 들지 않아 했다. 12시쯤에 점심을 먹은 뒤, 알약 열한 개를 먹었다. 에울랄리아는 후식에도 불평했다. "또 젤리냐? 살날도 얼마 안 남은 이 늙은이한테 제대로 된 후식 좀 다오. 오늘은 화요일인데 푸딩이 웬 말이냐? 내가 당뇨로 죽는 꼴을 보고 싶어 안달이 났구나."

오후가 되면 에울랄리아 여사는 코코넛 사탕을 입안에서 굴리며 창가에 앉아 시간을 때우는 것과 텔레비전 프로그램 사이를 왔다 갔다 했다. 화장실에 갈 때에만 자리를 떴다. "기다, 화장실에서 고약한 냄새가 나는구나. 대체 뭘로 청소를 하는 거니? 머리로?" 6시가 되면 아홉 개의 알약과 고기 양념에 대한 불평과 함께 저녁 식사를 했다.

그렇게 일상이 굴러갔다. 기다는 자신의 것이 아닌 생각에 사로잡혀 있었고, 에울랄리아 여사는 군림하는 여왕이자 간헐적 죽을병에 걸린 환자로 지내고 있었다. 그러던 어느 수요일 오후, 단것을 파는 한 바이아주(州) 여자가 집 앞을 지나갔다.

에울랄리아 여사가 소리쳤다. "캐러멜 사탕이 있나?"

흑인 여자가 "네, 있어요. 사모님"이라고 말했고 에울랄리아 여사는 기다에게 그 바이아 여자의 사탕을 사 오라고 시켰다.

기다는 사탕을 가지고 부엌으로 가, 그릇에 예쁘게 담았다. 에울랄리아 여사는 "그렇게 하면 그릇만 낭비하잖니"라고 쏘아붙였다.

그녀는 한숨을 쉬었다—그 당시의 기다는 숨을 쉬지 않고 한숨만을 쉬었다. 그리고 부엌에 가서 시어머니의 요구대로 페이장에 마늘 세 조각, 잘게 다진 중간 크기 양파 반 조각, 기름 세 수저 반, 소금 두 꼬집을 넣었다. 에울랄리아의 입천장에 캐러멜 사탕이 붙었다 떨어지는 소리가 들려왔다. 쩍, 쩍, 쩍, 쩍, 쩍, 쩍.

그때쯤 딱히 기다의 것이라 할 순 없던 생각이 다시 돌아왔고, 혼란이 일어났다. 기다는 자신이 캐러멜 사탕을 만들 수도 있겠다고, 언제까지고 할 수 있을 거라고, 그렇게 하면 시어머니가 좋아할 것이고, 그러다 보면 사탕 한 개쯤 목에 걸려 죽을 수도 있을 것이라고 생각했기 때문이었다.

에울랄리아 여사는 기다가 매일 아침 만드는 사탕에는 별로 뭐라 하지 않았다. 늙은이는 마치 코커스패니얼처럼 더 달라는 눈빛으로 며느리를 쳐다봤다. 만일 틀니에도 충치가 생길 수 있다면 에울랄리아의 이는 온통 검은색이었을 것이었다. 그녀는 정말 하-루-종-일 입천장으로 쩍쩍 소리를 내었다. 쩍, 쩍, 쩍, 쩍, 쩍, 쩍. 큰 사탕 조각이 이 사이에 끼기라도 하면 에울랄리아는 검지를 입안으로 넣어 빼내었다. 하지만 끼인 조각이 너무 클 때는 틀니가 움직였고, 에울랄리아는 딱, 쩍, 쩍, 쩍, 쩍, 딱, 쩍, 쩍, 쩍, 쩍, 딱, 쩍, 쩍, 쩍, 쩍, 딱 하는 소리를 내었다.

기다와 에울랄리아 사이의 휴전은 캐러멜 사탕 덕분이었다. 최종 결투를 남겨놓고 갖는 휴전이었다. 어느 화요일이었다. 기다는 부엌에서 밀라노식 포크커틀릿을 만들고 있었고, 에울랄리아는 거실에서 캐러멜 사탕을 먹고 있었다. 거실에서 나던 쩍, 하는 소리는 어찌나 규칙적이었는지 메트로놈 같았다. 쩍, 쩍. 쩍, 쩍. 쩍, 쩍. 딱. 쩍, 쩍. 쩍, 쩍. 쩍, 쩍. 딱. 쩍, 쩍. 쩍, 쩍. 쩍, 쩍. 딱. 그러다 거실에 적막이 흘렀고, 기다는 무언가가 쿵 떨어지는 소리와 악, 악, 악 소리를 연달아 들었다.

이 이야기의 가장 흐릿한 부분이 바로 이 대목이다.

악, 악, 악 소리를 들었을 때 기다는 독자 여러분이 생각하는 것과 같은 생각을 잠시 했다. 하지만 들려오는 소리가 설마 정말로 그 소리는 아닐 거라 생각하곤 노래 '데자피나두'를 흥얼거리며 고기 세 덩이에

빵가루를 입히기 시작했다. 일말의 가능성도 없는 일이 일어났기 때문이었는지, 아니면 그토록 간절히 일어나길 바라던 일이었기에 고기 손질을 멈추지 않았어야 했는지 그녀 자신도 알지 못했다. 그저 악, 악, 악 하는 소리를 들었을 뿐이었다. 그러던 기다가 퍼뜩 정신을 차리고 거실로 뛰어나갔을 때는, 한편으로는 일어나기를 바랐고 한편으로는 바라지 않았던 일이 실제로 일어나고 있었다. 거실의 액자들이 방바닥에 나뒹굴고 있었고 에울랄리아 여사는 목에 캐러멜 사탕이 걸려 눈을 부릅뜬 채로 쓰러져 있었다.

기다는 어찌할 줄 몰랐다. 밀가루 범벅인 손을 시어머니의 목구멍에 집어넣어봤지만, 사탕은 나오려 하질 않았다. 에울랄리아의 틀니를 멀리 집어 던졌지만, 그래도 나오질 않았다. 시어머니의 등을 주먹으로 쳐보기도 하고, 머리를 땅바닥으로 향하게 해서 거꾸로 세워보기도 했다. 창밖에 소리치며 도움을 청한 뒤, 시어머니의 등을 다시 한번 세게 쳤다. 하지만 사탕은 미지의 장소에서 꿈쩍도 하지 않았다.

이내 이웃들이 도착했다. 몇몇은 에울랄리아 여사의 등을 내리칠 기회를 잡기도 했다. 하지만 다른 이들은 시신만 목격했을 뿐이었다. 구급차는 30분 이후 도착했다.

시어머니의 장례식 날 기다가 흘린 눈물은 진심이었다. 그 눈물은 고통으로 오열하는 자기 남편을 위한 것이었다. 세상 고아 중 관상동맥 질환을 가지고 귀에 털이 난 사람은 없을 것이었다. 두 부부의 애도 기간은 일주일 동안 계속되었다. 어느 토요일 저녁, 기다는 프란시스쿠에게 얼마간의 돈을 쥐여주며 영화관에 다녀오라고 한 뒤, 축음기에 노래 '베사메 무초'를 틀었다. 그날 밤 이후, 안토니우는 더 이상 고아가 아니게 되었다.

60년대 초의 치주카는 때로는 과하다 싶게 느껴질 정도로 평온했다. 임신한 몸으로 일주일 동안 사라져 불법 낙태 시술을 받거나 아홉 달 동안 사라져 사생아를 낳아 오는 아가씨가 보이지 않은 지 몇 달이나 되었다. 배가 불러온다는 이유로, 몸에 걸친 옷가지와 다시는 일을 찾지 못할 거란 불안감만을 가지고 길거리로 내쫓기는 가정부도 없었다. 남편이 해외에 간다면서, 이혼자들이 모여드는 것으로 유명한 산타테레자 호텔로 여행을 가는 집안도 더는 찾아보기 힘들었다. 젤리아는 지루함을 견디다 못해 발가락과 손톱 사이의 살을 뜯는 강박적 습관을 갖게 됐다. 그녀가 올해 최고의 소식, 혹은 10년 내 최고의 소식으로 꼽을 만한 이야기를 듣게 된 것도 그즈음이었다.

사촌의 초대로 그녀는 성 요아킴 성당의 자선 행사에 가게 되었고, 거기서 시계공과 결혼한 한 친구와 이야기를 나누었다. 그 시계공에겐 무다 도로에 사는 고객이 있었는데, 그 고객에겐 한 자매나 다름없는 친구가 있었고, 그의 한 자매나 다름없는 친구로부터 이 이야기를 들었다고 했다. 그 사람의 이웃집 여자가 해준 이야기였는데, 어느 날 밤 갑자기 에스타시우에서 사라진 이웃이 있다고 했단다. 그 여자에 대한 소문이 퍼지게 된 이유는 무모했던 만큼이나 아름다웠기 때문이라고 했다. 집적대는 남자들을 거들떠도 안 보던 그녀는 은퇴한 창녀와 함께 살았다고 했다. 둘이 한집에서 무슨 짓을 했을지 아무도 모르는 일이었다. 그 전직 창녀는 자기가 평생 지은 죄를 갚기라도 한 듯 아주 끔찍한 최후를 맞이했고, 이웃집 여자는 아이를 잘 돌보지 않아서 고약한 병에 걸리게 만들었다는 얘기가 돌았다고 했다. 이 미혼모는 동네 약국 주인에게 신세를 졌는데, 그녀가 사라진 이유도 그 남자가 락토푸르가라는 변비약 과다 복용으로 입원한 것과 상관이 있을 것이라고 했다. 들려오는 말에 따르면, 그 이웃 여자가 죄악의 밤을 보낼 때 가져오곤 했던 초콜릿케이크나 옥수수빵, 계란 흰자로 만든 푸딩 따위에 약도 숨겨 왔을 것이라고 했다. 오늘까지도 약국 주인은 그 여자를 꼭 잡고 말겠다고 주먹을 불끈 쥐곤 한다며, 그 여자의 이름은 기다 구스망이라고 했다.

기다 구스망이라니, 가족 내력이구먼, 하고 젤리아는 생각했다. 안테노르의 외침으로 동네방네 '걸레 같은 년'이라는 유명세를 얻은 게 에우리지시뿐만이 아니었어. 관련자들에게 하루빨리 이 사실을 알려야겠는걸.

젤리아는 소식을 알리는 일에 열을 올렸지만, 일주일이 흐른 뒤에도 그 소식은 주요 타깃인 기다와 안토니우의 귀에는 들어가지 않았다. 에울랄리아의 사망 이후 이 새로운 핵가족은 일체의 사회 활동을 끊어버린 상태였다. 엄마의 지원을 받은 프란시스쿠는 영화의 즐거움을 알게 되었고, 안토니우는 결혼의 즐거움을 알게 되었다.

젤리아가 문구점에 올 때면 물라투 치노쿠만이 계산대 뒤에 서서 그녀를 지켜보았다.

"안토니우 사장님은 어떻게 지내요?"

"아침에 오시긴 했는데, 몸이 안 좋다며 들어가셨어요."

몇 주 후, 이 새로운 핵가족의 구성원들은 다시 일상으로 돌아왔다. 주변에서 일어나는 일들을 챙기기 시작했고, 제삼자의 이야기에 대해서도 눈과 귀를 열었으며, 따라서 자신들에 대해 남들이 하는 이야기도 들을 수 있었다.

어느 월요일 아침이었다. 안토니우 씨가 매대 뒤에 서 있었고, 물라투 치노쿠는 그 반대편에서 종이 묶음에 쌓인 먼지를 떨고 있었다. 젤리아가 안타까움이 가득한 눈빛을 하고 들어왔다. 물론 그 눈빛을 숨기려는 시도는 굳이 하지 않은 채 연필 반 다스와 공책 속지 몇 장을 주문했다. 짧은 아침 인사를 건네자마자 바로 기다 이야기를 꺼냈고, 방구석의 모기나 볼 수 있을 만큼 세세한 내용을 더하면서 스토리는 보다 풍성해졌다. 가령 사랑의 맹세와 열정적인 키스, 진주와 에메랄드와 교환한 더 많은 사랑의 맹세와 열정적인 키스들에 대한 설명이 덧붙여졌다. 영감이 쏟아졌고, 기다의 욕망을 채우기에는 약사론 부족하다는 생각에 미치자 제빵사, 소방공무원, 선반공도 등장시키려 준비했다. 하지만 그녀는 이내 안토니우의 분노로 일그러진 얼굴에 가로막혔다.

"그러는 사모님은 대체 누구시기에, 제 아내의 험담을 늘어놓는 겁니까?"

"하지만 안토니우 사장님, 제 의도는 그게 아니라……."

"지금 당장 제 가게에서 나가십시오."

그날 밤 안토니우는 젤리아에게 들은 이야기를 기다에게 들려주었다. 그는 침을 튀기고 눈을 부릅떠가며 세상 사람들의 악의에 대해 열변을 토했다.

"에스타시우, 에스타시우에서의 삶이라니! 창녀와의 동거, 진주 목걸이와 에메랄드 반지라니. 어떻게 사람들이 나의 요정, 당신에 대해 이렇게 많은 중상모략을 만들어낼 수 있는지 모르겠소."

기다는 안토니우의 손을 붙잡고 그렇다고, 그런 일은 있을 수 없다고 말했다. 질투밖에는 달리 설명할 길이 없다고, 두 사람의 사랑에 대한 질투라고, 세상 모든 사람이 그렇게 행복할 수는 없기 때문이라고. 그녀는 안토니우의 머리를 자기 가슴에 기대게 했고, 두피를 마사지하며 쓰다듬어주었다. 안토니우는 딱 한 번 고개를 들었다.

"다 거짓말이지, 그렇지 않소?"

"그럼요. 다 거짓말이고말고요."

안토니우는 다시 머리를 파묻었다. 기다의 팔이 품고 있는 건 한 어린아이였다. 기다의 심장소리 외에는 듣지 않겠다는 듯 그녀의 가슴에 귀를 바짝 대고 있는, 관자놀이가 하얗게 센 아이였다.

젤리아가 창조해낸 외설 문학과, 주앙 씨가 기다에게 침을 뱉었던 일은 그렇게 단 한 번도 일어나지 않은 일의 범주에 묶이게 되었다. 거기에는 기다가 한 번도 받지 않은 보석 이야기가 들어 있었다. 그리고 그 약사를 위해 기다가 변비약 스물세 알을 넣어 만든 특제 코코넛 케이크도 함께 들어 있었다. 에스타시우에서 고되게 일하던 나날들, 그리고 필로메나의 고통의 밤들도 포함되어 있었다. 프란시스쿠의 병세가 극도로 악화됐었던 일과, 텅 비어 있던 부엌 찬장 이야기도 있었다. 하지만 그 모든 건 이제 존재하지 않았다. 잠시 후, 남편을 곁에 두고 뜬눈으로 침대에 누워 있던 기다는 그곳이야말로 자신의 과거 몇 년간을 담아두기에 완벽한 장소라고 생각했다.

14

그날 아침, 알미란치 알레산드리누 도로의 청과전이 40년 만에 처음으로 문을 열지 않았다. 가게 안 한쪽에는 뇌졸중의 초기 신호를 느낀 마누엘 씨가 기대려다가 엎어버린 오렌지 더미들이 쓰러져 있는 마누엘 씨 주위로 흩어져 있었다. 뇌졸중으로 그는 몸의 오른쪽을 쓸 수 없게 되었고, 아내의 죽음 이후로 갖게 된 찡그린 표정보다도 더 일그러진 얼굴을 갖게 되었다.

이 늙은 포르투갈인은 몸을 움직일 수 없게 되었다는 것보다도, 자신의 운명을 자신이 통제할 수 없게 되었다는 사실이 뇌졸중의 가장 큰 폐해라는 걸 알게 되었다. 마누엘 씨와 딸들의 역할이 바뀌게 되었다. 예전과 달리, 이래라저래라 명령하는 건 이제 딸들이 되었다. 두 딸들은 (마누엘 씨가 보기에는 헛소리였다) 앞으로 기다가 아버지를 책임지기로 결정했다.

마누엘 씨는 이내 일그러진 얼굴도 나쁘지 않다고 생각하게 되었다. 그는 딸과 으르렁대는 것 외에는 아무것도 하지 않을 계획이었다. 한편 기다는 분노를 속으로 삭이느라 애썼다. 침대에 누워 있는 늙은이를 볼 때마다 프란시스쿠를 품은 자신을 거절하고 수년간 고통을 겪게 만들었던 장본인을 보았다. 하지만 침대에 누워 있는 늙은이는 비가 억수로 쏟아지는 날 신문지로 배를 만들어, 산타테레자 도로에 범람하는 물줄기 위에 종이배를 띄워주던 사람이기도 했다. 그녀가 넘어질 때마다 무릎에 반창고를 깨끗하게 붙여주던 사람. 그리고 무엇보다도, 그의 무릎에 누워 잠을 청하던 어느 날, 그 가슴에서 들려오는 소리가 다름 아닌 심장소리라고 가르쳐준 사람도 바로 그 늙은이였다.

부녀는 항상 거울에 비친 서로의 모습 같았다. 그가 으르렁대면, 그녀도 으르렁댔다. 그의 기분이 울적하면, 그녀도 울적해했다. 그는 모든 걸 안다고 자부했고, 그녀도 그렇게 생각했다.

아나 여사는 두 부녀가 닮았다는 사실을 반겼다. 닮은 점이 하나씩 보일 때마다 '잘했어'라는 말을 옅은 미소 속에 숨겨 보였다. 그녀와 남편의 다툼은 항상 같은 이유였다. "첫날밤 피가 나지 않았잖아. 대체 어디서 굴러먹다 온 거야? 기다가 내 딸이라는 걸 누가 장담할 수 있겠어?" 아나 여사는 그럴 때마다 답답해하며, 자기 형제들 외에는 남자들과 포옹 한번 한 적 없다고 말했다. 처음에는 그런 포옹만으로도 처녀성을 잃는 줄 알았다.

그 후 리우에 자리 잡게 되자, 청과전이 번창했고 개인 병원에 갈 돈도 생기게 되었다. 아나 여사는 전문가를 찾았다. 간호사가 대기실에 있던 자신의 이름을 부르자마자, 병원에 간 것을 후회했다. 양손을 맞잡은 채로 아주 힘겹게, 일어난 일들을 절제된 언어로 풀어냈다. 아나 여사는 의사가 첫날밤 일어난 일을 재구성하기에 충분할 만큼의 단서를 제시했다.

눈을 작게 만드는 안경을 쓰고 웃지 않는 입술을 가진, 건조하기 이를 데 없는 사람이었다. 손에 쥔 볼펜만이 그 의사의 최대 관심사였다. 아나 여사의 말과 같은 톤으로, 파커 볼펜에서 눈을 떼지 않고 답했다. 그런 일은 일어날 수 있다고, 모든 여자들이 똑같게 태어나는 건 아니라고 말했다. 몇몇 여성분들의 중요한 부위는 다르게 태어날 수 있으며, 모두가 펑펑 나올 거라고 생각하는 그것이 사실은 아주 조금만 나오거나 거의 아무것도 나오지 않을 수 있다고 덧붙였다. 그러면서 육안으로는 확인 못 했더라도 무엇이든 나왔을 것이니, 걱정하지 말라고 했다. 그러니 좋게 받아들이고 더는 거기에 골몰하지 말라고, 만일 그래도 계속 걱정이 된다면 신경안정제를 처방해주겠다고 마무리했다.

청과전에 돌아오자 마누엘 씨가 진료는 어땠는지 물었다.

"지오제니스 박사님께서 걱정할 것 없다고, 아픈 건 나이 때문일 거라네요."

옷 위에 앞치마를 두르고 가게 구석으로 향하며 아나 여사는 남편에게 신경안정제를 구입했다고 알렸다. 병원을 찾은 진짜 이유를 남편에게 설명하는 것은 아나 여사가 할 수 있는 일도, 마누엘 씨가 들을 수 있는 것도 아니었다.

아나 여사는 몇 년이 지나서야 복수를 할 수 있었다. 기다는 아빠를 꼭 빼닮았다. 두 사람만이 툭 튀어나온 광대뼈와 오뚝한 콧날을 갖고 있었다. 잘 때면 항상 발을 흔들었고, 감기에 걸릴 때면 옅게 코를 골았다.

자기 자신을 보기 위해서는 딸이 한 명 더 필요했다. 그렇다, 아나 여사는 에우리지시에게서 자신을 보았다. 특히 아이가 우수에 찬 눈빛으로 창밖을 바라보며 앞으로 살아야 하는 삶, 그리고 살지 못할 삶에 대해 생각하곤 할 때가 그러했다. 아나는 이 감정을 알고 있었다. 그 감정은 나무 슬리퍼에 의해 짓눌렸고, 그녀의 세상은 청과전의 문을 열고 닫는 것 외에는 아무것도 아니게 되었다. 그녀는 에우리지시만큼이나 똑똑한 사람이었지만, 토마토 한 다스 외에는 아무것도 볼 수 없게 되었다.

포르투갈인 마누엘 씨는 딸을 거부한 뒤로 깊이 뉘우쳤다. 다만, 포르투갈인의 뉘우침이란 것은 아무도 자신의 뉘우침을 눈치채지 못하게 하는 방식이었다. 아나 여사가 세상을 떠났을 때 그는 더더욱 후회했고, 더더욱 포르투갈인이 되었다. 더는 누구에게도 자신에 대해 이야기하지 않았다. 항상 그래 왔듯 매일 같은 시간 청과전의 매대 앞에 앉아 있을 수만 있다면, 모든 것이 괜찮아질 것이었다.

아버지의 뇌졸중을 알게 된 후 간병을 자청한 건 기다였다. 아나 여사가 세상을 떴을 때 곁을 지키지 못했던 만큼, 후회할 일을 더 만들고 싶지 않았다. 에우리지시에게는 “걱정하지 마. 잘 맞춰갈 거야”라고 안심시켰다.

산타테레자로의 이사는 기다와 안토니우, 프란시스쿠 모두에게 좋은 일일 것이었다. 그해의 문구점 매출이 줄어들었는데, 안토니우는 그 이유를 콘지지본핑 도로에 새로 열린 카사마투스라는 상점에서 찾았고 기다는 젤리아와 안토니우 사이에 일어난 사건에서 찾았다. 가게를 판 돈을 라란제이라스의 어느 땅에 투자했다. 그리고 세 가족은 마누엘 씨와 함께 청과전 위층 집에 정착했다.

몇 달이 지나자 마누엘 씨는 점차 뇌졸중에서 회복해갔고, 이제 마누엘 씨의 으르렁거림이 뇌졸중 때문인지, 그 고집불통인 성격 때문인지 아무도 분간 못 할 지경에까지 이르렀다. 이 늙은이의 성미를 재미있어 하는 것은 프란시스쿠뿐이었다. 항상 할아버지를 갖고 싶어 했던 프란시스쿠는 자신이 가장 좋아하는 시인, 게하 준케이루의 시를 마누엘 씨에게 읽어주는 걸 즐겨했다.

떨어지는 잎새를 속절없이 지켜본다
덮쳐오는 바람에 덧없이 쓸려가는
불멸의 제단, 우리네 어머니의 가슴 위에서
품고 살던 환상이여

앞으로 어떻게, 또는 언제
우리 영혼이 쉼을 얻게 될지 알 수 없다네!
다만 길을 잃고 이리저리 떠다닐 뿐이니
전류로 가득한 이 바다 위에서!

프란시스쿠는 할아버지의 두 눈이 촉촉해지는 것을 못 본 체했다. 그리고 틈날 때마다 일생 동안 과일 파는 것 외에는 해보지 않았고 또 그걸 좋아했던 입이 비뚤어진 노인에 대해, 그리고 전류로 가득한 바다를 떠도는 영혼들에 대해 생각했다.

에우리지시는 일주일에 두세 번 청록색 두건과 박하 향 나는 입술을 하고 아버지를 찾아왔다. 가톨릭대학의 역사학과를 다니기 시작해서,

그 이상은 찾아올 수 없었다. 그녀는 신입생 중에서도 가장 열의 넘치는 학생이었다. 2학년 때는 열의가 어느 정도 있었고, 3학년 때는 관심이 많았으며 4학년 때는 회의적이었다. 계속해서 많은 글을 써냈으며, 1964년 이후 일어난 학생 시위 때에는 프란시스쿠와 함께 거리로 나서기도 했다.

일요일마다 온 가족이 에우리지시의 집에 모여 저녁 식사를 했다. 마누엘 씨는 창문 곁 소파에 앉아 대서양을 바라보았다. 전류로 가득한 바다 위를 떠도는 길 잃은 영혼들을 보는 것인지, 아나 여사를 생각하는 것인지, 혹은 그저 지나가는 여인의 엉덩이를 보며 말세라고, 어떻게 저렇게 짧은 옷을 입을 수 있는 건지 모르겠다고 생각하고 있던 것인지 알 수는 없었다. 세실리아는 가족 모임에 왔어도 다른 데 정신이 팔려 있는 것 같아 보였다. 대화보다 전화벨 소리에 신경을 더 많이 썼다. 영화를 보자고 불러내는 친구의 전화일 수도 있었다. 혹은—어느 토요일에 파티라도 다녀온 경우—그 남자일 수도 있었다. 세상에나, 그 남자일 수도 있었다. 아폰수는 여전히 많은 말들을 자기 속으로만 삼키고 있었다. 조용히 점심을 먹었고, 니에메예르 대로에서 데이트를 즐긴 뒤 여자 친구와 헤어지는 취미를 갖고 있었다. 안토니우는 기다를 보든, 에우리지시를 보든 늘 즐거워했다. 프란시스쿠는 책을 보다, 식사를 하다, 에우리지시와 이야기를 나누다 갔다. 안테노르는 점점 더 안테노르스러워져갔다. 자의식이 충만하여 모든 것에 확신을 가졌다. 잘못을 저지르는 건 불가능했고, 누군가 그에게 잘못했다고 말하기라도 하면—모두가 잘못을 안테노르만큼만 했더라면 브라질은 이미 강대국이 되고도 남았을 것이라는 결론에 도달했다.

온 가족이 이파네마로 이사한 뒤에도 다스 도리스는 그 집에 남아 있었지만, 이듬해에는 그만둘 수밖에 없었다. 다리가 아파서라고 했다. 아는 사람들을 수소문한 에우리지시는 그녀가 7개월 동안 대기하지 않고 바로 푼당 병원에서 진료를 받을 수 있게 도와주었다. 다스 도리스는 수술을 받아야 했던 것 같지만, 정확히 아는 사람은 아무도 없었다. 안테노르와 에우리지시도 냉장고 위를 청소하지 못하는 가정부를 집에 둘 수는 없었다. 퇴직금과 얼마간의 돈을 조금 쥐여주었고, 다스 도리스는 주인집에서 늘 그랬던 것처럼 조용하게, 그렇게 세상에서 사라졌다.

1964년, 쿠데타가 발생한 뒤 에우리지시는 더욱 분노에 차서 글을 쓰기 시작했고, 타자기가 내는 탁탁탁 소리의 세기를 통해 그 분노의 크기를 가늠할 수 있었다. 〈브라질 일보〉에 글 몇 편을 기고했지만, 한 번도 게재되지는 않았다. 몇 년 후 〈풍자〉라는 신문이 창간됐다는 소식을 듣고 다시 한번 기고를 시도했지만, 한 번도 회신받지 못했다.

그녀는 이내 이파네마에서의 삶 역시 치주카에서의 삶과 크게 다르지 않다는 걸 알게 되었다. 바다에 인접했다는 점이 집 안 분위기를 환기시키기는 했으나, 포르투갈 산속 바위 사이에 짓이겨진 강아지 똥이 있다는 등의 소문을 만들어내는 이웃들이 여기에도 있었다.

매일매일 달라져만 가는 딸, 자기 다리 사이에서 나왔다는 이유만으로 그녀의 것이 된 아들, 그리고 이마에 입을 맞추는 그 순간에만 다정한 남편에 둘러싸인 에우리지시는 점점 더 자신의 내면에 침잠하게 되었다. 그리고 하루 종일, 천장까지 책을 쌓아놓은 책장으로 가득한 서재에서 시간을 보냈다. 신의 존재를 더는 믿지 않게 된 이후에도, 목에 걸린 성모마리아 펜던트는 절대 벗지 않았다.

삶은 그렇게 계속됐고, 단 하나의 소리만이 자리를 계속 지켰다.

탁 탁 탁, 탁 탁 탁, 탁 탁 탁……

탁 탁 탁, 탁 탁 탁, 탁 탁 탁……

탁 탁 탁, 탁 탁 탁, 탁 탁 탁……

에우리지시의 글이 언젠가 그에 걸맞은 관심을 받게 될 수 있을지는 알 수 없다. 어쩌면 작가가 세상을 떠난 후, 딸 세실리아가 홀로 에우리지시의 서재를 정리하다(안테노르는 마리아 히타의 시신을 목격한 후로 쌓아왔던 눈물 둑을 한 번에 터트릴 것이기 때문에) 서랍의 종이 몇 개를 훑어볼 시간을 낼지도 모를 일이다.

어쩌면 아폰수와 세실리아에게 서재 정리를 부탁받은 프란시스쿠가 발견하게 될 수도 있다. 그는 이모와 가깝게 지냈기 때문에, 갖고 싶은 책이 있으면 가져가도 좋다는 제안을 기꺼이 수락했을 것이다.

또는 아폰수가 발견할 수도 있다. 어머니의 죽음으로 상심에 빠져 있던 어느 날, 에우리지시의 옷장이냐 서재냐 선택의 기로에 놓일 때, 종이보다는 옷에 그녀의 체취가 더 많이 남아 있을 거란 잘못된 판단으로 "내가 종이를 맡을게! 세실리아 누나는 옷장을 맡아"라고 말할 수도 있다.

아니면 기다일 수도 있다. 아폰수와 세실리아가 에우리지시의 물건들을 기다에게 부탁할 수 있었기 때문이다. 원래 고통스러운 일에는 어머니의 도움이 필요하기 마련이고, 어머니가 부재할 경우 그 역할은 이모에게 돌아가기 마련이다.

하지만 안테노르는 아닐 것이다. 그는 에우리지시의 물건을 단 한 개도 보지 못할 것이다. 작은 것 하나라도 바라보는 순간, "에우리지시는 대단한 여자였어, 에우리지시는 대단한 여자였어"라며 흐르는 눈물을 주체하지 못할 것이기 때문이다.

어찌 되었든, 만일 누군가, 언젠가, '보이지 않음의 역사'라는 제목이 적힌 작은 제본 책의 첫 장을 만나게 된다면, 그리고 그중 몇 장을 읽을 만한 지혜를 갖고 있다면, 그것이 단 한 곳의 도서관에만 소장되기에는 아까운 책이라는 사실을 금세 알아차리게 될 것이다.

옮긴이의 말

《보이지 않는 삶》은 마르타 바탈랴의 첫 장편소설이다. 이 책은 20세기 중반 리우데자네이루를 배경으로 당시 브라질 여성들이 처해 있던 상황과 사회상을 에우리지시와 기다 자매의 상반된 삶을 통해 보여준다.

작가는 서문을 통해 이 이야기가 실제로 일어난 일에 기반한다고 밝히고 있다. 그는 소설을 삼인칭 화자의 시점으로 서술하며 때로는 시니컬한 유머로, 때로는 날카롭게 파고드는 신랄함으로 20세기 리우데자네이루의 사회상—가부장제, 사회 불평등, 인종차별, 이민자 유입, 중산층의 몰락—을 물 흐르듯이 그려내는 데 성공했다.

이 책의 주인공은 당시 기준으로 가장 훌륭한 현모양처라 여겨질 만한 모든 것을 갖춘 두 사람, 에우리지시와 기다 자매다. 이들은 이 이야기의 주인공이지만 아이러니하게도 당대에는 절대 주인공이 될 수 없는 이들이기도 했다.

에우리지시는 꿈도, 재능도 많은 소녀였지만 사회가, 그리고 가족이 요구하는 전형적인 여성상을 받아들일 수밖에 없었다. 그 덕에 안정적인 브라질 중산층의 삶을 누릴 수 있게 되었지만, 자신의 안에서 꿈틀거리는 무언가를 완전히 떨치지는 못했다. 하지만 그녀는 계속되는 도전과 좌절을 겪으면서 마침내 자신만의 성취를 만들어낸다.

또 한 명의 주인공 기다는 에우리지시와는 상반된 성격을 가졌으며 지나온 인생 여정도 사뭇 다르다. 사랑을 좇아 가족을 떠난 기다는 남편에게 버림받은 후 가족이라는 울타리의 보호를 받지 못한 채 홀로 고군분투해야만 했다. 그녀는 이런 불안정한 상황에서 제도권이 아닌, 자신과 비슷한 처지에 놓인 여성 공동체로부터 도움을 받아 아이를 키워내고, 자신만의 방법으로 운명을 개척해나간다.

강인하게 자신의 삶을 일궈나간 이 두 여성은, 그러나 사회로부터는 보이지 않는 존재들이었다. 그들의 욕망은 보이지 않았고, 목소리는 들리지 않았으며, 그들의 인생 역시 중요하다 여겨지지 않았다.

물론 주변 인물로 등장하는 또 다른 '보이지 않는 여성들'의 이야기도 빼놓을 수 없다. 백인 중산층의 시각으로 이야기를 풀어나가는 삼인칭 화자의 묘사 방식에서, 젠더 문제를 넘어서는 브라질 사회의 뿌리 깊은 다층적 차별을 엿볼 수 있다.

이 책의 특별함과 읽는 재미는 지구 반대편의 반세기 전 모습에서 지금의 우리 모습을 비추어보고, 보편적인 감정을 공유할 수 있다는 점에 있다. 감히 추측건대 여전히 우리 세대에 잔존하는 가부장제의 족쇄는 우리 부모 세대, 그리고 조부모 세대로 거슬러 올라갈수록 그들을 더욱 강하게 옭아맸을 것이다. 결과적으로는 그 족쇄를 완전히 다 풀어내지 못했다 하더라도, 주어진 삶의 여건 안에서 최선을 다해 살며 자신의 꿈을 포기하지 않고, 역경과 고난에 굴하지 않으며 자신만의 삶을 개척해나간 수많은 에우리지시와 기다가 우리 주변에 있었다. 그리고 그들의 치열한 과거가 있었기에 지금의 우리가 어제보다 더 나은 오늘을 살 수 있을 것이다.

김정아

보이지 않는 삶

1판 1쇄 인쇄 2019년 11월 18일
1판 1쇄 발행 2019년 11월 25일

지은이 · 마르타 바탈랴
옮긴이 · 김정아
펴낸이 · 주연선

총괄이사 · 이진희
책임편집 · 심하은 허유민
표지 및 본문 디자인 · 김지수
책임마케팅 · 김진겸
마케팅 · 장병수 이한솔 이선행 강원모
관리 · 김두만 유효정 박초희

(주)은행나무
04035 서울특별시 마포구 양화로11길 54
전화 · 02)3143-0651~3 | 팩스 · 02)3143-0654
신고번호 · 제 1997-000168호(1997. 12. 12)
www.ehbook.co.kr
ehbook@ehbook.co.kr

잘못된 책은 바꿔드립니다.

ISBN 979-11-89982-60-7 (03870)